DU MÊME AUTEUR

Aux Éditions Gallimard

RÉPÉTITION GÉNÉRALE, Tracts de crise, 2020.
LE SOIN EST UN HUMANISME, Tracts n° 6, 2019.
LES IRREMPLAÇABLES, Folio Essais n° 637, 2015.

Aux Éditions d'écart

MÉTAPHYSIQUE DE L'IMAGINATION, 2002. (Folio, 2020.)
MALLARMÉ ET LA PAROLE DE L'IMÂM, 2001. (Folio, 2020.)

Aux Éditions Pauvert

PRETIUM DOLORIS. L'ACCIDENT COMME SOUCI DE SOI, 2002. (Pluriel, 2015.)

Aux Presses universitaires de France

DIALOGUER AVEC L'ORIENT. RETOUR À LA RENAISSANCE, 2003. (Biblis/CNRS Éditions, 2016.)
DIFFICILE TOLÉRANCE avec Yves Charles Zarka, 2004.

Aux Éditions Fayard

LES PATHOLOGIES DE LA DÉMOCRATIE, 2005. (Le Livre de Poche, 2009.)
LA FIN DU COURAGE. LA RECONQUÊTE D'UNE VERTU DÉMO-CRATIQUE, 2010. (Le livre de Poche, 2011.)

CI-GÎT L'AMER

CYNTHIA FLEURY

CI-GÎT L'AMER

GUÉRIR DU RESSENTIMENT

essai

GALLIMARD

Éditions Gallimard, 2020.

Il y a ici une décision, un parti pris, un axiome : ce principe intangible, cette idée régulatrice, c'est que l'homme peut, que le sujet peut, que le patient peut. Il ne s'agit ni d'un vœu pieux ni d'une vision optimiste de l'homme. Il s'agit d'un choix moral, et intellectuel, au sens où le pari est posé que l'homme est capable, et surtout le respect dû au patient est également posé de ce côté-ci : il peut, il est agent, l'agent par excellence. Personne ne se dédouane de sa responsabilité, mais personne ne nie à autrui sa capacité d'affronter le réel et de sortir du déni. La vie, dans son quotidien le plus banal, vient tout autant contredire cela que l'affirmer. Cela fait longtemps que je ne me fie plus aux seuls faits pour conduire cette forme que l'on appelle une vie. La lutte contre le ressentiment enseigne la nécessité d'une tolérance à l'incertitude et à l'injustice. Au bout de cette confrontation, il y a un principe d'augmentation de soi.

I

L'AMER

Ce que vit l'homme du ressentiment

I

UNIVERSELLE AMERTUME

D'où vient l'amertume ? De la souffrance et de l'enfance disparue, dira-t-on d'emblée. Dès l'enfance, il se joue quelque chose avec l'amer et ce Réel qui explose notre monde serein. Ci-gît la mère, ci-gît la mer. Chacun filera son chemin, mais tous connaissent ce lien entre la sublimation possible (la mer), la séparation parentale (la mère) et la douleur (l'amer), cette mélancolie qui ne se relève pas d'elle-même. Je ne crois pas aux territoires essentialisés – sans doute certains meurent-ils de ou par cette illusion –, je défends les territoires dialectisés. L'amer, la mère, la mer, tout se noue – la mère, c'est aussi le père, c'est le parent, c'est l'en-deçà de la séparation, ce dont on ne veut pas se séparer, ce qui ne prend sens qu'à l'aune de la séparation, ce qu'il faudra devenir soi-même, parent pour d'autres, qu'ils soient les enfants propres ou pas, parent au sens où l'on assume un peu de la nécessité de la transmission.

L'amer, il faut l'enterrer. Et dessus fructifie autre chose. Aucune terre n'est jamais maudite éternellement : amère fécondité qui vient fonder la compréhension à venir. Enterrer ou affronter l'amer, la question est sans réelle importance : en clinique, avec les patients, nous faisons l'un et l'autre, l'un après l'autre, l'un malgré l'autre ; là aussi, il y a toujours du reste, comme si l'incurable se maintenait, mais des stances[1] où la santé de l'âme se redresse existent. Et l'enjeu pour l'analysant est de les démultiplier.

Lorsque Melville fait parler Ishmael en ouverture de son texte consacré à la quête inlassable de la baleine blanche, c'est par ces mots qu'il décrit cette sorte de mal-être qui l'étreint et surtout la ressource existentielle à laquelle il aspire :

> Quand je me sens des plis amers autour de la bouche, quand mon âme est un bruineux et dégoulinant novembre, quand je me surprends arrêté devant une boutique de pompes funèbres ou suivant chaque enterrement que je rencontre, et surtout lorsque mon cafard prend tellement le dessus que je dois me tenir à quatre pour ne pas, délibérément, descendre dans la rue pour y envoyer dinguer les chapeaux des gens, je comprends alors qu'il est grand temps de prendre le large[2].

Prendre le large... Melville écrit encore « revoir le monde de l'eau » et l'on comprend que ce motif de la mer n'est pas une affaire de navigation, mais de grand large existentiel, de sublimation de la finitude et de la

---

1. « Etymologie : Ital. *stanza*, stance, proprement demeure, séjour, arrêt, du lat. *stare*, demeurer, être arrêté ; la stance étant ainsi dite, parce que c'est une sorte d'arrêt. » (Littré.)
2. Herman Melville, *Moby Dick* (1851), Gallimard, « Folio », 1980, p. 41.

lassitude qui tombent sur le sujet sans qu'il sache quoi répondre – car il n'y a pas de réponse. Il faut dès lors naviguer, traverser, aller vers l'horizon, trouver un ailleurs pour de nouveau être capable de vivre ici et maintenant. Il faut s'éloigner pour ne pas faire « dinguer » les chapeaux, et ne pas faire rugir ce ressentiment qui monte. « Chaque homme, à quelque période de sa vie, a eu la même soif d'Océan que moi[1] ». Ishmael sait donc bien que l'affaire n'est pas personnelle, que le besoin d'Océan vient pallier pour chaque homme le sentiment abandonnique inaugural, sentiment qui ponctue sa vie, comme un refrain triste lui rappelant que le compte à rebours existe et qu'il n'y a du sens ni du côté de l'origine ni du côté de l'avenir, seulement peut-être dans ce désir d'immensité et de suspens que peut représenter l'eau, la mer, l'Océan[2]. « Que voyez-vous ? Sentinelles silencieuses, des milliers d'hommes sont là, plantés droits, raides, en pleine rêverie océanique[3]. » Tant que celle-ci prédomine chez l'homme, elle constituera une sorte de rempart contre une ténèbre plus intérieure et dangereuse, à savoir l'amertume, et sa cristallisation définitive qui débouche sur le ressentiment.

---

1. *Ibid.*
2. Le sentiment océanique a été défini par Romain Rolland dans la correspondance qu'il entretint avec Freud (1927) pour décrire ce désir *universel* de faire un avec l'univers. Il est assimilé chez Rolland à un en-deçà du sentiment religieux, l'océanique témoignant d'une spiritualité spontanée de l'homme indépendante de celui-ci. L'océanique se dialectise avec l'abandonnique inaugural, permettant au sujet de ne pas se ressentir « manquant », d'affronter la séparation et la finitude (ci-gît la mère) sans céder à la mélancolie. Il relève d'un sentiment d'éternité, de fulgurance et de repos. Freud, sans le citer, lui adresse l'ouverture de *Malaise dans la civilisation* (1929) dans laquelle il revient longuement sur le sentiment océanique du Moi.
3. H. Melville, *op. cit.*, p. 42.

2

L'INDIVIDU ET LA SOCIÉTÉ
FACE AU RESSENTIMENT.
LE GRONDEMENT DE LA RUMINATION

La belle affaire, me direz-vous : chaque homme connaît le ressentiment et un tel mal, étant si commun, ne peut être aussi grave pour l'individu lui-même ni pour la société. Je défends pour ma part, comme Cornelius Castoriadis, philosophe et psychanalyste de son état, l'idée d'une différence radicale entre les hommes dans leur aptitude ou non à se tenir à distance de leur propre ressentiment. Si chaque homme peut le reconnaître, chaque homme ne devient pas le lieu de sa fossilisation. Bien au contraire, le destin des hommes ici se sépare, comme aussi le destin des sociétés. « Que peut-on viser dans la psychanalyse d'un individu ? Non pas, certes, de supprimer ce fond obscur, mon inconscient ou son inconscient – entreprise qui, si elle n'était pas impossible, serait meurtrière ; mais d'instaurer un autre rapport entre inconscient et conscient[1]. » De la relation créatrice et sereine entre conscience et inconscience surgit ainsi l'individuation d'un être, sa subjectivation, et ce que Wilhelm Reich appellera plus tard « l'aptitude à la liberté ». Castoriadis rappelle la vérité déterminante de l'analyse, non seulement pour un sujet, mais pour la société dans laquelle ce sujet vit :

1. Cornelius Castoriadis, « L'exigence révolutionnaire », entretien avec Olivier Mongin, Paul Thibaud et Pierre Rosanvallon, enregistré le 6 juillet 1976, *Esprit*, février 1977 ; repris dans *Le Contenu du socialisme*, 10/18, 1979. Dans *Extraits choisis* par quentin@no-log.org, p. 33.

Toute la question est de savoir si l'individu a pu, par un heureux hasard ou par le type de société dans lequel il vivait, établir un tel rapport, ou s'il a pu modifier ce rapport de manière à ne pas prendre ses phantasmes pour la réalité, être tant que faire se peut lucide sur son propre désir, s'accepter comme mortel, chercher le vrai même s'il doit lui en coûter, etc. Contrairement à l'imposture prévalant actuellement, j'affirme depuis longtemps qu'il y a une différence qualitative, et non seulement de degré, entre un individu ainsi défini, et un individu psychotique ou si lourdement névrosé que l'on peut le qualifier d'aliéné, non pas au sens sociologique général, mais au sens précisément qu'il se trouve exproprié « par » lui-même « de » lui-même. Ou bien la psychanalyse est une escroquerie, ou bien elle vise précisément cette fin, une telle modification de ce rapport[1].

Il y va de l'avènement d'un homme qualitativement différent de ses congénères, un homme qui détiendrait une clé de l'humanisme et de la civilisation afférente.

À l'inverse, dans l'aliénation, nul homme ne peut participer à l'édification d'un monde commun qui ne soit pas l'avatar d'un processus de réification. Le destin de la psychanalyse est tout aussi thérapeutique que politique. « Le pouvoir actuel, c'est que les autres sont choses, et tout ce que je veux va à l'encontre de cela. Celui pour qui les autres sont choses est lui-même une chose, et je ne veux pas être chose ni pour moi ni pour les autres. Je ne veux pas que les autres soient choses, je ne saurais pas quoi en faire. Si je peux exister pour les autres, être reconnu par eux, je ne veux pas l'être en fonction de la

1. *Ibid.*, p. 34.

possession d'une chose qui m'est extérieure – le pouvoir ; ni exister pour eux dans l'imaginaire[1]. » Castoriadis dresse le pitoyable tableau bien connu de la dynamique de chosification qui organise la société comme les relations plus intimes, parce que celles-ci sont indissociables des conflits pulsionnels siégeant dans les individus. L'enjeu est commun à l'échelle individuelle et à l'échelle sociale : ne pas considérer autrui et soi-même comme une chose parce que, dès lors, le mécanisme collectif de ressentiment se consolidera et les hommes et les sociétés scinderont leur destin selon ce biais ressentimiste, rendant presque impossible la désaliénation psychique et sociale.

3

DÉFINITION ET MANIFESTATIONS
DU RESSENTIMENT

Max Scheler a défini avec une grande clarté le ressentiment dans l'essai qu'il lui consacre en 1912, en amont de la Première Guerre mondiale, temps terrible des pulsions mortifères : « L'expérience et la rumination d'une certaine réaction affective dirigée contre un autre, qui donnent à ce sentiment de gagner en profondeur et de pénétrer peu à peu au cœur même de la personne, tout en abandonnant le terrain de l'expression et de l'activité[2]. »

---

1. C. Castoriadis, « Racines subjectives et logique du projet révolutionnaire », dans *L'Institution imaginaire de la société*, Seuil, 1975, p. 135-141. Dans *Extraits choisis* par quentin@no-log.org, p. 6.
2. Max Scheler, *L'Homme du ressentiment* (1912), Gallimard, 1933, p. 9. Les thèses de Scheler sont citées sans cautionner ceux de ses propos qui ont

Le terme clé pour comprendre la dynamique du ressentiment est la rumination, quelque chose qui se mâche et se remâche, avec d'ailleurs cette amertume caractéristique d'un aliment fatigué par la mastication. La rumination est elle-même celle d'une autre rumination, au sens où il s'agit d'emblée de revivre une « ré-action » émotionnelle, qui au départ pouvait être adressée à quelqu'un en particulier. Mais, le ressentiment allant, l'indétermination de l'adresse va prendre de l'ampleur. La détestation se fera moins personnelle, plus globale ; elle pourra venir frapper plusieurs individus initialement non concernés par la réaction affective, mais désormais attrapés par l'extension du phénomène. Dès lors un double mouvement s'opère qui n'est pas sans rappeler celui décrit par Karl Polanyi[1] : plus le ressentiment gagne en profondeur, plus la personne est impactée en son sein, en son cœur, moins sa capacité d'agir se maintient, et la créativité de son expression s'affaiblit. Cela ronge. Cela creuse. Et la compensation devient, à chaque relance dudit ressentiment, plus impossible, le besoin de réparation étant à ce point inassouvissable. Le ressentiment nous mène vers ce chemin, sans doute illusoire, mais néanmoins bien âpre, de l'impossible réparation, voire de son rejet. Il est évident qu'il y a des réparations impossibles et qui obligent à l'invention, à la création, à la sublimation. Mais entrer dans le ressentiment, c'est pénétrer la sphère d'une morsure acérée, qui empêche la projection lumineuse, ou plutôt qui valide une certaine forme de jouissance de l'obscur, par

---

pu faire le lit d'un antisémitisme très caractéristique des années 1930 et perpétuellement blâmable.
1. Karl Polanyi, *La Grande Transformation* (1944), Gallimard, 1983.

retournement, comme par stigmatisation inversée. « Cette rumination, cette reviviscence continuelle du sentiment, est donc très différente du pur souvenir intellectuel de ce sentiment et des circonstances qui l'ont fait naître. C'est une reviviscence de l'émotion même, un re-sentiment[1]. »

Comment en effet résister au continuel d'une reviviscence douloureuse ? On voit d'ailleurs ici qu'il y a une parenté possible avec le phénomène du traumatisme qui produit une « effraction[2] » dans le psychisme ; il s'est donc joué à l'origine une blessure, un coup, une première incapacité de cicatrisation, et la brèche, non colmatée, rendra plus tard la béance plus active, parfois aiguë, parfois chronique. Et face aux à-coups, qui s'alimentent par la rumination, le travail de l'intellect, l'aide du raisonnable, reste sans secours.

Sans doute ne devrions-nous pas lâcher aussi vite sur la performativité de ce travail de la raison, mais prenons l'argument à sa juste mesure. Acceptons qu'il est difficile de résister aux à-coups d'une émotion triste qui confine à l'envie, à la jalousie, au mépris de l'autre et finalement de soi, au sentiment d'injustice, à la volonté de vengeance. Cela gronde, comme l'écrit Scheler :

---

1. M. Scheler, *op. cit.*, p. 9.
2. La définition est freudienne : « Nous appelons traumatiques les excitations externes assez fortes pour faire effraction dans le pare-excitation. [...] Un événement comme le traumatisme externe provoquera à coup sûr une perturbation de grande envergure dans le fonctionnement énergétique de l'organisme et mettra en mouvement tous les moyens de défense. Mais ici le principe de plaisir est tout d'abord mis hors action. Il n'est plus question d'empêcher l'appareil psychique d'être submergé par de grandes sommes d'excitation ; c'est plutôt une autre tâche qui apparaît : maîtriser l'excitation, lier psychiquement les sommes d'excitation qui ont pénétré par effraction pour les amener ensuite à liquidation. » (Sigmund Freud, *Au-delà du principe de plaisir*, 1920.)

Le mot allemand qui conviendrait le mieux serait le mot Groll, qui indique bien cette exaspération obscure, grondante, contenue, indépendante de l'activité du moi, qui engendre petit à petit une longue rumination de haine et d'animosité sans hostilité bien déterminée, mais grosse d'une infinité d'intentions hostiles[1].

Groll, c'est la rancœur, le fait d'*en vouloir à* ; et l'on voit comment ce *en vouloir à* prend la place de la *volonté*, comment une énergie mauvaise se substitue à l'énergie vitale joyeuse, comment cette falsification de la volonté, ou plutôt cet empêchement de la *bonne volonté*, cette privation de la *volonté pour*, comment ce mauvais objet prive la volonté d'une bonne direction, comment il prive le sujet. Il faudra défocaliser. Mais, le ressentiment allant, l'indétermination se fait plus grande et la défocalisation plus difficile. Tout est contaminé. Le regard tape sur ce qui l'entoure, il ne traverse plus. Tout fait boomerang pour raviver le ressentiment, tout fait mauvais signe ; un signe qui n'est pas là pour s'échapper mais pour demeurer captif de la reviviscence. Le sujet devient « gros » ; il perd de son agilité, si nécessaire à la possibilité du mouvement, qu'il soit physique ou mental. Trop plein, enserré, le sujet est à la limite de la nausée et ses vomissements successifs, ses vociférations n'y feront rien ; elles ne l'apaiseront qu'un temps très court. Nietzsche parlait de l'intoxication[2], Scheler évoque

---

1. M. Scheler, *op. cit.*, p. 9.
2. Friedrich Nietzsche, *La Généalogie de la morale* (1887) ; *Ecce homo* (1908). L'affect du ressentiment, né d'une intoxication qui n'est pas à séparer du judéo-christianisme, permet de faire la distinction entre « morale des esclaves » et « morale des maîtres ».

l'« auto-empoisonnement[1] » pour décrire les *malfaits* du ressentiment. Celui-ci provoque une « déformation plus ou moins permanente du sens des valeurs, comme aussi de la faculté du jugement ». L'impact du ressentiment attaque donc le sens du jugement. Ce dernier est vicié, rongé de l'intérieur ; la pourriture est là. Désormais, produire un jugement éclairé devient difficile, alors que c'est la voie rédemptrice. Il s'agit bien d'identifier l'écho, l'aura du ressentiment, même si ce terme est trop digne pour désigner ce qui se joue là, une irradiation plutôt, une contamination servile qui, le temps passant, va se trouver des justifications dignes de ce nom. La faculté de jugement se met dès lors au service du maintien du ressentiment et non de sa déconstruction. Tel est bien l'aspect vicié du phénomène, qui utilise l'instrument possible de libération – la faculté de juger – comme celui-là même du maintien dans la servitude et l'aliénation. Car il y a bien servitude devant la pulsion mortifère. La morale des « esclaves » se joue déjà ici, dans le fait de se soumettre à la rumination.

4

INERTIE DU RESSENTIMENT
ET RESSENTIMENT-FÉTICHE

On peut et l'on doit se nourrir autrement, refuser les aliments avariés. Mais là, le choix de la charogne est préféré. La préférence pour l'avarié est essentielle dans la

1. M. Scheler, *op. cit.*, p. 14.

démarche, car le ressentiment n'est pas assimilable à une riposte, à une légitime défense, à une simple réaction. Il relève du reste souvent d'une non-réaction, d'une renonciation à réagir. Il consiste à avoir gardé en soi – non qu'il faille ne rien garder en soi ; il faut avoir « suspendu » le temps, comme pour mieux haïr et plus durablement. Il faut pénétrer ce type d'espérance très particulier qu'est la vengeance, là aussi une espérance avariée, mais dont la force d'animation peut être très ardente. « Pour qu'il y ait véritablement vengeance, il faut, à la fois, un temps plus ou moins long, pendant lequel la tendance à riposter immédiatement et les mouvements de colère et de haine qui lui sont connexes soient retenus et suspendus[1]. »

Pour faire disparaître le ressentiment, il ne suffit pas de riposter immédiatement. Au vrai, le ressentiment ne recouvre pas simplement la ré-action, voire l'absence de ré-action, mais il relève de la rumination, du choix de ruminer ou de l'impossibilité à ne pas ruminer. Il n'est pas simple de trancher entre une définition du ressentiment qui le place du côté de l'*impuissance à*, et une autre qui finit par concéder qu'il y a choix pour l'*impuissance à*. C'est sans doute ici une affaire de degré et d'invalidité créée par le ressentiment, plus ou moins accepté. On peut être pris au piège du ressentiment mais tenter de s'en dépêtrer, refuser de se contenter du visqueux qu'il induit. Être sur le fil de la vengeance, ruminer, mais être encore assez sur le fil pour ne pas y sombrer totalement, pour ne pas vouloir y sombrer totalement.

Et puis, la vengeance n'est pas le ressentiment ; elle est terrible et tout aussi contaminante, mais elle reste adres-

1. *Ibid.*, p. 15.

sée, déterminée, au sens où elle peut éventuellement être assouvie. « Le désir de vengeance tombe avec l'accomplissement de la vengeance », croit Scheler. Je n'en suis pas si certaine. Mais la vengeance sait se déplacer et trouver un nouvel objet. Il est tout sauf simple d'abandonner ce type de dynamique mortifère, cette énergie viciée. Mais avec le ressentiment, rien de tel. Son objet même semble être l'empêchement de tout dépassement moral ; son but : s'inscrire dans la faillite, vous inscrire dans la faillite, vous qui tentez de créer une solution.

On voit très bien cela à l'œuvre avec certaines psychoses tenaces : comment le patient met toute son énergie à empêcher la solution, à faire faillir le médecin ou la médecine, à ne produire que de la non-issue. Aucun dépassement n'est accepté : sans doute l'accepter produirait un nouvel effondrement que l'on ne veut pas assumer. Alors le dysfonctionnement comme mode de fonctionnement est préférable. Seule aptitude du ressentiment, et dans laquelle il excelle : aigrir, aigrir la personnalité, aigrir la situation, aigrir le regard sur[1]. Le ressentiment empêche l'ouverture, il ferme, il *forclôt*, pas de sortie possible. Le sujet est peut-être hors de soi, mais en soi, rongeant le soi, et dès lors rongeant la seule médiation possible vers le monde.

Même si le ressentiment de l'avoir (envie) et le ressentiment de l'être (jalousie) sont à différencier, leur accouplement est possible. Tel est sans doute le parachèvement du ressentiment, ronger l'intériorité de la personne et pas seulement ce désir d'acquisition, l'ébranler dans son maintien identitaire. « L'envie n'aiguillonne pas notre

1. *Ibid.*, p. 19.

volonté d'acquérir ; elle l'énerve », poursuit Scheler, et plus l'envie grandit, plus elle rend impuissant le sujet, et plus elle fait dériver son malaise de l'avoir vers un malaise ontologique, autrement plus dévastateur : « je puis tout te pardonner ; sauf d'être ce que tu es ; sauf que je ne suis pas ce que tu es ; sauf que je ne suis pas toi. Cette envie porte sur l'existence même de l'autre ; existence qui comme telle, nous étouffe, et nous est un reproche intolérable[1] ». Là, le piège se referme sur le sujet. Car si l'on peut croire que l'avoir (les biens) enfin récupéré finira par apaiser, personne ne s'illusionne sur l'apaisement possible d'un sujet rongé par la haine de l'autre, nourrie par une fantasmatique débordante.

Quand le sujet bascule dans cette défaillance-là, qui vire à la défaillance de son soi propre, la guérison, l'extraction hors de cette emprise, sera extrêmement compliquée. Il faut poser comme idée régulatrice que la guérison est possible mais que la clinique est sans doute insuffisante dans son soin, dans la propagation continue de son soin. Le thérapeute est humain : il faut compter aussi avec cette insuffisance structurelle de la cure. Il est impossible de dépasser le ressentiment sans que la volonté du sujet entre en action. C'est précisément cette volonté qui est manquante, enterrée chaque jour par le sujet lui-même, pour lui éviter aussi de faire face à sa responsabilité, à sa charge d'âme, à son obligation morale de dépassement.

Seule la destruction de l'autre est alors susceptible d'apporter une jouissance, de procurer un « principe de plaisir » permettant de faire face à une réalité qui ne peut être supportée parce qu'elle est jugée injuste, inégalitaire,

---

1. *Ibid.*, p. 25.

humiliante, indigne du mérite que l'on s'attribue. Le ressentiment est un délire victimaire, délire non pas au sens où l'individu n'est pas victime – il l'est potentiellement –, mais délire parce qu'il n'est nullement la seule victime d'un ordre injuste. L'injustice est globale, indifférenciée, certes elle le concerne mais la complexité du monde rend impossible la destination précise, l'adresse, de l'injustice. Par ailleurs, victime par rapport à quoi, à qui, à quel ordre de valeurs et d'attentes ? Enfin, c'est une chose de se définir temporairement victime, de se reconnaître un instant comme telle, c'en est une autre de consolider une identité exclusivement à partir de ce « fait » à l'objectivité douteuse, et à la subjectivité certaine. Dès lors, il s'agit bien d'une « décision » du sujet, de choisir la rumination, de choisir la jouissance du pire, que ce choix soit conscientisé ou non – il ne l'est généralement pas. Il y a « délire » parce qu'il y a aliénation, non-perception de sa responsabilité dans la plainte réitérée, délire parce que le sujet ne voit pas qu'il est à la manœuvre dans la mécanique de rumination. Il refuse de défocaliser, de renoncer à l'idée de réparation, sachant que la réparation est illusoire car elle ne sera jamais à la hauteur de l'injustice ressentie. Il faut clore, et le sujet ne veut pas clore. Telle est sans doute la définition de la « plainte » posée par François Roustang, celle-ci étant toujours dissociée de la souffrance. La plainte, c'est le « porter plainte » ; et sans doute est-ce louable dans l'univers juridique mais, dans l'univers psychologique et émotionnel, il faudra se départir de cette plainte pour éviter d'être rongé par elle et de s'enfermer dans une fureur qui consume. Rappelons-nous aussi l'enseignement freudien au sujet du déni de réalité, qui n'est pas sans évoquer ce qui se joue dans le ressentiment. Le sujet épris de ressentiment ne va pas jusqu'à nier la réalité, puisqu'il en souffre, mais le sujet fonctionne avec son ressentiment comme il pourrait le faire avec un « fétiche[1] ». À quoi sert le fétiche ? Précisément à remplacer la réalité qui est insupportable au sujet. Autrement dit, si le sujet a tant de difficulté à se dessaisir de la plainte, c'est parce que celle-ci fonctionne comme un « fétiche », elle lui procure le même plaisir, elle fait écran, elle permet de supporter la réalité, de la médier, de la dé-réaliser. Le seul réel vivable devient la plainte, par le principe de plaisir qu'elle procure, et le ressentiment-fétiche agit comme une obsession. Le ressentiment ne sert pas uniquement à maintenir la mémoire de ce qui a été ressenti comme blessure, il permet la jouissance de cette mémoire, comme de maintenir vivace l'idée d'un châtiment.

5

RESSENTIMENT ET ÉGALITARISME.
LA FIN DU DISCERNEMENT

Scheler le décrit parfaitement : le ressentiment se sert de la faculté de juger pour dévaloriser tout ce qui pourrait le pousser à se réformer et donc à disparaître. Le ressentiment a une capacité d'autoconservation extrêmement forte :

L'homme moyen n'est satisfait que par le sentiment de posséder une valeur au moins égale à celle des autres hommes ; or,

1. S. Freud, *Le Fétichisme*, 1927.

il acquiert ce sentiment soit en niant, grâce à une fiction, les qualités des personnes auxquelles il se compare, c'est-à-dire par un certain aveuglement à leur endroit ; soit encore, et c'est le fond même du ressentiment, grâce à un mode d'illusion qui transmue jusqu'aux valeurs susceptibles d'affecter d'un coefficient positif les termes de sa comparaison[1].

Il serait ainsi sain de savoir reconnaître son égalité avec autrui sans avoir le besoin de lui nier ses propres qualités. Une première piste pour l'élaboration d'un antidote au ressentiment renvoie à la notion d'égalité ressentie. La structure du ressentiment est égalitaire : celui-ci surgit au moment où le sujet se ressent certes inégal mais surtout lésé parce qu'égal. Se ressentir inégal ne suffit pas à produire un tel état d'âme. La frustration se développe sur un terreau du *droit à*. Je me sens frustré parce que je crois à mon dû ou à mon droit. Il faut la croyance d'un droit pour éprouver un ressentiment. Du moins est-ce la thèse de Scheler et des héritiers tocquevilliens, qui ont considéré que la démocratie était par essence un régime provoquant du ressentiment précisément parce que la notion égalitaire était un enjeu structurel.

Il ne s'agit pas ici de nier la nécessité de l'égalité pour éviter le ressentiment – cela fait écho à l'« ultra solution[2] »

1. M. Scheler, *op. cit.*, p. 32-33.
2. Il existe plusieurs versions de l'ultra solution : certes, toute version maximaliste, inapte à la dynamique de négociation (proposer une solution sur laquelle personne ne peut revenir n'en est pas une) est classiquement une ultra solution ; tout ce qui refuse le discernement, la nuance, la complexité, sous prétexte qu'il s'agit là d'un compromis inacceptable – il y a des compromis inacceptables qui ne sont donc pas des compromis, mais des simulacres de compromis. Mais tout compromis n'est pas structurellement inacceptable. Le problème avec l'ultra solution est l'illusion de savoir sur quelle solution elle repose : aucune n'est structurellement définitive, certains principes peuvent l'être, mais aucune solution ne détient définitivement

de l'école de Palo Alto qui consiste à tuer le malade pour éradiquer un mal : « opération réussie, patient décédé ». Reprenons la citation de Scheler : si l'homme « moyen » n'est satisfait que par le sentiment de posséder une égale valeur, cela ne signifie pas qu'il en possède une, mais qu'il doit en avoir l'illusion. Autrement dit, le « monde commun » se maintient en laissant à chacun le droit de s'illusionner sur sa propre valeur. Par ailleurs, ce qui rend sans doute l'homme moyen, du moins l'assigne à résidence dans cette médiocrité, c'est l'incapacité de reconnaître la valeur des autres, alors même qu'il croit que cela va l'aider à s'extraire de son insuffisance. Mais inventer sa supériorité n'a jamais produit de la supériorité. Savoir admirer, savoir reconnaître la valeur des autres est, à l'inverse, un vrai antidote au ressentiment, même s'il demande dans un premier temps une force d'âme plus élaborée. Toutefois, dénigrer les autres ne suffit pas au ressentiment. Il faut un pas de plus, celui de la mise en accusation. Celle-ci étant toutefois sans objet réel, elle vire à la délation, à la désinformation. Il faut bien fabriquer le cadavre, vu qu'il n'y a pas eu meurtre. Dorénavant, l'autre sera coupable. Une forme de « dépréciation universelle » s'enclenche.

Ce « refoulement total » met en branle « une totale

à elle seule, dans l'espace-temps qui est le sien, la clé de résolution d'un problème. Si le problème est simple, certainement, mais alors il ne s'agit pas vraiment d'un « problème » mais d'un point sans dynamique propre. Un problème renvoie à la prise en compte de la complexité d'un écosystème, un problème est toujours en mouvement. Dès lors, croire à l'ultra solution, celle qui va arrêter la « motricité » propre du problème, toujours en interaction avec un milieu, est assez insuffisant en termes intellectuels. Cela ne signifie pas qu'il n'y a jamais de solution, mais que la résolution est dynamique, qu'elle renvoie à un cycle mettant en scène des espaces-temps différents, successifs.

négation des valeurs », dira encore Scheler, une « animosité haineuse et explosive[1] ». Car c'est cela aussi, être « gros », gros d'une explosion, gros d'un inflammable, gros d'une déflagration qui peut tout atteindre sans discernement ; la fin du discernement, tel est le but du ressentiment : ne plus faire la part des choses, viser la *tabula rasa* sans autre projet. Faire « tache d'huile », ne plus saisir l'origine du mal, sa cause, ne plus savoir « causer » son mal – dès lors, ce sera encore plus compliqué de le calmer –, ouvrir l'ampleur du dommage à mesure que l'univers solutionnel se réduit, produire un *ethos* inversé, une « disposition générale » à produire de l'hostilité comme d'autres produisent un accueil au monde, régresser, produire de l'involution car l'évolution semble trop menaçante et synonyme de perte.

Il est logique que le discernement soit atteint lorsque le sujet se laisse « déborder » par son ressentiment. Le discernement est l'action de séparer, de mettre à part, de différencier pour mieux saisir la spécificité des choses, de ne pas généraliser, et plus simplement encore la « disposition de l'esprit à juger clairement et sainement des choses[2] ». C'est une disposition de santé, témoignant d'une santé psychique et physique de l'homme, la disposition de celui qui « apprécie » les complexités d'une raison et ne se sent pas désavoué par elle. Discerner et ressentir peuvent même parfois s'assimiler, dans le sens précisément où discerner sera la capacité de ressentir pleinement sans confusion, de sentir et de reconnaître, d'identifier et non de confondre. Il est clair que nos

1. M. Scheler, *op. cit.*, p. 51.
2. Voir la définition du Littré.

époques mettent à mal cette aptitude du discernement, non qu'elles l'empêchent ; mais la saturation de l'information, notamment fausse, le réductionnisme dont font preuve les nouvelles formes d'espace public (notamment les réseaux sociaux) nourrissent des assauts incessants contre ce discernement qui n'a structurellement pas le bon rythme pour résister. Discerner suppose du temps, de la patience, de la prudence, un art de scruter, d'observer, d'être à l'affût : on discerne en retenant son souffle, en devenant plus silencieux, en se faisant voyant et non voyeur, en disparaissant pour mieux laisser la chose observée se comporter naturellement. Discerner suppose de se retirer là où le sujet ressentimiste se vit comme premier protagoniste de l'affaire. Le discernement a longtemps été une valeur toute spirituelle, jésuite[1], permettant à l'homme de clarifier ses motivations[2] et de purifier ses émotions. Chez Ignace de Loyola ou François de Sales, Dieu est ce qui permet de discerner. Dieu ou, plus précisément, la grâce divine, ce temps qui va permettre au sujet de se transformer intérieurement. Là, bien sûr, la philosophie opère une sécularisation de la notion de discernement et l'état de droit digne de ce

1. Catherine Fino, « Discernement moral et discernement spirituel à l'époque moderne. Une collaboration en vue de la liberté du sujet », *Revue d'éthique et de théologie morale*, Éditions du Cerf, 2018/2, n° 298, p. 11-24, citant : « Les différents modes de préparer et disposer l'âme à se défaire de toutes ses affections déréglées, et après s'en être défait à chercher et trouver la volonté de Dieu dans le règlement de sa vie, pour le salut de son âme, s'appellent Exercices spirituels », Ignace de Loyola, *Exercices spirituels*, « Première annotation », Arléa, 2002, p. 113-114. Les *Exercices* ont été imprimés pour la première fois à Rome en 1548.
2. « Un bon discernement exige donc de clarifier les motivations, de purifier l'affectivité, de porter un jugement sur le désir afin de valoriser ce qui est bon et de rejeter ce qui est mauvais », I. de Loyola, cité dans C. Fino, art. cit.

nom – le contrat social – doit s'avérer protecteur de ce temps nécessaire pour opérer la transformation de soi et du monde. La perte de discernement est le premier symptôme des pathologies narcissiques et des troubles psychotiques.

Enfin, ne croyons pas qu'il existe un objet digne d'être ruminé. Aucun objet ne sauve la rumination de son triste sort d'affaiblissement de l'homme, même l'apprentissage de la mort. Ce fameux « philosopher c'est apprendre à mourir » peut laisser croire que nous devions à chaque instant nous rappeler notre finitude, la faire tinter comme le glas, pour nous rendre aptes à tout aimer, à tout renverser. Rien de tel. Montaigne, qui est l'un des grands défenseurs de cette nécessité d'apprendre à mourir[1], dans le sillage de Socrate, nous alerte lui-même sur le contre-sens possible ; il découvrira, avec l'âge, que l'apprentissage de la mort est tout sauf une rumination, et qu'à l'inverse, en y cédant, il confine à l'erreur. « À voir la peine que Sénèque se donne pour se préparer contre la mort, à le voir suer d'ahan […]. Son agitation si ardente, si fréquente, montre qu'il était chaud et impétueux lui-même[2]. » Autrement dit, croire que la mort est le but de notre vie ne parvient pas à nous extraire d'une agitation précisément mortifère. La rumination de la mort ne produit pas une analyse libératrice de la mort. « Nous troublons la vie par le soin de la mort, et la mort par le soin de la vie. » Dès lors, Montaigne opte pour une définition tout aussi essentielle de la mort, mais lui refuse d'être la finalité de la vie. Ce n'est pas un « but », mais un simple

1. Montaigne, *Les Essais* (1580 / 1582 / 1587), Livre I, chapitre XIX.
2. *Ibid.*, Livre III, XII.

« bout ». La métaphysique est ailleurs, elle rebascule du côté de l'invention de la vie.

6

LA MÉLANCOLIE DANS L'ABONDANCE

Scheler voit dans le régime démocratique un lieu structurellement plus enclin au ressentiment. Tocqueville l'avait, en son temps, déjà ressenti, en pointant ce mal qui s'abat sur l'homme, l'égalitarisme, et le fait qu'il devienne d'autant plus sensible à l'égalité que l'égalitarisation des conditions s'affirme. C'est là un phénomène logique, mais difficilement canalisable. La moindre inégalité blesse l'œil, avait-il dit, et l'insatiabilité de l'individu, en termes d'égalitarisme, est dévastatrice. Déjà il nommait ce mal de la mélancolie au sein de l'abondance[1]. Ce passage, j'y reviens, sans cesse[2], tant il me semble clé du comportement démocratique immature, comportement pervers qui

---

1. Alexis de Tocqueville, *De la démocratie en Amérique* (1830-1835) : « Quand l'inégalité est la loi commune d'une société, les plus fortes inégalités ne frappent point l'œil ; quand tout est à peu près de niveau, les moindres le blessent. C'est pour cela que le désir de l'égalité devient toujours plus insatiable à mesure que l'égalité est plus grande. Chez les peuples démocratiques, les hommes obtiennent aisément une certaine égalité ; ils ne sauraient atteindre celle qu'ils désirent. Celle-ci recule chaque jour devant eux, mais sans jamais se dérober à leurs regards, et, en se retirant, elle les attire à sa poursuite. Sans cesse ils croient qu'ils vont la saisir, et elle échappe sans cesse à leurs étreintes. Ils la voient d'assez près pour connaître ses charmes, ils ne l'approchent pas assez pour en jouir, et ils meurent avant d'avoir savouré pleinement ses douceurs. C'est à ces causes qu'il faut attribuer la mélancolie singulière que les habitants des contrées démocratiques font souvent voir au sein de leur abondance, et ces dégoûts de la vie qui viennent quelquefois les saisir au milieu d'une existence aisée et tranquille. »
2. Depuis *Les Pathologies de la démocratie*, Fayard, 2005.

vient pourrir ce qu'il y a de plus exceptionnel dans ce régime, à savoir son exigence d'égalité, et son travail à la rendre concrète.

Cette perversion est-elle inéluctable ? Je ne le crois pas. L'affaire est éducationnelle. Cela se joue au niveau du « gouvernement de soi-même » (Foucault), seul horizon permettant un « gouvernement des autres » digne de ce nom, et respectant le défi égalitaire de la démocratie. Pour Scheler, le ressentiment n'est évidemment pas le fait d'une démocratie parfaite, mais celui d'une démocratie manquée – qui s'avère finalement toujours la réalité d'une démocratie, même s'il ne faut nullement la valider comme telle. « Il y aurait peu de ressentiment dans une démocratie qui, socialement autant que politiquement, tendrait à l'égalité des richesses[1]. »

Le ressentiment est produit par un écart entre des droits politiques reconnus et uniformes et une réalité d'inégalités concrètes. Cette coexistence d'un droit formel et de l'absence d'un droit concret produit le ressentiment collectif. Sans nul doute. Mais à la différence de Scheler, je crois le ressentiment plus structurel en l'homme, car dans une situation économique égalitaire, il se déplace vers la reconnaissance symbolique et exige toujours plus d'égalitarisme ou projette sur l'autre sa détestation. Celle-ci renvoie bien à des facteurs personnels non analysés. Cela ne signifie pas que nos sociétés ne sont pas productrices d'un potentiel de ressentiment[2] par leur renouveau inégalitaire. Se ressentir « offensé », humilié, impuissant, produit dans un premier temps un repli sur soi, une sorte d'acquies-

---

1. M. Scheler, *op.cit.*, p. 21.
2. *Ibid.*, p. 37.

cement, même, consécutif à une forme de *knock-out* ;
puis, heureusement, le sujet se redresse. Mais si le coup
perdure, s'il est répétitif et s'il donne le sentiment d'être
porté par un nombre grandissant d'individus, une élite
par exemple, l'offense se fait monde, monde enfermant,
qui fait du sujet son captif, et le sentiment de fatalité se
pose.

Il y a là deux chemins possibles : le dépérissement de
soi-même d'une part et le renversement du stigmate
d'autre part, à savoir la revendication victimaire, le fait
de se définir dès lors comme « offensé », et d'utiliser
l'identité victimaire de façon tyrannique – le ressentiment étant un premier chemin vers la terreur. La violence
de la charge de Scheler contre l'égalitarisme n'est pas
sans rappeler celle de Nietzsche qui y voit la « morale
des esclaves » qui désirent l'affaiblissement des autres
pour avoir un sentiment égalitaire. Derrière l'exigence
d'égalité inoffensive se cache souvent, selon ces derniers,
une perversion égalitariste, la peur de ne pas être à la
hauteur, cette passion triste terrible : « Seul celui qui a
peur de perdre exige l'égalité universelle[1] ! » C'est là bien
sûr une vision très conservatrice et dénigrante de l'égalité – perçue comme seul viatique vers l'égalitarisme –,
mais qui manque l'égale valeur de la dignité humaine.
Néanmoins, l'analyse concernant le ressentiment est
juste car elle décèle bien le processus de falsification des
valeurs à l'œuvre, qui n'est d'ailleurs pas sans rappeler
celui de la sophistique, dont l'éloquence tente souvent
de masquer une faiblesse d'âme. Le ressentiment peut
s'articuler à l'éloquence, mais généralement les deux se

1. *Ibid.*, p. 150.

scindent très vite, car il existe une parenté entre la culture et les valeurs. Nier toutes les valeurs oblige à dénigrer la culture ou l'intellectualisme.

Scheler poursuit l'analyse en nommant cet homme moyen un « faible ». Il faut comprendre une faiblesse d'âme, qui va très vite avoir besoin d'un assentiment de la masse pour se sentir légitime. « Il sent bientôt le besoin de systématiser son jugement. » En effet, le jugement n'étant qu'une opinion avariée, il faut bien le nombre pour lui donner la consistance qu'il n'a pas, et dès lors aller traquer chez les autres un peu de ce potentiel de ressentiment. Et chacun sait que la faiblesse de l'âme n'est étrangère à personne. L'homme du ressentiment est « un faible : il ne saurait rester seul avec son jugement. [...] L'universalité ou le consentement de tous vient alors remplacer la véritable objectivité des valeurs[1] ».

L'épreuve de la solitude peut rester un rempart contre le dommage du ressentiment, dans la mesure d'une part où elle demeure un acte pouvant accéder à l'individuation, et d'autre part parce qu'un individu choisissant d'affronter la solitude, bien que pouvant connaître une amertume immense, reste moins dommageable pour son prochain, parce que confiné à lui-même. En cherchant le consentement de tous, l'homme du ressentiment montre dans quels pièges du conformisme il est enserré. Le jugement se présente souvent comme un supplément d'esprit critique – le phénomène est similaire avec le complotisme paranoïaque –, mais l'on est en vérité au ras du sol. Falsification des valeurs, parce qu'il se présente aussi comme nouvel ordonnancement des valeurs, destituant la

1. *Ibid.*, p. 153.

hiérarchie des valeurs actuelles ; mais falsification aussi parce qu'il peut confiner au relativisme moral ou au nihilisme.

On connaît la thèse nietzschéenne, infirmée par Scheler, du christianisme comme « fine fleur du ressentiment ». Mais qu'un ressentiment puisse être à la source d'une nouvelle morale, et plus spécifiquement d'une morale moderne, typique des sociétés actuelles bourgeoises, dont l'idéal est la bourgeoisie, telle est bien la thèse de Scheler qui se pose dès lors comme antimoderne. Il défend du reste un christianisme très élitiste, quasi aristocratique, antithétique de l'« humanitarisme moderne » ; il n'est pas d'essence démocratique, comme il peut parfois être interprété, notamment en prenant appui sur la notion d'amour chrétien. Pour Scheler, le christianisme est absolument étranger à toute idée d'égalité de valeurs des hommes ; preuve en est, la distinction entre l'enfer, le paradis et le purgatoire. Cela est tout à fait juste, mais il n'en demeure pas moins que le christianisme défend l'égale dignité des hommes et envisage le pardon comme possibilité.

Le renforcement actuel de l'individualisme peut également produire un terreau pour le ressentiment dans la mesure où l'individu fait sécession et commence à n'entrevoir sa responsabilité qu'à la condition de la distinguer de celle des autres. Premier réflexe, rendre les autres responsables du dysfonctionnement perçu ; second réflexe : considérer que nous ne sommes pas responsables des manquements des autres. L'individu ne veut plus porter sur soi la responsabilité collective mais, en même temps, chaque fois qu'il lui est donné la possibilité d'assumer une responsabilité individuelle, il la juge comme étant une responsabilité collective masquée. En somme, le ressentiment est cette astuce psychique consistant à considérer que c'est toujours la faute des autres et jamais la sienne. On invite chacun à prendre sur soi, mais dès que l'occasion se présente d'assumer sa responsabilité, on se considère comme irréprochable. Telle est bien la différence entre une morale chrétienne qui relie tous les hommes dans leur responsabilité et la morale démocratique individualiste qui dit responsabiliser les individus. « L'idée chrétienne de la solidarité morale de l'humanité implique non seulement que nous sommes tous pécheurs en Adam, et tous rachetés en Jésus, mais aussi que nous devons tous nous sentir solidairement responsables de nos fautes, [...] que nous participons tous aux mérites des saints, et que les pauvres âmes peuvent être sauvées grâce aux actes moraux de leurs prochains. » À l'inverse, la morale des esclaves, comme Nietzsche la décrit, « cherche toujours à réduire la responsabilité au minimum, à expliquer la faute de l'individu par une activité extrinsèque, et tient qu'il ne faut rien devoir à personne[1] ».

7

CE QUE SCHELER ENSEIGNERAIT AU *CARE*

Pas simple donc de relever la gageure de prôner une solidarité collective, un sentiment commun de responsabilité, même si celle-ci ne semble pas nous incomber, et en même temps de prôner un individualisme de la

1. *Ibid.*, p. 147-148.

responsabilité, réel, ne cherchant pas à grimer sa responsabilité en ne convoquant que celle d'autrui. Tel est le défi d'une maturité assumée : assez d'humilité pour porter sa charge ; assez de lucidité pour ne pas sombrer dans le ressentiment dès lors que d'autres n'assument pas la leur. Face au ressentiment de l'homme moyen, Scheler condamne tout autant l'« humanitarisme bourgeois », la fausse pitié, le « cela me fait de la peine », déclassement total de la miséricorde chrétienne, l'internationale des bons sentiments, dirait Althusser, ou encore ce qu'il définit comme altruisme dévoyé, qui se paie de mots. Scheler serait sans doute un adversaire farouche de l'éthique du *care*, ou plutôt de sa vision parodique et caricaturale, selon laquelle on finit par assigner à résidence le vulnérable ou produire en série l'assistanat comme mode de vie. La formule est de Goethe, reprise par Scheler, qui craint de voir le monde devenir un « vaste hôpital », où « chacun se ferait l'infirmier de son voisin », ou encore cette association très imagée de la « législation sociale » et de la « poésie d'hôpital[1] ».

Chacun reconnaîtra dans ces termes la dénonciation conservatrice du socialisme, mais aussi les dérives qu'une éthique du *care* doit savoir également éviter – autrement dit la promotion d'un avachissement moral sous des dehors de compassion communicationnelle. De l'utilité du raidissement de la pensée droitiste, elle permet précisément d'avoir à l'œil son propre avachissement, tout en gardant à distance son systématisme. Pour preuve, cette critique de la vision socialisante du christianisme qui en fait l'antichambre de la démocratie, et plus spécifique-

---

1. *Ibid.*, p. 120.

ment d'un régime égalitariste : Jésus n'est nullement un républicain prônant l'amour du prochain comme d'autres défendraient les droits de l'homme, soutient Scheler, se révélant dès lors tout aussi idéologue que ses adversaires. Et Scheler de redevenir nietzschéen en rappelant que l'amour du Christ est tout sauf tiède, que ce dernier n'exalte nullement les « natures incapables d'hostilité », ou, comme Nietzsche les nomme, « les carnassiers domestiqués[1] ».

Là encore, il est intéressant de rappeler que le ressentiment ne peut pas se satisfaire de l'incapacité d'hostilité, mais du choix délibéré de ne pas sombrer dans celle-ci et de la dépasser. De même qu'en clinique le passage à l'acte est identifié à une incapacité d'action (alors qu'il donne l'illusion d'une action), il faut comprendre que le refus de la violence reste un acte, un agir, et non pas exclusivement une lâcheté. Refuser l'hostilité, refuser la violence, n'est pas dévolu aux seuls « faibles », mais relève aussi d'une fermeté d'âme, en tout cas doit chercher à en relever. Du reste, chacun peut vérifier, histoire et actualité à l'appui, que ceux qui sont « incapables d'hostilité » ne le sont généralement que de façon conjoncturelle et que, à la moindre possibilité de l'exprimer sans en payer le prix, l'hostilité sera de nouveau vomie. Il faut donc rester vigilant. Le ressentiment est un poison d'autant plus létal qu'il se nourrit du temps pour grossir et gagner en profondeur le cœur des hommes. L'amour, dans la conception chrétienne, rappelle Scheler[2], est un acte qui relève de l'esprit et non

1. *Ibid.*, p. 104.
2. *Ibid.*, p. 72.

de la sensibilité, autrement dit de la décision, d'un sens du devoir et de la responsabilité.

8

FÉMINITÉ DU RESSENTIMENT ?

Le fait que les femmes soient, selon Scheler, plus exposées au danger du ressentiment n'est pas à prendre de façon essentialisée ; il renvoie à la structure patriarcale dans laquelle celles-ci sont intégrées, ou plutôt piégées. La rancœur reste l'arme des « faibles » ; « médire » reste la manière la plus aisée de produire de la performativité langagière, d'autant plus que l'agir est confisqué. Le conservatisme de Scheler, un brin rance, est à déconstruire, comme son antisémitisme. Son ode à la femme « plus proprement féminine » charmera peut-être ceux qui conspuent la modernité émancipatrice et féministe ; elle a ici le mérite de montrer qu'une description souvent juste du ressentiment ne nous protège pas nécessairement de notre propre ressentiment et que le travail de déconstruction est toujours d'abord à mener chez soi. Cela dit, il est bon de se rappeler à quel point les pathologies sont insérées dans les époques et difficilement divisibles, même si certaines d'entre elles s'appuient sur des facteurs personnels.

Prenons l'hystérie. Celle-ci a longtemps été féminisée, alors qu'elle renvoie surtout à un conditionnement particulier imposé longtemps à la femme : la réduction de son monde, le confinement dans le privé et le petit, l'assignation à résidence domestique, l'interdiction de la grandeur du monde, de l'augmentation pour soi. En clinique, aujourd'hui, les hystéries, quand elles se maintiennent, dans les sociétés démocratiques, sont aussi masculines que féminines, car elles renvoient – hélas – à un destin plus égalitaire dans la soumission. On aurait aimé que la soumission perde du terrain dans nos sociétés dites modernes, ce qu'elle a fait à certains égards, mais en agrandissant son cercle d'impact, en incluant de manière plus conséquente les hommes. D'où ce renversement assez flagrant que les porteurs du ressentiment ne sont pas les femmes, bien occupées à vérifier les débuts de leur émancipation – même terne, celle-ci est bien réelle –, mais les hommes, « moyens », si l'on reprend le qualificatif de Scheler. Ce sont les déclassés, ceux qui sont qualifiés de façon méprisante comme les « surnuméraires », les « inutiles », ceux qui ont « eu », ou simplement le sentiment d'avoir eu, et qui ne constatent désormais que la perte.

9

LE FAUX SELF

La nostalgie de l'avoir peut être un très sûr poison pour l'âme. Cette rancœur, Donald Winnicott la décrit également comme un des éléments essentiels pour définir le « faux self » – cette personnalité fausse que le sujet s'invente pour se défendre contre ce qu'il considère comme menaçant pour son identité, sa santé, sa vie psychique. Technique de dissimulation basique, et parfois nécessaire, mais qui ne peut demeurer ; dès lors, le faux self s'enracine, devient de plus en plus difficile à distinguer du self. Marc Angenot, lui aussi, le pose au cœur de sa description du « moi ressentimiste » : « Le moi de ressentiment est une sorte de "faux self", de personnalité simulacre, pleine d'entêtements, d'arrogances, de rancunes et d'hostilités – derrière laquelle se dissimule un vrai moi fragile, grégaire et asservi[1]. »

Le concept de « faux self » est déterminant pour saisir la nature psychique de l'homme du ressentiment : de même qu'il n'agit pas, qu'il réagit, de même il n'est pas, il se masque, même s'il n'en a pas conscience. Et d'ailleurs, il n'aura de cesse de refuser l'examen de sa propre conscience, refusant de considérer qu'il a une quelconque responsabilité dans sa situation. Il opte à jamais pour la mauvaise foi et s'y enferme :

> Il tourne tout à fait le dos à la route intérieure qu'il eût dû suivre pour être vraiment un moi. Toute la question du moi, du vrai, est alors comme une porte condamnée au fin fond de son âme. Il n'a que de prudents rapports avec le peu de réflexion sur lui-même qu'il détient, il craint que ne réapparaisse ce qui se cachait à l'arrière-fond[2].

Autre point décisif pour comprendre le faux self : sa soumission. C'est le critère qu'il partage avec le ressentiment, le sujet pratique le « faux self » pour se dissimuler de ce qu'il croit être la force de l'autre, ou de ce qu'il croit être le désir de l'autre, qu'il s'agira alors de contenter ;

---

1. Marc Angenot, *Les Idéologies du ressentiment*, XYZ Éditeur, 1996, p. 107.
2. Søren Kierkegaard, *Traité du désespoir* (1849), cité dans Danièle Zucker (dir.), « Pour introduire le faux self », *Penser la crise. L'Émergence du soi*, De Boeck Supérieur, 2012, p. 19-21.

il bascule dans le ressentiment quand ce désir se révèle en fait inaliénable, non manipulable par sa supercherie. Chez Winnicott, il y a plusieurs degrés de « faux self », dont certains qui ne sont pas menaçants pour l'intériorité du sujet lui-même, dans la mesure où ce dernier la protège des attaques du dehors et de la toxicité de son environnement. Derrière ce « faux self » perdure toujours le « vrai self », conscient de la scission qu'il s'impose, n'en subissant pas nécessairement la violence, sachant aussi qu'elle n'est pas durable et qu'il faudra s'en défaire pour reprendre la route du véritable agir.

10

LA MEMBRANE

Un retour à la volonté de puissance nietzschéenne permet de saisir l'ampleur du défi moderne : la confrontation avec le vide, l'« absurdité du devenir[1] » et le dépassement de l'érosion provoquée par ce dernier. La modernité est sans doute ce moment où l'homme devient sujet, ou plutôt devient plus conscient de la notion de sujet, notion illusoire et contradictoire, mais notion qui ouvre vers un *agency* possible, une tentative de devenir agent, sans se leurrer sur sa propre maîtrise. La modernité, donc, comme rencontre avec l'absence de sens et la possibilité, toute personnelle, d'en créer un, qui sombrera régulièrement, qui pourra parfois s'entrelacer à un sens plus com-

1. F. Nietzsche, *La Volonté de puissance* (1901), II, Gallimard, « Tel », 1995, p. 56.

mun et collectif, mais qui ne relèvera pas nécessairement tous les défis du « faire sens ».

Inutile de basculer dans la « conclusion exorbitante » du nihilisme, car là aussi est la croyance. Le « rien n'a de sens », s'il est systématique, prend des allures de croyance, et vient signer la présomption de l'homme : « où il n'aperçoit pas de sens, il en nie la présence[1] ». Pénétrer de façon profonde cette croyance pourrait d'ailleurs mener au ressentiment, donc autant s'en méfier, rester vigilant quant à la prégnance possible du sentiment, laisser l'*à-quoi-bonisme* au loin, ou ne flirter avec lui que rarement, de façon très parcimonieuse. « Le problème du nihilisme, écrit Nietzsche, procède d'une ancienne habitude qui consiste à croire que le but doit être posé, donné, imposé du dehors par quelque autorité surhumaine. Même après avoir désappris d'y croire, on cherche encore, par vieille habitude, quelque autre autorité qui sache donner des ordres absolus et prescrire des fins et des tâches[2]. »

Il y a là quelque chose de commun avec le ressentiment, quelque chose qui se joue avec l'extérieur, un décentrement, mais qui, en réalité, n'en est pas un. Le décentrement consiste simplement à déplacer le centre du pouvoir, à faire de soi un soumis à l'extérieur. Non que le sujet ne soit jamais soumis à l'extérieur, il l'est indéniablement aussi. Mais il ne l'est pas, tout aussi irréductiblement. Le ressentiment comme le nihilisme oublient cette vérité première, qu'il existe un dedans et un dehors, une fine membrane qui sépare l'individu et le monde,

1. *Ibid.*
2. *Ibid*, p. 57.

le soi et le hors-soi. Cette membrane préserve l'homme de la folie lorsque, confronté à l'obligation de soumission, de violence, ou encore de vide, il s'extrait. Certes, elle est infime, certes elle peut s'abîmer, et l'érosion de soi témoigne de la corrosion possible de la membrane ; mais elle demeure, la plupart du temps, encore présente. La disparition de cette membrane, psychique, n'existe que dans des cas extrêmes : torture, obligation d'acte de cruauté envers ceux qu'on aime, traversée de l'impossible qui oblige précisément le sujet à se scinder, peut-être définitivement.

« Nous sommes plus libres qu'on ne le fut jamais de jeter le regard dans toutes les directions, nous n'apercevons de limite d'aucune part[1]. » Aujourd'hui, le sentiment commun est quelque peu différent et génère une nouvelle angoisse, celle d'un vide, certes, mais aussi celle d'un pire, celle d'une illusion du plein qui s'étiole et qui laisse aussi le sujet pantois. Pourtant, un simple retour dans la clinique des patients, et notamment des jeunes patients, montre que le sentiment de vide continue de faire des victimes, que cet espace moderne si « immense » n'est pas aisé à appréhender, que la jeunesse s'y fracasse, le tout et le rien étant dans un premier temps assez indifférenciés, et demandant précisément l'effort d'une vie pour se distinguer. Les techniques nietzschéennes d'étourdissement pour faire face au vide sont d'ailleurs extrêmement ingénieuses. Ici, l'on comprend que ressentiment et divertissement ne sont pas si étrangers, ce dernier étant le chemin choisi par les plus « faibles » pour éviter le vide et l'échec à le dépasser. Le

1. *Ibid.*, p. 58.

divertissement reste une manière médiocre de résister aux attaques du ressentiment, qui présente une forme d'efficacité immédiate mais peu durable. Il faut chaque fois la réalimenter. Il est finalement assez logique que le risque d'indigestion soit le contraire de la digestion, de cette capacité à faire avec, et à aller vers la synthèse possible. Le contraire de ce terrible sentiment de vide, poursuit Nietzsche, « c'est l'ivresse dans laquelle le monde entier nous semble s'être concentré en nous, et où nous souffrons d'une plénitude excessive[1] ». Comment une plénitude peut-elle être excessive ? C'est la preuve même qu'elle est viciée, qu'elle n'est qu'une parodie de plénitude, et nous voilà pris dans des « astuces de comptables » pour « cumuler nos petits plaisirs » dans l'espoir de calmer notre sentiment de vide, alors que gronde au loin, déjà, le ressentiment des autres, qui sont passés par le même chemin des petits plaisirs, à ceci près que ceux-ci ont été confisqués.

Le ressentiment naît aussi de ce divertissement avorté, de cette volonté de divertissement frustrée, de cette illusion de croire que le sujet pouvait se passer d'affronter sa propre solitude, qu'il pouvait faire reposer l'intégralité de son malheur sur les autres – mais cela est absurde, dans la mesure où ces « autres » se vivent comme autant de sujets, non responsables de lui, tout aussi contraints par le sentiment de vide, et tentant de s'occuper de leur seul sort. Il y a dans le ressentiment, du moins dans sa permanence, dans son approfondissement, dans son installation au cœur du sujet, un déni de responsabilité, une délégation entière à autrui de la responsabilité du monde

1. *Ibid.*

et donc de soi, une illusion magistrale en somme, un oubli de la membrane qui sépare le dedans du dehors.

II

LA NÉCESSAIRE CONFRONTATION

Le ressentiment est un échec de l'âme, du cœur et de l'esprit, mais reconnaissons qu'une relation au monde qui n'en fait pas l'épreuve n'est peut-être pas tout à fait aguerrie. Il faut voir le ressentiment poindre à l'horizon pour comprendre l'enjeu d'une subjectivation se délivrant de cela. Je crois que cet enjeu-là, dans la cure analytique, est le plus substantiel de tous. Montaigne, dans sa sagesse, reconnaît d'ailleurs qu'une vertu ne faisant pas l'objet d'une tentation du vice ne serait peut-être pas si grande que cela. Dans ce sens, l'on peut considérer que le ressentiment est un défi pour chaque âme cherchant à s'affirmer comme vertueuse.

La vertu laisse entendre je ne sais quoi de plus grand et de plus actif que de se laisser par une heureuse nature doucement et paisiblement conduire à la suite de la raison. Celui qui par une douceur et une facilité naturelles mépriserait les offenses reçues, ferait une chose très belle et digne de louange, mais celui, piqué et outré jusqu'au vif d'une offense, s'armerait des armes de la raison contre ce furieux appétit de vengeance, et après un grand conflit, s'en rendrait enfin maître, ferait sans doute beaucoup plus[1].

1. Montaigne, *Les Essais.*, Livre II, chapitre XI, « De la cruauté ».

Résister à l'appétit de vengeance, entrer en conflit avec le ressentiment lui-même et non pas avec l'objet du ressentiment – ce qui équivaudrait à une falsification du combat –, avoir conscience de l'offense et pour autant la dépasser, ne pas s'y soumettre, voilà bien quelque chose d'« actif » – qui demande à la fois une capacité de symbolisation et une capacité d'engagement dans le monde environnant. Montaigne ne se pose nullement comme le plus vertueux des hommes, bien au contraire. Il a cette humilité délicieuse, bien réelle mais non complaisante, avec son insuffisance. A-t-il su dompter le ressentiment en lui, ou a-t-il eu la chance de ne pas y être trop confronté, que ce soit par les affres de la vie ou par celles de son âme, il répond par la deuxième hypothèse. « Si je fusse né avec un tempérament plus déréglé, je crains qu'il en fût allé piteusement de moi, car je n'ai guère fait l'essai de la fermeté dans mon âme pour soutenir des passions si elles eussent été tant soit peu véhémentes[1]. » Il remet son joyeux sort à sa prud'homie naturelle. Il n'en demeure pas moins qu'il reconnaît chez lui une aversion essentielle pour la véhémence néfaste ; il n'a, en effet, aucun plaisir à laisser s'exprimer ses vices et, dès lors, il se tient à distance d'eux, avec un caractère alerte tout à fait efficace : « les miens, je les ai retranchés et contraints de façon qu'ils fussent les plus isolés et les plus simples que j'ai pu » ; ne pas chérir ses vices, emprunte-t-il encore à Juvénal, ce qui témoigne d'un effort sur soi, de s'obliger à contraindre ce qui déborde, de prendre sur soi la responsabilité.

1. *Ibid.*

49

LE GOÛT DE L'AMERTUME

Ne pas céder au ressentiment. Sublimer l'incurable et résister à la dévastation que cela peut produire – car l'on peut transformer aussi le ressentiment en simple désenchantement, en mélancolie, et se retirer du monde. Montaigne enseigne aussi cet art de l'amertume, ce savoir-faire avec l'amertume en ne se soumettant pas à l'illusion de pureté ou d'absoluité. Ce n'est pas aisé car l'amertume altère le goût. « Nous ne goûtons rien de pur[1] », écrit-il pour finalement s'en remettre à Lucrèce, poète de la nature, bien conscient de la fébrilité qui atteint l'homme : « Du fond du puits des plaisirs, je ne sais quelle amertume monte, qui prend à la gorge, et des fleurs mêmes s'exhume[2]. »

Telle est sans doute la spécificité de la vie humaine et de ses plaisirs : se dessiner sur fond de finitude et d'insuffisance. Tout plaisir, tout moment d'apaisement, n'est qu'éphémère, il ne guérit rien de manière définitive, tant la vérité finale gronde, inéluctable. Sans parler des blessures de vie, qui parsèment la sienne, et altèrent de nouveau ce goût de la vie. Il faudrait alors pouvoir apprécier le goût de l'amertume ; cela serait sans doute la leçon stoïcienne par excellence. Non pas susciter l'amertume mais, une fois qu'elle est là, savoir la goûter sans défaillir : « Verse-moi donc des coupes plus amères »,

1. *Ibid.*, Livre II, chapitre XX.
2. Lucrèce, IV, 1133-1134, dans *ibid.*, Livre II, chapitre XX.

écrit Catulle[1]. Et voilà Montaigne qui nous décrit la joie comme une forme de « sévérité », bien éloignée des images doucereuses du bonheur publicitaire, toujours liée à un « prix », un *pretium doloris* dirions-nous. L'amertume est le prix à payer de cette absence d'illusion, mais qui confère alors une forme de pureté au goût restant ; sans doute, tel est le choix : une illusion totale sans amertume mais qui fait manquer toute perception du goût véritable et de l'autre, une amertume réelle qui, une fois sublimée, laisse apparaître une douceur possible, terriblement subtile, vulnérable à souhait, mais d'une grande rareté magnifique.

13

MÉLANCOLIQUE LITTÉRATURE

L'amertume a été un grand objet littéraire et poétique. Verlaine est sans conteste un de ses expérimentateurs les plus doués, même si le goût qu'il laisse est plus âcre que délicat. C'est l'horizon des *Poèmes saturniens*, cette grande ode aux fils de Saturne, qui ont « bonne part de malheur et bonne part de bile », dont l'imagination n'est pas qu'une alliée tant elle peut rendre inepte la raison, et ne savoir que faire de cet « idéal qui s'écroule ». Mais l'ode même trahit l'échec. Car si elle le narre, elle ne s'y résume pas. À l'inverse, elle s'élance et tend pour les âmes un autre *azur*. Grâce à Verlaine, son amertume se fait écume de mer, paysage total, possibilité de colorer le

---

1. Catulle, XXVIII, 1-2, dans *ibid*.

monde, d'un camaïeu en apparence triste mais dont les charmes apparaissent à tout œil plus attentif.

Victor Hugo, d'une si grande habileté dans la sublimation, a su dépeindre cet homme pris dans l'amertume, mais n'y cédant pas et s'y appuyant pour devenir autre. Il parle des hommes-océans. Les décrivant, il pense à Dante, à Shakespeare, à Michel-Ange, ces illustres, ces talentueux, ces génies, qui ont traversé les flux et reflux de la vie, ce « va-et-vient terrible », ce « bruit de tous les souffles, ces noirceurs et ces transparences, ces végétations propres au gouffre[1] ». Voilà ces hommes-océans qui fabriquent l'œuvre immense, qui touchent la grâce alors même qu'ils sont face à l'abîme. Non que cet abîme produise, comme par magie, son contraire. Nullement. Il les appelle les « aigles dans l'écume », ceux qui sont capables d'un tel « niveau après le bouleversement », ceux qui ne cèdent pas au naufrage, car il y a naufrage. « Et c'est la même chose de regarder ces âmes ou de regarder l'océan », poursuit-il ; telle est sans doute l'un des plus beaux hommages que nous puissions faire à ceux qui éprouvent l'amertume et en découvrent l'étrange saveur ; ils savent aussi augmenter notre monde ; ils savent nous reconnecter à lui, alors que nous sommes pris dans les filets de notre désarroi, sans style.

Nietzsche dit autrement les choses, car avec lui l'amertume se fait aridité ; mais la connivence avec les poètes est réelle : « Nous savons que la disparition d'une illusion ne crée pas tout de suite une vérité, mais un nouveau fragment d'ignorance, un élargissement de notre espace vide, un accroissement de notre désert[2]. » Ni Saturne ni l'océan,

1. Victor Hugo, *William Shakespeare*, 1864, Livre I, II.
2. F. Nietzsche, *La Volonté de puissance*, 1901.

mais le désert. « Notre » espace vide, « notre » désert : la singularité, le propre, se loge de façon imperceptible, et pas toujours plaisante. Il y a là encore du sujet, du soi, même dans ce vide, qui pourtant ne semble pas nous être adressé. Le fait même d'être inauguralement homme fait qu'il y a adresse néanmoins. Croire à l'adresse est une erreur, comme oublier que le sujet n'est qu'un point de vue parmi une infinité, sachant qu'il possède lui aussi quantité d'autres points de vue possibles sur ledit désert. Nous demeurons, pour nous-mêmes, la seule médiation du monde possible, du moins irréductible. On ne peut pas ne pas passer par soi. On invente des « on », des « soi », pour se distancier, à juste titre. On vise le soi disparaissant pour tenter d'approcher le réel et les autres, mais tout viatique est viatique du soi ; pour certains, telle est la triste réalité, pour d'autres, celui-ci peut aussi être autre chose, la tentative de dépasser la « morale des esclaves », si l'on reprend le registre nietzschéen, en l'inscrivant dans l'héritage hégélien.

14

LA FOULE DES ÊTRES MANQUÉS

Plusieurs choses à noter sur cette morale de l'insuffisance jouissant d'elle-même. « La foule des êtres manqués est bouleversante ; plus encore leur insouciance béate, leur sécurité (l'absence d'intérêt pour l'évolution collective de l'homme) – combien tout peut s'effondrer[1]. » La

---

1. F. Nietzsche, *La Volonté de puissance*, *op. cit.*, p. 73.

foule des êtres manqués, chez Nietzsche, fait écho au troupeau, à la « populace », aux « esclaves », à proprement parler, à ceux qui refusent l'épreuve, se cabrent devant la difficulté, refusent la frustration, et refusent l'épreuve vitale, au sens où elle peut entraîner la mort du sujet. La thèse nietzschéenne peut sembler binaire, car il n'y a sans doute pas d'un côté le maître, de l'autre l'esclave, mais il y a, à l'intérieur de soi, la dialectique des deux, comme le stipule Hegel :

> C'est seulement par le risque de sa vie qu'on conserve la liberté, qu'on prouve que l'essence de la conscience de soi n'est pas l'être, n'est pas le mode immédiat dans lequel la conscience de soi surgit d'abord, n'est pas son enfoncement dans l'expansion de la vie[1].

Le risque de la mort n'est pas imagé, il est bien réel : le sujet devient maître parce qu'il combat, parce qu'il affronte un risque qui peut avoir raison de lui, qu'un autre refusera d'affronter par peur de son vacillement, produisant dès lors un vacillement certain, tel est l'esclave. Chez Nietzsche, le ressentiment est précisément le mode de pensée de la masse, de l'homme vil, de l'homme non différencié, qui se victimise alors qu'il est le responsable de cette indifférenciation, qu'il a choisi délibérément l'absence de risque, le divertissement – le terme nietzschéen est l'ivresse. Le ressentiment est une mollesse de l'âme, cela nous semble contre-intuitif tant il est nauséeux, tant l'aigreur pique et peut donner l'illusion d'un goût intense. La « foule des mal venus », dit encore

---

1. Friedrich Hegel, *Phénoménologie de l'esprit* (1807), I, trad. Jean Hyppolite (1939), Aubier, 1992, p. 159.

Nietzsche, le troupeau contre l'homme d'exception. Comprenons la peur de faire exception, ou plutôt le désir ardent d'être exceptionnel sans en payer le prix ; désirer payer le prix du troupeau et vouloir la distinction, cela ne marche pas. On revient ici à la notion de *pretium doloris*, indispensable à la subjectivation, à l'émancipation ou sortie de la minorité. Ce risque vital de la pensée, ce risque de séparation irrémédiable, le sujet ne peut manquer de le prendre s'il veut tenter l'aventure subjective :

La révolte des esclaves dans la morale commence lorsque le ressentiment lui-même devient créateur et enfante des valeurs : le ressentiment de ces êtres, à qui la vraie réaction, celle de l'action, est interdite et qui ne trouvent de compensation que dans une vengeance imaginaire. Tandis que toute morale aristocratique naît d'une triomphale affirmation d'elle-même, la morale des esclaves oppose dès l'abord un « non » à ce qui ne fait pas partie d'elle-même, à ce qui est « différent » d'elle, à ce qui est son « non-moi » : et ce non est son acte créateur. Ce renversement du coup d'œil appréciateur – ce point de vue nécessairement inspiré du monde extérieur au lieu de reposer sur soi-même – appartient en propre au ressentiment : la morale des esclaves a toujours et avant tout besoin, pour prendre naissance, d'un monde opposé et extérieur : il lui faut, pour parler physiologiquement, des stimulants extérieurs pour agir ; son action est foncièrement une réaction[1].

Choisir le ressentiment consiste précisément à choisir la non-action, à installer le régime compensatoire dans l'imaginaire et non dans le réel. C'est, par ailleurs, se constituer « en opposition à » et ne pas saisir l'épui-

1. F. Nietzsche, *La Généalogie de la morale* (1887), trad. Henri Albert, Mercure de France, 1900, p. 50-51.

sement structurel d'une telle situation ; car toujours se constituer par rapport à un autre, c'est affaiblir son sujet, le rendre dépendant, vivre dans une sorte de panoptique dont on est le premier prisonnier. C'est se vivre comme *second à*, comme « valet », comme subissant la conséquence, comme étranger à la cause. Cela rend malade. Sans cesse se comparer finit par faire de soi une mesure, ou plutôt par faire séquencer son être pour qu'il puisse être comparé à celui d'un autre, lui-même inauguralement incomparable, parce que singulier, mais la volonté de se comparer trahit le vide qui nous anime, la peur de n'être rien, alors on cherche, et on compare, pour vérifier qu'on est meilleur ou, à l'inverse – ce qui revient à un type d'aliénation différent, mais tout aussi dommageable –, qu'on est inférieur, et voilà ce qui devient insupportable, tellement insupportable qu'il faudra vicier les valeurs et dénigrer l'autre pour invalider cette comparaison qui nous a donné une si mauvaise image de nous-mêmes.

Assumer le *pretium doloris* n'est pas seulement prendre le risque de la pensée ou de l'action, c'est également se détacher du besoin de réparation. Prendre ce risque-là, celui de ne pas réparer l'injustice commise, c'est cesser d'attendre la réparation comme *deus ex machina*, se libérer de l'attente, émotionnellement, et pas simplement théoriquement. C'est prendre le risque de cicatriser soi-même la blessure, avec cette insuffisance bien connue que nous ne sommes pas toujours les meilleurs médecins de nous-mêmes, mais qu'il va falloir décider cela. Le seuil inaugural de la décision, avoir le courage de ne plus attendre la réparation. Pas nécessairement pardonner, mais se détourner de l'attente obsessionnelle de la réparation, ne pas s'enfermer dans le besoin de réparation. Abandonner la plainte, la justice de cette plainte, prendre ce risque-là, non pas capituler, mais décider que sa blessure sera ailleurs, qu'elle n'est pas là, dans cet échange médiocre avec l'autre. Renoncer à la justice, non pas à l'idée de justice, mais à l'idée d'être le bras armé de cette justice, ou que d'autres le soient. Il y aura peut-être justice, cette quête peut exister, mais à l'unique condition de ne pas susciter le ressentiment, la haine de l'autre comme moteur. Toute notre histoire, notre cheminement historique civilisationnel sont construits là-dessus : il n'est donc nullement simple d'abandonner ce moteur classique de l'histoire et d'inventer un autre déploiement, celui d'une justice qui se pense par l'action, l'engagement, l'invention, la sublimation, et non la réparation. Bien sûr, les protocoles de réparation sont essentiels, et sont le fait des institutions, avec tout ce qu'il y a d'insuffisant dans le processus. Ils constituent souvent le noyau central des politiques publiques. Mais là nous évoquons l'individu, comment il échappe à son propre ressentiment, comment il s'extrait de la prison de l'injustice sociale, et de celle formée par ses propres représentations mentales, ou comment il comprend enfin qu'on ne répare pas ce qui a été blessé, cassé, humilié, mais qu'on répare « ailleurs » et « autrement » : ce qui va être réparé n'existe pas encore.

Nietzsche fait un pas de plus dans la dénonciation en considérant que la modernité a fait triompher les malades, les débiles, les médiocres, le troupeau, qu'elle a installé l'ère du ressentiment de façon globale. Cette dénonciation du temps moderne, par rapport à un hypothétique et valeureux temps ancien, peut être facilement déconstruite, et surtout une telle dénonciation quasi absolutiste finit par desservir le propos. Usons de l'interprétation, catégorie hautement nietzschéenne, pour saisir l'ampleur de sa pensée et de ce qui suit. Choisir le ressentiment, c'est choisir le troupeau en soi, c'est viser chez les autres la trace de l'aigreur, comme pour mieux faire résonner la sienne. L'instinct de troupeau, Nietzsche nomme cela. « L'homme du ressentiment n'est ni franc, ni naïf, ni loyal envers lui-même. Son âme *louche*, son esprit aime les recoins, les faux-fuyants et les portes dérobées, tout ce qui se dérobe, le charme, c'est là qu'il retrouve *son* monde, *sa* sécurité, *son* délassement ; il s'entend à garder le silence, à ne pas oublier, à attendre, à se rapetisser provisoirement, à s'humilier[1]. » Sans doute l'homme du ressentiment ne voit-il pas la supercherie, sans doute n'a-t-il pas conscience de cette *visée du petit*, de cet affaiblissement choisi, tout occupé à ressentir la fièvre de l'aigreur et à croire à son pouvoir magique, car désormais il opte souvent pour la croyance magique, celle qui croit à la réparation tombée du ciel, alors même qu'il peut être des plus athées. Mais ressentiment et superstition avancent de concert, et ceux qui sont épris de ressentiment croient en la réparation de l'injustice, sans en passer par le seul remède de l'action. Ils croient que la réaction peut susciter la réparation. Ils croient à l'ennemi. Celui-là même qu'ils ont fabriqué de toutes pièces – car reconnaissons qu'il n'est pas simple, pour une âme saine en tout cas, d'avoir des ennemis.

Certes, chacun peut être un jour amené à faire face à ce qu'il croit être un immense danger pour lui, un barbare, ou tout simplement un ennemi au sens où celui-ci veut le détruire. Il sera donc impossible, du moins si l'on sou-

---

1. F. Nietzsche, *La Généalogie de la morale*, op. cit., p. 53-54.

haite s'autoconserver et protéger ceux qu'on aime, d'affronter cet autre, et d'espérer le terrasser. Mais, là, il ne s'agit pas de cela. Le ressentiment fabrique des ennemis, non pour s'en défendre, comme s'ils voulaient décimer l'homme du ressentiment, mais pour précisément souhaiter leur mort. Alors, bien sûr, les hommes du ressentiment revendiqueront le contraire, en expliquant que leur vie est précisément mise à mal par ces fameux « autres ». Mais la vérité est bien plus dure : ces ennemis n'en sont pas, car le même idéal traverse lesdits ennemis et les hommes du ressentiment ; ces derniers désirent être à la place de ces dits ennemis, ce qui prouve bien que la catégorie d'ennemis est usurpée. « Si l'on se représente "l'ennemi" tel que le conçoit l'homme du ressentiment – on constatera que c'est là son exploit, sa création propre : il a conçu "l'ennemi méchant", le "malin" en tant que concept fondamental, et c'est à ce concept qu'il imagine une antithèse, "le bon", qui n'est autre que – lui-même[1]. »

Si je considère que la lutte contre le ressentiment est l'objet premier de la cure analytique, je crois aussi qu'il n'y a pas de réparation au bout du chemin. Il n'est pas rare que les patients arrivent en cure avec ce désir-là : réparer, revivre comme ils avaient vécu, avant le drame, avant le traumatisme. Puis ils comprennent qu'il n'y aura pas d'à rebours, qu'il y aura création et non réparation, qu'à défaut de création il n'y aura que régression. En fait, ce qu'ils visent dans ce fantasme du retour en arrière, c'est l'insouciance d'une vie, c'est l'illusion du bonheur, voire le bonheur lui-même... et cela reste possible. Mais ce bonheur ne sera jamais cet ancien bonheur. Ce sera

---

1. *Ibid.*, p. 55-56.

quelque chose qui n'a jamais existé ; et il est assez impressionnant de s'atteler à ce défi-là, créer ce qui n'a jamais existé. Il est normal de se sentir vaciller, incapable de cela. Mais retrouver une forme de santé, ce sera reprendre le chemin de la création, de l'émergence possible.

15

LA FACULTÉ D'OUBLI

Pour saisir le principe du ressentiment et son fonctionnement, Nietzsche, Freud et Deleuze s'unissent et décrivent le double mouvement inconscient et conscient de celui-ci. À partir du schéma freudien de l'hypothèse topique, on comprend comment une excitation a été reçue et gardée en mémoire, en tant que trace, par l'inconscient, puis est comme revigorée par une nouvelle excitation, celle-ci, bien contemporaine ; la trace « momentanée » se faisant dès lors plus « durable[1] ». Sans la revigoration consciente, le ressentiment n'existerait donc pas ; on en resterait à l'en-deçà inconscient, plus traumatique, mais non nécessairement devenu ressentiment. En commentant Nietzsche, Deleuze rappelle que l'oubli est chez ce dernier une capacité des grandes âmes. On pourrait

1. « Nous supposerons donc qu'un système externe de l'appareil reçoit les excitations perceptibles, mais n'en retient rien, n'a donc pas de mémoire, et que derrière ce système, il s'en trouve un autre qui transforme l'excitation momentanée du premier en traces durables », dans S. Freud, *Sciences des rêves*, Alcan, 1926, p. 442-443. Voir aussi l'article sur l'inconscient de 1915 (dans *Métapsychologie*, 1915) et *Au-delà du principe de plaisir* (1920). Voir également Gilles Deleuze, *Nietzsche et la philosophie* (1962), PUF, 1991, p. 128.

évoquer la capacité de refoulement, mais celui-ci n'est pas exactement la même chose que l'oubli ; il n'en a pas l'innocence. Il est indéniable que le véritable oubli peut être aussi une force car il permet d'advenir à autre chose, l'émergence d'autre chose. Il serait une sorte de dynamique inconsciente de régénération, hors définition d'un déficitaire cognitif bien sûr. L'oubli a trop souvent été vu du côté de la seule conscience, comme insuffisance, alors même qu'il peut posséder un immense pouvoir vital du côté de l'inconscient, puis dans sa validation par la conscience. Car en effet, si la conscience oublie et l'inconscient garde, le sujet peut se trouver mal à l'aise et vivre précisément ce qu'on appelle le retour du refoulé. Mais il semble bien qu'il soit difficile de viser l'oubli délibérément : un oubli volontaire est-il encore un oubli ? Il est également évident que ceux qui éprouvent du ressentiment n'oublient pas ; mais attention au contresens qui considérerait l'homme du ressentiment comme le garant d'une mémoire, comme celui qui n'oublie jamais ce qui s'est passé. Tel n'est pas le cas. L'excitation reçue par l'homme du ressentiment est irrémédiablement médiée par ce dernier. Autrement dit, ce qui est reçu n'est pas nécessairement ce qui a été ; ou, en tout cas, n'en est qu'une infime partie. Le problème n'est pas qu'il n'oublie jamais mais que ce qui est gardé en mémoire est déjà faussé, et le sera d'autant plus par la revigoration de sa conscience qui, du reste, n'aura nul besoin d'avoir le même objet pour se revitaliser, du fait même qu'il y a effusion du ressenti dès le départ. Nous l'avons vu, le ressentiment peut très vite se passer d'objet et donc précisément d'une mémoire. S'il n'est pas dans l'oubli, il est dans la falsification, non parce que l'excitation reçue est nécessairement différente de la réalité originelle, mais parce qu'il manque d'humilité à croire qu'elle la recouvre, et qu'il ne fait pas la distinction. Ne pas faire la distinction au niveau inconscient est récupérable, précisément en travaillant à partir de l'inconscient – c'est le propre du travail analytique. En revanche, ne pas faire la distinction au niveau conscient est résolument insuffisant ; telle est l'infirmité profonde du ressentiment : se laisser tromper par lui-même, et croire, pour couronner le tout, qu'il n'a pas oublié, alors même qu'il a oublié la confusion qu'il opère.

La faculté d'oubli est un chemin pour se protéger du ressentiment, avec cette difficulté essentielle qui consiste à ne pas recouvrir l'oubli par le seul désir d'oublier.

> Et même le ressentiment, lorsqu'il s'empare de l'homme noble, s'achève et s'épuise par une réaction instantanée, c'est pourquoi il n'empoisonne pas : en outre, dans des cas très nombreux, le ressentiment n'éclate pas du tout, lorsque chez les faibles et les impuissants il serait inévitable. Ne pas pouvoir prendre longtemps au sérieux ses ennemis, ses malheurs et jusqu'à ses méfaits – c'est le signe caractéristique des natures fortes, qui se trouvent dans la plénitude de leur développement et qui possèdent une surabondance de force plastique, régénératrice et curative qui va jusqu'à faire oublier[1].

Il est certain que la conscience réelle du tragique, la compréhension profonde de cette notion, et d'une certaine manière son acceptation, non pour la justifier ni la provoquer, mais simplement pour saisir qu'il y a une différence essentielle entre le sujet et le réel, et entre ce que

---

1. F. Nietzsche, *La Généalogie de la morale, op. cit.*, p. 54-55.

nous nommons vérité et le réel lui-même, désigne l'enjeu de l'œuvre littéraire et philosophique de Nietzsche. Et il y a, là encore, une grande différence entre se prendre au sérieux et la simple compréhension du tragique.

Chez Jankélévitch, les termes sont sensiblement proches pour désigner une même réalité, même si l'on peut croire l'inverse. Quand Jankélévitch écrit « inutile de se croire tragique, il suffit d'être sérieux », il désigne la même chose que Nietzsche : une compréhension assez fine du réel et de sa douleur, un sens inévitable du *pretium doloris*, mais une absence de récupération sentimentale ou victimaire, voire discursive, de ce sentiment. Inutile de se prendre au sérieux, inutile de disserter sur le sérieux : une acceptation qui ne vire pas à la renonciation complaisante et réactionnaire du ressentiment suffit. D'ailleurs, c'est un autre sens du « cela suffit » qui émerge. Un « cela suffit » non vindicatif, mais qui témoigne néanmoins de l'obligation morale de passer à autre chose, pour que se déploie à nouveau un geste de connaissance.

Nietzsche rappelle la méprise d'Aristote consistant à assimiler tragique et passions tristes, comme la terreur et la pitié : « S'il avait raison, la tragédie serait un art funeste à la vie ; il faudrait mettre en garde contre elle comme un danger public et une infamie[1]. » L'art, en se mettant au service de l'infamie, se nierait lui-même, poursuit-il. À l'inverse, la tragédie est un « tonique », du moins faut-il la saisir ainsi, comme l'occasion d'une dynamique cathartique, et non d'un redoublement ruminatoire. Autrement dit, le sens du tragique pour aller vers l'action, et non la

1. F. Nietzsche, *La Volonté de puissance*, op. cit., p. 409, § 460.

simple réaction qui est le contraire même de l'action. « La tragédie n'enseigne pas la résignation... Représenter des choses effroyables et inquiétantes, c'est déjà chez l'artiste un instinct de puissance et de splendeur : c'est qu'il ne les craint pas[1]. » Il est sans doute plus aisé, disons plus évident, pour l'artiste de sublimer le tragique. Le défi apparaît plus compliqué pour le non-artiste, celui qui n'a pas de la sublimation un quasi-réflexe technique et méthodologique ; il lui faut alors expérimenter la voie artiste de lui-même, la sienne propre, qui ne fera pas nécessairement œuvre littéraire ou artistique, mais qui relève du même procédé libidinal et d'investissement du monde, et d'une même aptitude à saisir le tragique tout en tenant à distance son possible venin.

16

ESPÉRER DU MONDE

Nietzsche le dit : l'homme qui échappe au ressentiment n'y échappe pas d'emblée, c'est toujours le fruit d'un travail. Et l'œuvre est sans cesse à répéter : la vigilance est toujours là pour s'obliger à la sublimation et ne pas simplement se contenter d'une inspiration. Telle est l'une des définitions freudiennes de la culture : « La sublimation des instincts constitue l'un des traits les plus saillants du développement culturel ; c'est elle qui permet aux activités psychiques élevées, scientifiques, artistiques ou idéologiques, de jouer un rôle si impor-

1. *Ibid.*, p. 410, § 461.

tant dans la vie des êtres civilisés[1]. » La sublimation est cette aptitude nécessaire au sujet individuel, isolé ou pris dans les rets de la société : elle est cette habileté à tisser avec ses propres névroses, et à tisser avec celles des autres, encore plus difficiles à digérer, un talent quasi alchimique de faire avec les pulsions autre chose que du pulsionnel régressif, de les tourner vers un au-delà d'elles-mêmes, d'utiliser à bon escient l'énergie créatrice qui les parcourt.

Car il faut comprendre que l'énergie manque, qu'elle est renouvelable, mais que chaque sujet a un rythme propre de renouvellement, et que brûler son énergie via des objets impropres à cela consume et met en péril la résilience écosystémique. « Comme l'être humain ne dispose pas d'une quantité illimitée d'énergie psychique, il ne peut accomplir ses tâches qu'au moyen d'une répartition opportune de sa libido[2]. » L'analyse permet de comprendre le fonctionnement libidinal de l'être : comment son énergie se focalise sur tel ou tel objet et comment, à trop se focaliser sur l'objet, l'énergie se consomme, tourne à vide, sans possibilité de se recharger ; comment il faut apprendre « la répartition opportune de sa libido », car c'est bien la même énergie qui parcourt le corps et l'esprit, l'investissement dans la société et celui qu'on est capable de prodiguer hors d'elle. Là les règles varient selon les êtres, certains sachant user de cette même énergie, dans l'écriture, dans la vie publique et dans la sexualité. D'autres, à l'inverse, devant « choisir » ou plutôt

1. S. Freud, *Malaise dans la civilisation* (1929), « Les classiques des sciences sociales », bibliothèque numérique fondée et dirigée par Jean-Marie Tremblay, p. 41.
2. *Ibid.*, p. 48.

subissant le fait que cette énergie n'est pas infinie, et qu'il faut l'orienter, qu'il faut choisir alors qu'on aimerait faire autrement.

Freud a pu laisser parler son sexisme ordinaire, lequel pouvait, du reste, s'appuyer sur un phénomène propre à son époque, à savoir la place de l'hystérie plus forte chez les femmes que chez les hommes. L'erreur freudienne[1] est d'essentialiser la femme et de ne pas voir qu'il y a moment historique. Si la femme est dans le ressentiment, ce n'est pas parce qu'elle ne fait plus l'objet de l'attention masculine – de fait, en partie –, mais surtout parce qu'elle est privée de son investissement libidinal propre. Or toute personne qui ne peut investir le monde par le biais de sa libido meurt à petit feu et bascule dans le ressentiment, comme processus de défense. C'est ici, au demeurant, que le croisement entre effort personnel et effort sociétal est déterminant. Car il existe bien sûr des conditions structurelles qui produisent du ressentiment. Cela ne signifie pas qu'il faille s'y soumettre, mais reconnaissons que la situation est plus malaisée pour celui – et plus souvent celle – qui y est confronté. Il est ainsi du devoir de la politique et d'un État de droit digne de ce nom de produire les conditions qui ne renforcent pas le ressentiment, en permettant au plus grand nombre d'investir de façon libidinale le monde ; non seulement de permettre ce que Winnicott désigne comme cette espérance d'une attente

---

1. « La part qu'il en destine à des objectifs culturels, c'est surtout aux femmes et à la vie sexuelle qu'il la soustrait ; le contact constant avec d'autres hommes, la dépendance où le tiennent les rapports avec eux, le dérobent à ses devoirs d'époux et de père. La femme, se voyant ainsi reléguée au second plan par les exigences de la civilisation, adopte envers celle-ci une attitude hostile », dans *ibid.*

comblée par le monde[1], mais également d'une mise à disposition de moyens pour y accéder. Aucun individu ne peut se reposer sur cette obligation de l'État de droit à produire cela, dans la mesure où ce dernier n'est rien sans l'effort perpétuel des individus œuvrant à créer les moyens de la lutte contre le ressentiment. Pour autant le *seul* individu n'est pas *seul* responsable du dysfonctionnement démocratique, et surtout de sa complaisance à considérer que le maintien des structures alimentant le ressentiment est chose dérisoire. Espérer dans le monde n'est pas refuser la frustration, mais simplement l'inscrire

---

1. « Au-delà de cette étape première du développement de l'enfant, la préoccupation maternelle primaire est pour Winnicott une métaphore du travail thérapeutique : "Ce que nous faisons dans la thérapie, c'est tenter d'imiter le processus naturel qui caractérise le comportement de toute mère avec son propre bébé." "Un bébé, ça n'existe pas", écrit Winnicott pour souligner qu'un bébé n'existe pas sans une mère ou une personne qui prend cette place et lui donne des soins. Avec Winnicott, l'individu cesse d'être une unité isolée : "Le centre de gravité de l'individu ne naît pas à partir de l'individu. Il se trouve dans l'ensemble environnement-individu." (Winnicott, 1952.) Pour définir le soin maternel, Winnicott fait recours à la notion de dévotion, comme pour mieux souligner son caractère illimité, non discriminant, infini, providentiel en quelque sorte. "[…] la santé mentale n'existe que si un développement antérieur a permis son édification. C'est la mère qui établit la santé mentale de l'enfant pendant la période où elle se préoccupe des soins à donner à son nourrisson. Sans crainte de paraître sentimental, on peut parler ici de 'dévotion' et employer ce mot pour décrire un aspect essentiel sans lequel la mère ne peut jouer son rôle et s'adapter activement, avec sensibilité, aux besoins de son bébé – des besoins qui, au début, sont absolus. Ce terme de dévotion nous rappelle aussi que, pour réussir dans sa tâche, la mère n'a pas besoin d'être savante. La santé mentale est donc le résultat des soins ininterrompus qui permettent une continuité du développement affectif personnel" (Winnicott, 1952). La dévotion n'est pas un acte théorique, c'est un don de soi, non restreint, une manière d'être totalement disponible, totalement attentive. Cela ne renvoie pas uniquement aux actions que la mère peut prodiguer en termes de soins essentiels, de type *handling*. Cela renvoie au sentiment sécuritaire que l'enfant peut éprouver grâce à l'attention de la mère : il se sent "porté", protégé par, et ce soutien – ce souci – lui permet d'élaborer un premier contact avec le monde. "Le bébé ne sait pas que l'espace autour de lui est maintenu par vous. Vous avez soin que

dans un ordre de signification possible et de symbolisation. Si l'individu est persuadé qu'il ne peut rien espérer du monde, la forclosion s'opère et cela vient altérer sa faculté de « réceptivité à la joie et à la souffrance ». Le voilà destiné à « l'insensibilité hébétée », à « l'abrutissement progressif[1] ».

17

LE TRAGIQUE DE LA THIASE

Mais le point de bascule, contre-intuitif, est d'opposer le sens sûr du tragique au ressentiment, et d'opposer éga-

---

le monde ne le heurte pas avant qu'il ne le découvre ! Avec un calme plein de vie, vous suivez la vie chez le bébé et en vous et vous attendez les mouvements qui viennent de lui, les mouvements qui conduisent à votre découverte." (Winnicott, 1957.) Le soutien de la mère est ici le soutien du monde, au sens où le nourrisson peut découvrir le monde sans être traumatisé par lui, le monde ne fait pas monde sans ce soutien inaugural de la mère. Ensuite la séparation pourra se faire et l'enfant pourra édifier son propre rapport au monde. "Beaucoup de choses dépendent donc de la manière dont on a fait découvrir le monde au bébé et à l'enfant. La mère normale peut commencer et continuer ce travail extraordinaire de présenter le monde à petites doses, non parce qu'elle est savante, tel un philosophe, mais tout simplement parce qu'elle se dévoue à son bébé."(Winnicott, 1957.) C'est ici que se joue la santé psychique de l'individu à venir, certes non dans son intégralité, mais tout de même, une maltraitance logée dans cet endroit de l'enfance est profondément dommageable pour le futur sujet, dans la mesure où la faille inaugurale sera profondément renforcée à défaut des outils susceptibles de la dépasser. Dans l'enfance, la mère donne "des raisons de croire que le monde est un lieu dans lequel existe l'espoir de trouver l'équivalent de ce qui est attendu, imaginé et nécessaire." (Winnicott, 1957.) » Dans Cynthia Fleury-Perkins, "Irremplaçabilité et parentalité", *Spirale*, vol. 79, n° 3, 2016, p. 41-52. Voir Donald Winnicott, *L'Enfant et sa famille* (1957), Payot, « Petite Bibliothèque Payot », 2006 ; Donald Winnicott, « Psychose et soins maternels » (1952), dans *De la pédiatrie à la psychanalyse*, Payot Rivages, 1969.

1. S. Freud, *Malaise dans la civilisation*, op.cit, p. 32-33.

lement la juste compréhension de la tragédie à l'esprit de sérieux, d'y voir à l'inverse la possibilité d'un défi à la joie. La tragédie dépasse en fait *ma* tragédie. La tragédie est tragique parce que universelle, parce que le *moi* ne tient pas face à elle, d'emblée ; il ne fait pas le poids si elle se déploie, mais surtout il n'est originellement pas capable de la prendre à partie. Ils ne sont pas sur le même terrain. Dire *moi*, c'est poser le monde comme *mon* monde ; c'est sans doute nécessaire au sujet, mais cela ne peut constituer le dernier mot. Car alors le chemin se divise entre le ressentiment d'un côté et le complexe de supériorité, tout aussi absurde, de l'autre : en somme, illusion *versus* illusion. On peut dire *moi* ; mais l'individuation juste doit nous conduire ensuite à dépasser cette posture et à tenter l'aventure mallarméenne d'un *je* disparaissant.

Mallarmé n'est pas appelé à la rescousse par hasard. Il est d'abord l'auteur d'un compagnonnage inaugural[1], et est aussi celui qui aide Deleuze à mieux saisir le sens du tragique chez Nietzsche, à ouvrir la vision traditionnelle du tragique. Car il est vrai que le *deus ex machina* est souvent considéré comme ce qui ne permet pas d'issue, comme ce qui s'abat sur l'homme et ne lui laisse aucun refuge possible. Là, le tragique prend l'allure d'un *coup de dés*, tout aussi fracassant, tout aussi abrupt, tout aussi impossible mais, pour autant, gros d'un potentiel parfois encore réfractaire à la sublimation ou au déchiffrement.

« Le joyeux message, écrit Deleuze, est la pensée tragique ; car le tragique n'est pas dans les récriminations du ressentiment, dans les conflits de la mauvaise conscience,

---

1. C. Fleury, *Mallarmé et la parole de l'imâm*, Éditions d'écart, 2001, à paraître chez Gallimard, « Folio », 2020.

ni dans les contradictions d'une volonté qui se sent coupable et responsable. Le tragique n'est même pas dans la lutte contre le ressentiment, la mauvaise conscience ou le nihilisme. On n'a jamais compris selon Nietzsche ce qu'était le tragique : tragique = joyeux. Autre façon de poser la grande équation : vouloir = créer. On n'a pas compris que le tragique était positivité pure et multiple, gaieté dynamique. [...] Tragique est le coup de dés[1]. » C'est une pensée qu'il faut tenter de vivre, sans se laisser séduire par sa seule poésie.

En clinique, face au deuil de l'être aimé, de l'enfant, face au chagrin, face même au traumatisme cruel qui a fait effraction pour toujours dans le psychisme, il faut tenter cette pente-là, très âpre, du sens compris du tragique ; c'est généralement infaisable dans les premiers temps de la cure, et même sur plusieurs années. Mais ce qui est terriblement étonnant, et qui fait sans doute la différence morale et intellectuelle entre les êtres, c'est que cela advient pour certains, un jour. Personne ne peut prévoir ce jour, personne ne peut se reposer sur le fait qu'il advienne, car rien n'est moins sûr. Et pourtant, le *temps retrouvé*, c'est cela ; c'est le souvenir au loin de ce qui a été, mais c'est aussi l'oubli, c'est la place pour autre chose, autre chose qui sera tout aussi grand, ou pas. C'est la possibilité d'une joie, comme la possibilité d'une île ; c'est le maintien à côté de celle-ci d'un chagrin définitif ; et c'est la mobilité du sujet à travers cela. Et Nietzsche de renvoyer à la figure de Dionysos et de Zarathoustra, mêmes figures du connais-toi toi-même, au sens où la première est plus douloureuse, la seconde plus joyeuse, mais toutes deux

1. G. Deleuze, *Nietzsche et la philosophie*, *op. cit.*, p. 41.

métamorphiques, toutes deux appelant au multiple et à la vision d'une unité, plus créatrice, moins absolue.

J'ai souvent, pour faire comprendre cette figure dionysiaque, tenté de l'expliquer par sa thiase[1]. Dionysos est un, mais il n'est pas un ; il est multiple à l'intérieur de lui-même, mais il est aussi relationnel, lié à ceux qui l'accompagnent, comme autant de morceaux de lui, comme autant de séquences de vie, et comme autant d'étrangers qui ne seront jamais lui, et qu'il ne sera jamais. C'est la chaîne des difformes, de la vieillesse et de la jeunesse, la chaîne dont on ne veut pas, qui résiste à toute normalisation, et sans doute aussi à tout désir d'être formée telle quelle – sinon, elle ne serait qu'une mascarade. La thiase nous permet aussi d'avoir une conception du sujet moins illusoire, plus poétique, plus humble, moins dans l'attente d'une esthétique comblant notre orgueil. Il y a quelque chose d'archaïque dans cette thiase, de saugrenu, et pourtant l'on sent qu'il y a là une liberté possible, une joie possible alors que tout est douleur, qu'il y a là vraiment une disparition des dominés, que le ressentiment s'est tu, enfin.

18

LA GRANDE SANTÉ : CHOISIR L'OUVERT ; CHOISIR LE NUMINEUX

On peut considérer qu'une des manières de faire taire, non de façon définitive, la domination est précisément

1. En français, le ou la thiase désigne le cortège qui accompagne Dionysos dans ses périples, composé de satyres, de silènes et de ménades.

d'accéder à la création. Celui qui crée cesse d'être dominé ; en ce sens, il est libre, même si sa création sert un dessein institutionnel ou étatique, voire idéologique, car la création fait jeu égal avec l'institution, au sens où elle fait acte temporel, elle crée le temps, elle dure. Et ce qui se joue dans cette durée ne peut être circonscrit au départ, par la seule adresse institutionnelle au créateur. En appeler à la création, c'est pénétrer un temps sur lequel on n'aura pas indéfiniment la main, c'est libérer l'emprise, même si l'on croit pouvoir instrumentaliser l'œuvre. Si l'œuvre est véritable, elle s'émancipera de fait. En ce sens, choisir l'œuvre, c'est toujours choisir l'Ouvert[1], comme pourrait

1. J'ai souvent fait appel à la notion rilkéenne de l'Ouvert, pour l'endosser et sans doute lui conférer une fonction clinique absente chez Rilke. L'Ouvert a à voir, chez le poète, avec le Réel, le non-synthétisable, la déstabilisation profonde, mais également le calme, celui du regard de l'animal qu'il aime tant décrire dans ses élégies. L'Ouvert peut également faire écho à la notion de « numineux » chez Rudolf Otto, reprise par Jung, dans sa *Correspondance*, pour dire là encore sa fonction thérapeutique. Choisir l'Ouvert, choisir le Numineux, équivaut à choisir le principe d'individuation contre le ressentiment, à le poser définitivement hors de, comme ce qui résiste à la pulsion mortifère, comme si la pulsion de vie, créatrice, tenait son vitalisme de cet « hors de » : exister (sortir de), être hors du ressentiment. « Vous avez tout à fait raison : ce qui m'intéresse avant tout dans mon travail n'est pas de traiter les névroses mais de me rapprocher du numineux. Il n'en est pas moins vrai que l'accès au numineux est la seule véritable thérapie et que, pour autant que l'on atteigne les expériences numineuses, on est délivré de la malédiction que représente la maladie. La maladie elle-même revêt un caractère numineux. » (Lettre de Jung à P. W. Martin, 28 août 1945.) Il y a sans nul doute chez Otto, Freud, Jung et même Rilke une dialectique entre le Numineux, le sacré, le spirituel, plus encore qu'avec l'idée de connaissance, jugée sans doute trop rationnelle, ou avec une vision trop étriquée de la raison. Il est en revanche certain que le Numineux, l'Ouvert dialoguent avec la notion d'*imaginatio vera* qui est indissociable de ce processus d'augmentation du moi, lui-même matriciel ou articulé avec le processus d'individuation. Une nouvelle fois, l'*imaginatio vera* a plus à voir avec la notion de discernement qu'avec celle d'imaginaire. Choisir l'Ouvert, résister au ressentiment, c'est choisir la voie créatrice du discernement. Nous verrons plus loin la fonction clinique, thérapeutique, du discernement. Discerner est un acte indispensable à la santé, qui renvoie au juste diagnostic.

l'écrire Rilke ; c'est choisir ce qui ne peut être terni par le ressentiment, ce sur quoi il n'a pas de prise, car l'infinité de son ouverture empêche résolument la captivité à laquelle le ressentiment veut céder.

L'œuvre crée l'air, l'ouverture, la fenêtre, elle crée l'échappée à laquelle on ne résistera pas tant elle semble naturelle, faite pour soi, dynamique pour exister ; elle est vie, dans sa pureté vitaliste. « L'homme tragique, c'est la nature à son plus haut degré de force créatrice et de connaissance, et pour cette raison enfantant avec douleur[1]. » Contre l'instinct de vengeance, la force créatrice, donc, ou ne serait-ce que l'instinct de jeu, le coup de dés, non pas le dé du relativisme, mais le dé des issues, des possibles, des métamorphoses, des vies réouvertes alors qu'elles semblaient arrêtées, et atteintes d'une béance qui n'est que blessure. Et, non, ce n'est pas se payer de mots que de dire tout cela, d'en appeler sérieusement à la poésie nietzschéenne ou mallarméenne, d'écouter Deleuze disserter sur le métamorphique dionysiaque, lui l'adepte du *pli*. C'est simplement lire ou écrire ce qui se dit dans l'espace analytique – encore une fois, cet espace n'est pas exclusivement celui de la psychanalyse –, dans l'espace qui pose l'analyse, le tiers, les tiers, soi, moi, l'inconscient, la thiase, le sens du tragique, la verbalisation avortée et désormais empêchée, la sublimation impossible, insoutenable même, et puis un jour réalisée sans que cela ait été réellement conscientisé simultanément, le temps retrouvé, les temps retrouvés.

Telle est la santé, la grande santé nietzschéenne ; mais ici, dans l'exercice clinicien qui est le mien, la tentative

---

1. F. Nietzsche, *La Volonté de puissance, op. cit.*, p. 438, § 536.

reprise – seule répétition viable – de s'extraire du ressentiment, de s'obliger au capacitaire, de finir par le ressentir sans en passer par l'obligation, de produire un geste, un *ethos*, un style ; un jour enfin, le faire, et ne perdre aucun temps à le commenter ni même à s'en réjouir, se réjouir du monde, de la vie, de l'ailleurs, d'un soi disparaissant mais bien là, qui ne perçoit plus ses blessures de façon aiguë.

Prenons le chapitre « Le jeu de la pensée » dans *L'Entretien infini* de Maurice Blanchot, qui vient structurer la notion d'« expérience-limite », à savoir cette « réponse que rencontre l'homme lorsqu'il a décidé de se mettre radicalement en question[1] ». Blanchot, celui-là même qui a posé le manque structurel de la naissance, nous dit que l'homme, finalement, est « tout », qu'il l'est dans son projet, ce « tout », un projet inséparable d'une société dégagée de ses servitudes. Et qu'est-ce que ce « tout » ? Précisément un « jeu de la pensée », précisément des trous – dirait Lacan –, ou alors des dés, des coups de dés. Ce qui importe dans cette métaphore-là, c'est le lancer, et les infinies combinaisons, et non purement celle qui est jouée. C'est l'idée d'un sort, mais d'un coup aussi, d'un sort dont on peut sortir par un coup – qui sait. « Ô les dés joués du fond de la tombe en des doigts de fine nuit dés d'oiseaux de soleil[2]. » On dirait du Mallarmé, mais c'est Blanchot qui lâche l'explication, même acérée, pour la poésie, pour un saut dans le sort. On ne joue que *la possibilité même de jouer*. Il n'y a pas d'autre *gain*, rappelle-t-il ; mais cette *possibilité même de jouer* crée

---

1. Maurice Blanchot, *L'Entretien infini* (1969), Gallimard, 1995, p. 302.
2. *Ibid.*, p. 321.

l'entretien infini des âmes, et ce mouvement est insurrectionnel, nous dit-il, en posant l'écriture comme le moment de l'insurrection[1].

Telle est la différence entre la rumination et la répétition, laquelle peut fonder un style. On pense à la poésie de Péguy, bien sûr. Impossible d'évoquer à son propos le vice de rumination et impossible également de nier qu'il y a dans la *répétition* de Péguy, dans son usage stylistique inimitable, l'*amor fati* de Nietzsche, le sens de l'éternité et sa danse possible avec l'individu dépassant les affres du ressentiment. Bruno Latour a étudié l'importance du style répétitif de Péguy pour montrer que, précisément, il invente par là un ailleurs, celui de la grande stabilité, du temps qui joue pour soi parce qu'il permet la sublimation : « Ce qui est naturel se reproduit ; ce qui est intéressant passe et ne reste pas ; ce qui est mensonger se rabâche ; ce qui est essentiel se répète. Ce qui importe demeure présent et donc est repris sans cesse pour ne pas passer et surtout est repris différemment pour ne pas être rabâché [...]. La répétition soutire de l'être au temps[2]. » Par la répétition, par le style, nous pouvons habiter un autre monde que celui qui nous environne, un monde qui fait lien avec le passé, avec la permanence des âmes qui nous ont précédés, et dont l'amplitude continue de tonner dans le style. S'il fallait faire une comparaison insuffisante, ce serait du côté du lien qui existe entre le rituel et la répétition, ou cette capacité qu'a le rituel de nous projeter dans l'immanence, avec ce lien au transcendant.

---

1. *Ibid.*, p. 323 : « L'insurrection, la folie d'écrire ».
2. Bruno Latour, « Pourquoi Péguy se répète-t-il ? Péguy est-il illisible ? », dans Camille Riquier (dir.), *Péguy*, Les Cahiers du Cerf, 2014, p. 339-341.

Le rituel permet d'habiter le monde. La répétition stylistique permet d'habiter le monde[1], précisément en créant à l'intérieur de celui-ci, ou ailleurs, un espace-temps sur lequel ce dernier n'a pas de prise.

Il est un point qui est difficilement surmontable dans la pensée de Nietzsche, bien souligné par Deleuze. Car il a raison quand il désigne l'esprit de vengeance, voire le ressentiment, comme le grand moteur de l'histoire moderne. L'instinct de vengeance semble avoir eu raison de tout, la métaphysique, la psychologie, l'histoire[2]. « L'esprit de vengeance est l'élément généalogique de notre pensée, le principe transcendantal de notre manière de penser », commente Deleuze. Mais alors faut-il en conclure que le ressentiment est le seul moteur possible de l'histoire ? Est-il encore possible de faire histoire hors du ressentiment ? Est-ce là l'entreprise nietzschéenne zarathoustrienne : faire histoire autrement, ne pas faire naître le commencement dans le ressentiment ? Est-ce là ce chemin prôné par la conception de l'éternel retour, est-il le nouveau principe civilisationnel ? L'histoire, comme nous la connaissons, n'a-t-elle été que celle du ressentiment ? Que celui-ci soit bien réel, voire inhérent à la dynamique historique, cela ne fait aucun doute ; qu'il n'ait pas lui-même été « vicié » par une dynamique moins viciée, précisément, paraît aussi envisageable. Mais le défi est néanmoins posé et bien difficile à relever : comment faire histoire sans le ressentiment ? C'est un enjeu essentiel à mes yeux car il ne s'agit pas de nier l'existence

1. B. Latour, « Nous sommes des vaincus », dans C. Riquier (dir.), *op. cit.*, p. 28.
2. F. Nietzsche, *La Volonté de puissance*, II, *op. cit.*, p. 410, § 458. Voir aussi G. Deleuze, *Nietzsche et la philosophie*, *op.cit.*, p. 40.

du ressentiment, peut-être même sa nécessité, mais il est important de voir comment le sublimer, comment ne pas le laisser seul mener la danse historique. La civilisation humaniste se situe dans le pas suivant, celle de l'affrontement avec le ressentiment, et non de son déni, mais celle de son dépassement ; tel est le chemin qui sépare l'Histoire de l'éthique, ou de ce que nous tentons de définir comme civilisation humaniste, précisément une Histoire ne se contentant pas d'être dans le seul sillage du ressentiment. « L'homme est le forçat des travaux forcés de la temporalité », il a sa « résidence forcée dans le devenir[1] ». Comment mieux dire que Jankélévitch l'obligation d'engagement dans l'Histoire, comment, mieux que lui, dire que le sens du passé se situe dans le futur, ou encore qu'il faille se souvenir du futur pour édifier le temps présent et ne pas sombrer dans le découragement face à la barbarie ? « Le ciel des valeurs est un ciel déchiré[2] », écrit-il encore, de quoi nous consoler d'avoir enfin renoncé à l'illusion suprême de la pureté.

19

CONTINUER À S'ÉTONNER DU MONDE

Un des points fondamentaux concernant les « caractères » du ressentiment est le fait de ne plus savoir voir, de perdre l'accès au juste regard sur les choses, de perdre cette capacité d'émerveillement et plus simplement d'ad-

---

1. Vladimir Jankélévitch, *Henri Bergson* (1930), Quadrige, 2015, p. 269.
2. V. Jankélévitch et Béatrice Berlowitz, *Quelque part dans l'inachevé* (1978), Gallimard, « Folio Essais », 1987, p. 119.

miration – donc pas seulement un aveuglement mais une difformation de tout, comme si le sujet se crevait les yeux, comme s'il perdait également l'accès à sa propre capacité de générosité.

Chez Descartes, la générosité est matricielle et protectrice des passions tristes (colère, envie, jalousie). L'article 156 des *Passions de l'âme* permet de saisir comment cette qualité humaine protège du ressentiment, au sens où ce dernier est une sorte de convergence de l'envie, de la haine et de la colère :

> Ceux qui sont généreux en cette façon [...] sont entièrement maîtres de leurs passions, particulièrement des désirs, de la jalousie et de l'envie, à cause qu'il n'y a aucune chose dont l'acquisition ne dépende pas d'eux qu'ils pensent valoir assez pour mériter d'être beaucoup souhaitée ; et de la haine envers les hommes, à cause qu'ils les estiment tous ; et de la peur, à cause que la confiance qu'ils ont en leur vertu les assure ; et enfin de la colère, à cause que n'estimant que fort peu toutes les choses qui dépendent d'autrui, jamais ils ne donnent tant d'avantage à leurs ennemis que de reconnaître qu'ils en sont offensés[1].

En amont de la description de la générosité, vertu opérationnelle de la lutte contre les dérèglements des passions, il y a la notion d'admiration (article 70), la première des passions primitives. Celle-ci se définit non seulement comme l'étonnement devant les choses rares et extraordinaires, mais implique également son maintien. On pourrait d'ailleurs considérer que l'admiration est ce qui s'oppose au double mouvement du ressentiment,

1. Descartes, *Les Passions de l'âme* (1649), article 156.

au sens où elle fonctionne assez similairement : il y a une forme d'excitation première, et un redoublement de cette excitation, dans une version plus conscientisée. La dialectique se pose ainsi : l'admiration augmente notre capacité d'attention, voire d'aimer, mais le psychisme qui reçoit cette excitation est lui-même producteur d'une admiration. Nous savons bien qu'il est impossible de dissocier, dans l'admiration, le regard du sujet de ce qui est précisément admiré. L'admirable peut ne pas être admiré et l'on peut admirer ce qui n'est pas admirable. Ici, quand Descartes en appelle à l'admiration, il la lie insensiblement déjà à la générosité, pour qu'elle soit la moins défaillante possible et qu'elle confère au sujet une capacité plus élevée de régulation de ses propres passions.

Deleuze revient sur cette impuissance à admirer, à respecter et à aimer, chez les sujets épris de ressentiment[1]. Je dis « épris », car il y a quelque chose d'un ravissement pervers chez ces derniers ; ils se laissent ravir par le ressentiment, comme d'autres se laissent ravir par l'admiration, ou plutôt par le fanatisme, l'enthousiasme débordant qui cache bien sûr un désir de reconnaissance. L'admiration, couplée à la générosité et à l'humilité, dans sa version la plus cartésienne possible, n'est pas un fanatisme mais un sentiment raisonnable : apprendre à regarder le monde ou un autre, les admirer au sens où l'on saisit aussi chez eux la singularité qui permet d'augmenter son apprentissage général, renvoie à cette aptitude bien connue dans la philosophie : la capacité d'étonnement (*admiratio*) ou de questionnement, délivrée de toute tentation de dénigrement. Admirer c'est provoquer l'éveil en soi, ouvrir la

---

1. G. Deleuze, *Nietzsche et la philosophie*, op. cit., p. 134.

capacité cognitive, permettre la mobilité de l'esprit et du corps, permettre donc l'agir. Très intéressante, l'analyse deleuzienne qui démontre comment l'homme du ressentiment, d'une incapacité à admirer, passe à une incapacité à respecter quoi que ce soit, et pas seulement l'objet de son dénigrement. Cela est d'ailleurs assez logique : si l'admiration confère au sujet une capacité assez indéterminée d'augmentation de son esprit et de son champ d'action, à l'inverse le ressentiment produit un rétrécissement de l'âme, tout aussi indifférencié. « Le plus frappant dans l'homme du ressentiment n'est pas sa méchanceté, mais sa dégoûtante malveillance, sa capacité dépréciative. Rien n'y résiste. Il ne respecte pas ses amis, ni même ses ennemis. Ni même le malheur ou la cause du malheur[1]. » Tout devient petit, même le malheur devient petit, dans la mesure où il ne devient que la faute d'un autre. Tout est médiocre. Et, à se croire entouré par la médiocrité, il est logique de ne pouvoir y résister, à terme, soi-même ; la pourriture atteint l'homme du ressentiment, même s'il ne saisit pas l'ampleur du danger.

Un juste sens de l'autoconservation devrait conduire à saisir qu'il est important de préserver une zone de la pourriture, ne serait-ce que pour s'y loger, mais cette opération même semble impossible. Sans doute est-elle néanmoins faite dans l'une des traductions politiques dudit ressentiment, à savoir le fascisme, qui va, contre ce ressentiment, établir comme une sorte de mur, d'enceinte à l'illusion purificatrice, à l'intérieur de laquelle la nouvelle communauté débarrassée de ses scories s'établira. Du moins est-ce le discours qui justifie la nécessité fasciste. Le seul régime

1. *Ibid.*

80

populiste, souvent, ne franchit pas le seuil d'une tentative de récupération perverse d'admiration ; il demeure dans le seul registre de la passivité-agressivité, bien connu des « pervers médiocres[1] ».

Il est vrai qu'il n'est pas simple de considérer que ses malheurs, s'ils sont sérieux, ne doivent pas être pris au sérieux. C'est là un travail, un effort sur soi, assez déplaisant, car il faut s'éloigner, prendre de la distance – cette distance que nous mettons face aux malheurs du monde, qui ne nous est donc pas étrangère, à ceci près qu'il ne s'agit pas nécessairement de mise à distance, mais d'ignorance, de manque d'empathie ou de considération, d'égoïsme en somme. Nous croyons prendre au sérieux les malheurs du monde, mais la réalité est tout autre. Nous ne les prenons pas au sérieux. Alors quand nous prenons au sérieux nos propres malheurs, le ridicule de la chose et l'impertinence de celle-ci sont d'autant plus flagrants. Il n'empêche, cela est difficile, car il faut mettre à distance ce dard émotionnel qui nous taraude.

Encore une fois, il ne s'agit pas ici de dire que cette douleur doit être niée, voire que les esprits « forts » sont ceux qui sont d'emblée à distance de ce sentiment-là. Il s'agit simplement de défendre l'obligation de la mise à distance, l'obligation éthique et intellectuelle de ne pas fausser plus durablement ses jugements, et préserver non seulement la santé personnelle mais également celle, plus collective, liée au sentiment démocratique. C'est là un exercice quasi stoïcien, « aristocratique », au sens où il fait

1. Voir la notion de « pervers quelconque » chez Eugène Enriquez, « L'idéal type de l'individu hypermoderne : l'individu pervers ? », dans Nicole Aubert (dir.), *L'Individu hypermoderne*, Érès, 2004, p. 45-46 ; et de « pervers médiocre » dans C. Fleury, *Les Pathologies de la démocratie*, op.cit.

appel au « meilleur » de soi-même – si le rapport élitiste doit être préservé, c'est d'abord avec soi-même, avec cette idée que l'on s'impose à soi-même une discipline, une méthode, une visée éthique. « Le respect aristocratique pour les causes du malheur ne fait qu'un avec l'impossibilité de prendre au sérieux ses propres malheurs[1]. » La phrase est deleuzienne, elle pourrait être nietzschéenne. Et elle fait écho au style de Jankélévitch, selon lequel le « sérieux » est sérieux précisément parce qu'il implique la responsabilité du sujet, et non son désengagement. Autrement dit, parce qu'il ne se dessaisit pas des malheurs du monde et que, face au sérieux de ses propres malheurs, il ne cherche pas à être plus tragique que cela, à les mettre en scène, à les dramatiser davantage ou à les instrumentaliser. Il agit de concert avec la prise en considération du malheur du monde et cesse de croire qu'il agit en se contentant de *ressentir* son propre malheur.

20

BONHEUR ET RESSENTIMENT

Définition viciée du malheur, donc, et, assez logiquement, définition viciée du bonheur. Premier retournement, très typique, de celui qui n'aime pas, qui veut être aimé et que l'absurdité de la chose n'interpelle pas. « Être aimé, nourri, abreuvé, caressé, endormi. Lui, l'impuissant, le dyspeptique, le frigide, l'insomniaque, l'esclave. [...] Il considère comme une preuve de méchan-

---

1. G. Deleuze, *Nietzsche et la philosophie*, op. cit., p. 134-135.

ceté notoire qu'on ne l'aime pas[1]. » Le dyspeptique, c'est celui qui ne sait pas digérer, qui a des aigreurs d'estomac, pour qui cela ne passe pas. Rien ne passe, rien n'est plus digéré – la mauvaise digestion étant un leitmotiv classique chez Nietzsche et chez Deleuze dans son sillage. Il veut donc être aimé, comme l'enfant qui le désire farouchement et qui, à la moindre contrariété, fond en cris ou en larmes, en colère, parce que l'autre a produit un acte le frustrant – autrement dit, un acte qui peut l'avoir délibérément désappointé parce qu'il ne l'a tout simplement pas pris comme finalité, non adressé, indifférent.

Ce qui est acceptable chez l'enfant, et qui peut et doit se corriger, l'est moins chez un adulte bien campé dans son sentiment de « droit à » : moi qui ne respecte rien et qui ne te respecte pas, j'ai droit au respect. Définition viciée du bonheur, par ailleurs, parce que, dorénavant, seule compte la matérialité de celui-ci, les fameuses preuves, et notamment celles qui dépassent le seul symbolisme, lui-même discrédité. « L'homme du ressentiment est l'homme du bénéfice et du profit[2]. » Ceux qui pensent alors que la chose sera plus simple car il suffira d'abonder dans le sens de l'homme du ressentiment, et donc de lui donner ce qu'il attend en termes matériels pour le guérir, seront déçus. Il n'en est rien, face à ce tonneau des Danaïdes. Lorsque le ressentiment est déployé pleinement, nous l'avons vu, ressentiment de l'avoir et ressentiment de l'être ne se dissocient plus ; on ne guérit pas le second par le premier, même si l'avoir peut paraître

1. *Ibid.*, p. 135.
2. *Ibid.*

infini – ce qu'il ne sera jamais. Ce qui sera donné ne sera jamais assez.

Tel est le danger d'un ressentiment résolument déployé : il n'est plus apte à la négociation, à l'échange, à la conciliation. Il a une conception rentière du bonheur, conception « passive » si l'on reprend les termes nietzschéens et deleuziens. Le bonheur, écrit Deleuze, apparaît sous forme de « stupéfiant[1] », autrement dit de substance addictogène permettant de s'illusionner et de fuir le réel, d'instrumentaliser la joie, de l'avoir sur commande, mais toute joie sur commande est fausse joie et plaisir de plus en plus éphémère. Le bonheur, logiquement, dans toute éthique, est un effort, il est inséparable d'un travail sur soi, d'un perfectionnement de l'âme, il n'est pas exempt de souffrance, il est une forme de conscience apte à synthétiser le tout, avec ses manques, et à déployer malgré cela une puissance d'affirmation de soi et de la vie. L'homme du ressentiment ne vise pas une telle définition du bonheur, assez laborieuse, assez impliquante en termes d'élaboration subjective. Il vise l'immédiat, le commandé et le télécommandé, le bonheur à disposition, le bonheur-objet, et non le bonheur-sujet. En somme, sa question est « qu'est-ce que j'y gagne, dans ce bonheur ? », et non « comment devenir autre ? ». Superbe formule de Deleuze, qui rappelle l'incongruité de celui qui ne veut pas admirer mais veut être reconnu : « c'est lui qui réclame un intérêt des actions qu'il ne fait pas[2] ». Dès lors, dernier lien, en apparence contre-intuitif, mais – nous l'avons dit – bien connu des fonctionnements

1. *Ibid.*
2. *Ibid.*

pervers, la passivité, la volonté de la rente se lient avec l'agressivité[1] ; et le cercle se dessine : le d'autant plus passif sera d'autant plus agressif.

21

DÉFENDRE LES FORTS
CONTRE LES FAIBLES

L'« araignée » est dans la place. Elle est là et rien ne pourra calmer sa voracité. L'araignée[2], la tarentule, c'est ainsi que Nietzsche nomme l'impossible digestion de son propre malheur... ou plutôt de ce qu'on juge comme tel, car il est étonnant de voir en clinique que les grandes souffrances, dans leur pure objectivité, qui s'abattent sur les êtres – deuil, séparation, maladie, abandon, torture, viol, trahison, etc. –, ne forment pas nécessairement le lit du ressentiment. Elles s'abattent et abattent le sujet. Il est à terre, plus bas que terre, ailleurs pour certains, dans l'impossibilité de revenir au monde, dans l'impossibilité même du ressentiment – c'est tellement hors de propos, ce ressentiment. Certains le traverseront mais, pour la plupart, ce sera surtout une déportation totale, une séparation définitive, un hors-monde qui s'abat sur eux. Dénigrer, cela n'a aucun sens. Il y a un trou, un vide

---

1. *Ibid.*, p. 136 : « L'imputation des torts, la distribution des responsabilités, l'accusation perpétuelle. Tout cela prend la place de l'agressivité. »
2. *Ibid.*, p. 133. Voir « ce sont en même temps des prédicateurs de l'égalité et des tarentules. Elles parlent en faveur de la vie, ces araignées venimeuses : quoiqu'elles soient accroupies dans leurs cavernes et détournées de la vie, car c'est ainsi qu'elles veulent faire mal », dans F. Nietzsche, *Ainsi parlait Zarathoustra* (1883).

immense, un abîme même, et il y a soi qui tombe dedans ; mais il n'y a pas nécessairement une araignée.

Il est évident que ceux qui sont nourris par l'araignée de Louise Bourgeois la perçoivent, à la fois dans sa frayeur, et possiblement comme autre chose aussi. L'art de tisser : on ne peut nier l'obligation et la valeur de la chose. Si l'on décide d'accompagner la métaphore nietzschéenne, ce sera pour montrer comment l'art de tisser ne peut se réduire à former un piège pour d'éventuelles proies. L'araignée a besoin du secours de l'artiste pour dépasser la finalité de sa propre toile, pour lui en inventer une autre. On pense à Tomás Saraceno, chez qui la toile fait œuvre, rien n'est piégé, le regard devient admiratif, étonné. « Ne jouez pas au plus fin avec moi[1] », dit l'homme épris de ressentiment qui tisse sa toile, pour mieux y rester empêtré ; même façon d'être et de réagir chez le paranoïaque ou le complotiste qui prend toujours sa bêtise pour de l'intelligence, précisément parce qu'elle est une dynamique hystérique de tissage et d'interprétation des signes, toujours dans le même sens. La ratiocination du ressentiment est une chose que chacun peut expérimenter facilement et qui s'appuie sur la rumination.

« On a toujours à défendre les forts contre les faibles[2] », la sentence est nietzschéenne et a donné lieu à quantité d'interprétations, souvent fascisantes. Avec Deleuze, on saisit une autre compréhension de la faiblesse, celle-là même du ressentiment, fortement présente chez Nietzsche,

1. G. Deleuze, *Nietzsche et la philosophie*, *op. cit.*, p. 134.
2. *Ibid.*, p. 65. Voir F. Nietzsche, *La Volonté de puissance*, *op. cit.*, Livre I, § 395.

voire chez Hegel, car relevant des mêmes présupposés qui structurent la dialectique du maître et de l'esclave. Le fort, c'est aussi le fort en soi, pas nécessairement le puissant dans le monde réel, et même précisément l'inverse tant le ressentiment est puissant et trahit la faiblesse des âmes, de ceux qui renoncent à leur agir en accusant les autres. L'effondrement des forts, l'inévitable promotion des médiocres, tel est le triomphe du ressentiment, et l'on peut comprendre que cet effondrement est déjà personnel, au sens où ce qui est promu par la société n'est pas spécifiquement le meilleur de soi-même, mais le « vil », autre terme nietzschéen s'opposant là encore à la notion de noblesse d'âme. La citation nietzschéenne a souvent été instrumentalisée pour promouvoir, à l'inverse, les déjà plus puissants et trouver là une justification superbe à leurs manquements. « Défendre le fort contre le faible » ne s'identifie, en aucun cas, à défendre le puissant politiquement contre le démuni. L'équation est plus subtile, et le combat est d'abord intérieur, spirituel. Défendre le fort, c'est défendre l'obligation d'une sublimation du ressentiment, quoi qu'il en coûte ; c'est valider le fait que l'anéantissement ne peut pas être le fin mot de l'histoire d'une expérience de ressentiment.

Encore une fois, celui-ci peut être traversé, mais y succomber, y rester indéfiniment coincé, c'est produire l'esclave en soi, c'est se soumettre à la passion mortifère. Le ressentiment est une dénaturation de la morale, alors qu'il prend ses apparats, parce qu'il sépare l'homme de son action[1]. Bien sûr, toute séparation entre l'individu et son

1. *Ibid.*, Livre III, § 393 : « C'est dénaturer la morale que de séparer l'action et l'homme. »

agir ne peut être réduite au ressentiment, sinon la réflexion ne serait que ressentiment, et la loi ne serait que l'arme des médiocres, ce qu'elle n'est pas. Créer de la médiation, c'est déjà symboliser, et possiblement sublimer.

22

PATHOLOGIES DU RESSENTIMENT

Lorsqu'il s'agit de définir plus cliniquement le ressentiment, prendre connaissance des critères posés dans le DSM-IV[1] est utile. Le ressentiment n'y est pas clairement défini en tant que tel, mais il est le noyau dur de quantité de troubles, dont celui dit de « trouble oppositionnel avec provocation », très typique de certains adolescents, se caractérisant par une attitude systématique négativiste, hostile et vindicative. La personne atteinte de ce trouble ne reconnaît jamais ses torts, provoque avec agressivité les autres, a des accès de colère non maîtrisés, est d'une mauvaise foi pathologique, avec une susceptibilité exacerbée, désavoue toute forme d'autorité, désobéit sans nécessairement avoir accès au sens de cette désobéissance, bref se trouve enfermée dans un comportement négatif récurrent, ne proposant jamais de solution, ni de remise en cause de son comportement. Son ressentiment est permanent et la positionne en tant que victime-bourreau.

Ces adolescents ont été souvent, par ailleurs, en amont,

1. *Manuel diagnostique et statistique des troubles mentaux*, quatrième édition, coordination générale de la traduction française par Julien-Daniel Guelfi et Marc-Antoine Crocq ; directeurs de l'équipe de la traduction française Patrice Boyer, Julien-Daniel Guelfi, Charles-Bernard Pull, Marie-Claire Pull.

pendant leur enfance, plus ou moins diagnostiqués comme ayant des troubles de l'attention avec hyperactivité. Il est intéressant de voir que le trouble aggravé de ressentiment peut parachever un trouble de l'attention, au sens où le sujet ne sait plus se nourrir du regard sur les choses, n'est plus apte à regarder avec concentration, donc à considérer ce qu'il voit comme nourriture spirituelle, et ne pouvant plus dès lors faire son travail compensatoire. À l'inverse, ce qui est vu provoque de l'irritabilité, est identifié comme étant « hostile », du moins comme mettant en danger l'identité de l'individu, qui ne se jugera pas à la hauteur, ou qui se considérera victime ou exclu, ou discriminé, ne pouvant bénéficier de ce que les autres ont. L'antagonisme qui structure la posture du ressentiment est souvent associé à ces troubles de l'attention, ce qui est assez logique, car la concentration nécessite pour exister une forme d'assentiment, d'accueil, proprement étranger à la posture antagoniste. Comprendre quelque chose, apprendre à connaître, s'étonner simplement s'appuient sur une attention préalable. À partir du moment où le sujet est « azimuté », il ne peut plus produire aussi aisément cette attention, qui lui serait pourtant tout à fait bénéfique et protectrice. On voit dès lors pourquoi préserver l'attention, la qualité de cette attention est essentiel, car celle-ci est matricielle de quantité de comportements cognitifs et sociaux.

Le ressentiment apparaît également dans l'enfance, en trouble associé, lorsqu'il y a une angoisse de séparation, et déjà une première incapacité à faire face à la frustration parentale. Dans l'éducation se jouent alors des points essentiels qui n'empêcheront peut-être pas le ressentiment de poindre, mais qui donneront au sujet des capacités de résister à son emprise, voire de le dépasser : savoir se séparer, comprendre le sens de la frustration, comprendre sa libération possible et pas seulement son aspect déficitaire est un enjeu clé pour orienter ses comportements futurs. L'éducation est un enseignement de la séparation, de cette aptitude à produire un jour une autonomie, consciente de son interdépendance, mais consciente également de sa solitude réelle. Ce jeu subtil de l'apprivoisement de la distance, de la coupure, de la symbolisation, autrement dit ce qui permet de couper sans faire disparaître, ce qui permet de maintenir la présence de ce qui est absent, c'est bien cela aussi qui est déficitaire dans le ressentiment. Il y a une incapacité à symboliser : il faut la chose, là. Il faut la matérialité pour y croire. Il faut l'*avoir*, le fait d'avoir pour valider qu'il y a un fait. Or, il est strictement impossible d'avoir toujours, sans même évoquer l'idée que c'est antinomique de la santé de l'homme, qui se doit d'être mobile, en mouvement, donc séparé, donc symbolisant.

Cette frustration sublimée, Freud lui donne un nom, celui de culture, celui de civilisation : « Il est impossible de ne pas se rendre compte en quelle large mesure l'édifice de la civilisation repose sur le principe du renoncement aux pulsions instinctives, et à quel point elle postule précisément la non-satisfaction (répression, refoulement ou quelque autre mécanisme) de puissants instincts. Ce « renoncement culturel » régit le vaste domaine des rapports sociaux entre humains ; et nous savons déjà qu'en lui réside la cause de l'hostilité contre laquelle toutes les civilisations ont à lutter[1]. » Réprimer ses instincts et

1. S. Freud, *Malaise dans la civilisation, op. cit.*, p. 41.

90

comprendre comment cette « répression » ne doit pas être un asservissement mais une libération. On le saisit vite, néanmoins, car qui vit sous l'emprise des pulsions a ce sentiment d'aliénation, ce sentiment de ne pas en être maître. Mais l'inverse peut être tout aussi vrai, et c'est là où l'éducation est essentielle, non pour falsifier la nature de l'asservissement mais pour poser qu'il n'y a liberté qu'à l'intérieur d'un milieu, et donc au sein d'une confrontation avec les autres, avec la contrainte ; autrement dit, la liberté n'est pas affaire de toute-puissance, elle est affaire de désaliénation par rapport aux pulsions propres et à celles des autres. La liberté se définit comme notre capacité à agir, à maintenir une initiative à l'intérieur même d'un environnement qui n'est pas exclusivement le nôtre, sachant par ailleurs que Freud a également posé l'inconscient, autrement dit le fait que le sujet n'est pas maître dans sa propre maison, qu'il ignore souvent le jeu des pulsions dont il est l'objet.

Hyperactivité, déficit de l'attention, déficit de la capacité à se séparer, à accepter la frustration et à la sublimer, déficit de symbolisation, à ce portrait de troubles il faut ajouter ce qui est classique dans la schizophrénie, à savoir le trouble schizo-affectif (typique du bipolarisme), et les délires associés de persécution, laquelle est définie ainsi dans le DSM-IV : « Ce sous-type s'applique quand le thème délirant central comporte la conviction qu'on complote contre le sujet, qu'il est trompé, espionné, poursuivi, empoisonné ou drogué, diffamé avec méchanceté, harcelé ou entravé dans la poursuite de ses buts à long terme. Des problèmes mineurs peuvent être exagérés et former le noyau d'un système délirant. Souvent, le délire est centré sur une injustice à laquelle il doit être porté remède grâce à la loi ("paranoïa quérulente") et la personne atteinte entreprend souvent des démarches répétées pour obtenir réparation en se pourvoyant en appel auprès des tribunaux ou en faisant des réclamations auprès d'autres services publics. Les personnes présentant des idées délirantes de persécution éprouvent souvent du ressentiment et de la colère et peuvent recourir à la violence contre ceux qu'ils croient coupables de malfaisance à leur égard. »

On voit ici la difficulté à laquelle sont souvent confrontés les cliniciens, et plus généralement l'univers de la justice. Demander justice est un acte nécessaire, et non nécessairement pathologique. Il faut le dire et le maintenir. Mais la « paranoïa quérulente », à savoir cette capacité ultra-procédurière, recèle cette volonté ou plutôt cette croyance que la loi peut tout et donnera forcément raison à la personne qui se croit lésée ; autrement dit la loi n'est ici qu'un super-moi imposant aux autres ce qu'il croit – l'inverse donc de la loi –, et l'on retrouve l'argument nietzschéen qui considère que le désir de loi peut être le parachèvement du ressentiment. Cette folie procédurière, cette manie, est précisément étrangère à celui qui n'est pas mû par le ressentiment, et obtenir réparation par la loi est quasiment impossible pour lui, dans la mesure où il ne considère pas la loi comme une dynamique personnelle de réparation. Demander justice, ce n'est pas se faire justice. On voit ici que notre rapport à la loi est généralement très vicié, et la fétichisation de la loi, bien connue dans certains pays, corrobore cette thèse. On comprend mieux alors comment cette contradiction – dénigrement de la loi et absolue revendication de celle-ci – est au cœur du ressentiment, qui ne perçoit pas la nature de son délire en désirant ce qu'il prétend honnir. Cela ne signifie pas que nous devions nous passer de loi, mais qu'il faut sans doute avoir à son égard une grande distance et ne l'utiliser qu'en *ultima ratio*. Nous retrouvons la contradiction interne à l'homme du ressentiment, et ses pulsions d'hainamoration[1]. Elles font également écho à sa personnalité passive-agressive, là encore très caractéristique des personnalités négativistes et oppositionnelles. De nouveau, il faut rappeler qu'on peut dire d'une personne qu'elle est dans le ressentiment à partir du moment où un trouble envahissant et récurrent se fait jour, et non parce qu'elle peut traverser ce sentiment. C'est la fixation qui désigne le comportement psychotique, et non sa traversée. Passivité-agressivité, il faut l'entendre ici de façon générale et pas uniquement dans la relation interpersonnelle. Face au travail, par exemple, la personne est passive-agressive, autrement dit, elle procrastine, s'en veut de procrastiner, mais est incapable pour autant de passer à l'action ; elle n'arrive qu'à vivre le déplaisir de son inaction, tout en considérant qu'elle n'est pas responsable de cette inaction, voire en n'identifiant pas cette réaction à une absence d'action. L'entêtement, l'inefficacité volontaire, tout cela peut également relever de l'attitude passive-agressive. Ce sont des caractéristiques posées dans le DSM-IV. On sait que la résistance à l'oppression peut revêtir ce type d'« inactions » ; mais très différemment, au sens où une résistance active peut délibérément dissimuler et procrastiner et se

---

1. L'hainamoration est un néologisme lacanien désignant l'inextricable interaction entre la haine et l'amour. Voir Jacques Lacan, *Encore. Le Séminaire*, livre XX (1972-1973), Seuil, 1975, p. 83.

désinvestir, mais pour mieux préparer un investissement autre, dans l'action, et non pas dans le passage à l'acte.

Exemple clinique classique, décrit par le DSM-IV : « Un subordonné qui reçoit de son chef des documents à étudier avant une réunion prévue le lendemain va égarer ou perdre ces documents au lieu de faire remarquer qu'il ne dispose pas du temps suffisant pour accomplir le travail. Ces sujets s'estiment mal récompensés, mal appréciés et mal compris ; ils se plaignent sans arrêt auprès des autres. En cas de difficultés, ils rendent le comportement des autres responsable de leurs propres échecs. Ils peuvent être maussades, irritables, impatients, ergoteurs, cyniques, sceptiques et opposants. » Intéressant de voir ici que tout conflit direct est évité, car il demanderait une forme d'action, celle de s'opposer avec des arguments, éventuellement en reconnaissant que le temps est manquant pour faire une action et donc en prenant le risque, face à quelqu'un de tout aussi ergoteur, d'être assimilé à un insuffisant. Dès lors, on préfère renforcer le dysfonctionnement plutôt que de l'affronter, et l'on invente une supposée perte, autrement dit, le concours du hasard contre lequel on ne peut rien faire, et ainsi être sûr qu'on ne sera pas accusé d'incompétence. C'est là une attitude extrêmement commune, souvent hélas assez inefficace car très repérable : les individus qui usent de ce stratagème le font constamment et ruinent dès lors l'hypothèse dudit hasard. Lorsqu'ils sont démasqués, l'agressivité n'en est que plus grande, elle peut se muer en accusation de discrimination et en repli dans l'attitude victimaire et de ressentiment.

Il faut ainsi comprendre que ce qui rend ici agressif l'homme du ressentiment, c'est précisément cette injonction à l'action, soit son interpellation directe dans la situation. Pour lui, il est strictement insupportable d'être ramené à sa responsabilité, c'est-à-dire à la possibilité subjective de se constituer en être agent. L'agression grandit si, en plus, on lui demande d'être performant[1] dans cette hypothétique action à fournir. C'est d'ailleurs un point important dans la clinique pour lutter contre l'emprise du ressentiment : ne pas obliger, dans un premier temps, à produire un résultat car, si celui-ci n'arrive pas, il provoquera une déception encore plus difficile à supporter. Il est donc important de façon quasi comportementaliste de ré-axer l'individu, de le remettre simplement dans l'axe de l'action, son axe, à partir de ce qu'il est, avec ses insuffisances. L'injonction à performance est perverse et l'utiliser dans la thérapeutique serait tout aussi pervers. Avant de poser un objectif, une finalité de l'action, il faut déjà, de façon mécanique, vitaliste, reprendre le chemin de l'agir : par exemple, simplement marcher, se mettre en mouvement et, à l'occasion de cette marche, tenter le déploiement d'une attention.

C'est tout sauf simple ; accepter l'humilité d'une telle démarche est déjà un pas immense. Or, nous l'avons vu, il y a une réelle perte d'humilité chez les sujets atteints du ressentiment. On découvre – mais est-ce là une décou-

---

1. DSM-IV, p. 934 : « Mécanisme par lequel le sujet répond aux conflits émotionnels ou aux facteurs de stress internes ou externes par une agression envers autrui exprimée de façon indirecte et non combative. Une façade d'adhésion apparente voile la résistance, le ressentiment ou l'hostilité. L'agression passive vient souvent en réponse à une exigence par autrui d'action ou de performance ou par manque de gratification de ses propres désirs. L'agression passive peut représenter une modalité adaptative pour des personnes occupant une position de subordonné qui ne peuvent s'affirmer ouvertement par d'autres moyens. »

verte ? – que l'humilité est une capacité et non une insuffisance : c'est une version conscientisée du manque qui est
le nôtre, tout en étant une tentative de refuser la déresponsabilisation sans pour autant verser dans le délire de
toute-puissance, croyant qu'on peut faire disparaître ce
manque. Le manque, telle est la grande question de la
naissance. Naître, c'est manquer.

23

HUMANISME OU MISANTHROPIE ?

J'ai toujours pensé être née trop tôt, mais reconnaissons que, même plus tard, l'affaire se serait révélée tout
aussi mal barrée (si l'on veut jouer ici du sens lacanien).
Il ne faudrait pas naître, peut écrire un Cioran, dans *De
l'inconvénient d'être né*. Et Blanchot de décrire parfaitement l'incurable : « Naître, c'est, après avoir eu toutes
choses, manquer soudain de toutes choses, et d'abord
de l'être [...]. C'est toujours auprès du manque et de
l'exigence de ce manque que se forme le pressentiment
de ce qu'il sera, son histoire[1]. » Là aussi, la dialectique
est posée entre ce qui se joue dans la formation du sujet
et ce qui se joue dans l'histoire, personnelle, et indéniablement collective. Chez Blanchot, il y a ce mythe originel du plein, cette illusion qui ne dure qu'un instant
– est-elle d'ailleurs conscientisée par l'enfant ? Sans doute
est-ce cela la toute petite enfance, l'impossibilité de se
séparer, de faire monde, et donc l'absence de conscience

1. M. Blanchot, *L'Entretien infini, op. cit.* p. 346.

du manque, le plein… mais le plein dans la dépendance totale, hors conscience, dans l'impossible individuation. Puis il va y avoir, éducation et culture obligent, l'exigence du manque, ce pas précisément vers la sublimation du manque, le refus de sa négation et le refus de son non-dépassement.

Je n'aurai écrit qu'un seul livre ; car là encore, j'y vois la triade *imaginatio vera - pretium doloris - vis comica* : manque, exigence du manque, dureté du chemin, inconnue du résultat, mais déjà résilience opérée par le commence-ment imaginatif, individuation en marche, mais dérision totale du parcours, un parmi tant d'autres, un parmi trop. Mais il ne faut pas rester coincé dans la misanthropie, il faut s'en échapper. Soyons honnête, je ne sais pas si la misanthropie est moins humaniste que l'humanisme lui-même. Je n'en suis pas si sûre, mais je n'ai pas choisi cette voie ou osé choisir cette voie, car une contradiction très forte se pose très vite : sa propre vie, la non-valeur de sa propre vie, à faire disparaître d'emblée, alors. D'autres pousseront la logique au bout, une logique d'extermina-tion de l'autre, avant de s'exterminer eux-mêmes, mais l'histoire a montré qu'ils sont rares, ceux à la visée si pure de l'extermination ; généralement, en cours de route, elle faiblit, elle choisit entre ceux qui doivent être exterminés et ceux qui ne doivent pas l'être. L'extermination choisie, à la carte, se révèle un humanisme bien faible, finalement, qui n'éprouve pas ses faiblesses, qui s'en contente, qui ne cherche pas la confrontation avec ses pulsions. Pour cette raison, en dernière instance, j'ai choisi l'humanisme du rire, non ce rire tonitruant, ce rire disparaissant, ce sourire peut-être, réel, mais disparaissant, quelque chose qui ne faiblit pas, mais qui ne recherche pas la grandeur à n'importe quel prix, car celle-ci serait ternie. Là encore, c'est dur d'abandonner le rêve du plein, du soi immense, du soi apte à la satisfaction ; c'est dur d'abandonner ce rêve sans s'abandonner soi-même, sans renoncer à l'obligation du travail sur soi.

24

LUTTER CONTRE LE RESSENTIMENT PAR L'ANALYSE

Je l'ai souvent dit, mais le défi de la lutte contre le ressentiment me semble la chose la plus pertinente en analyse. Dans la cure, quantité de choses vont être verbalisées : la question de l'origine et de notre rapport avec elle, avec la famille, les parents, la société culturelle dont on est issu. Le sujet va chercher à comprendre ce qu'il n'a pas compris, ce qu'il a jugé même insignifiant, alors qu'il y avait là une clé possible d'explication, d'une partie de l'explication. Il va verbaliser et, par cette verbalisation, dénouer les fils du réel, déceler une part de « vérité », mais celle-ci sera insuffisante pour parachever la « guérison ». La guérison n'est pas affaire de seule réparation et de retour à l'état antérieur. Canguilhem l'a parfaitement dit : la guérison est une affaire d'invention de la nouvelle norme de vie à produire ; elle est création. Au niveau organique, le sujet va mettre en place un protocole thérapeutique pour retrouver l'homéostasie qui est la sienne ; au niveau symbolique, il va d'une certaine manière faire de même, sauf que celle-ci dévoile davantage encore sa parenté avec la dynamique créatrice. Pour maintenir cet élan, cette possibilité vitale de la résilience, alors même qu'elle est atteinte dans son vitalisme, il importe de produire une « vérité capacitaire ». Celle-ci n'est pas un mensonge ou une omission mais renvoie à une manière de dire, de faire entendre, de se soucier de la conséquence produite par la « vérité ». Et là encore, rien n'est simple, car le sujet est le premier à interpréter tout ce qui est dit, par lui ou par son analyste, pour d'abord se conforter dans son état.

Elle est, du reste, très typique des comportements[1] du ressentiment, cette propension à refuser l'interprétation qui pourrait les extraire de leur marasme : on a beau tourner la vérité dans tous ses recoins, chercher ce qu'il y a de plus capacitaire dans son énonciation, rien n'y fait. Le sujet résiste au dire, résiste à la solution : il a déjà connu ou fait cela, lui qui généralement n'a rien fait depuis un temps considérable. Le sujet connaît, a fait, a tenté et cela ne marche pas. Il ne dira pas qu'il a échoué mais que « cela ne marche pas » : « Je sais, j'ai déjà essayé, cela ne marche pas. » Dans sa version plus sociale, plus collective, le ressentiment relève de la même attitude : il s'agit de faire valider collectivement le fait que cela ne marche pas, non dans l'optique de proposer quelque chose qui va marcher, mais dans celle de destituer ce qui ne marche pas et de l'édifier comme objet de haine, d'y focaliser toute son énergie alors même que cet objet symbolise un vide.

Mais revenons à la vérité capacitaire. Le plus sûr moyen de la produire n'est pas de proposer une interprétation. Les patients sont bien sûr en attente d'une

1. Qu'ils soient de l'ordre de la psychose ou de la névrose sévère.

formulation « magique », mais c'est là le plus sûr moyen d'échouer car celle-ci, non endogène, non produite par soi, ne sera pas reconnue comme adéquate. Je ne pense pas que l'analyste et l'analysant soient à ce point dissociés, que chaque parole soit identifiée à son porteur. En analyse, tout se lie, se co-invente, se co-révèle. Pour autant, il est tout de même important de préserver d'abord la verbalisation du patient de manière que s'enclenche plus aisément chez lui le pouvoir d'agir, du moins le sentiment qu'il va pouvoir agir. Pour cela, il est important que ce soit lui qui « déroule » et qu'il traverse si besoin son propre silence et celui de l'analyste. C'est une épreuve difficile et qui parfois crée un sentiment de nouvel abandon. Le patient est en désarroi chez son analyste et doit faire face, de nouveau, au silence de ce dernier, écho à son propre silence. D'où l'approche capacitaire, et non strictement formaliste : tout le monde n'est pas immédiatement apte au silence, à transformer de façon créatrice le silence. L'art est alors de produire une parole qui va restituer cette confiance sans pour autant orienter le sujet, et qui invite le sujet à traverser son silence, à comprendre qu'il y a à l'intérieur de celui-ci des ressources pour penser, pour affiner ce que l'on croit savoir et qu'on ne sait pas. Ce petit développement sur la vérité capacitaire est nécessaire pour ne pas produire de contresens et croire qu'elle est la substitution du dire de l'analyste au dire analysant. Nullement. Quand le ressentiment est très présent, cette action est incroyablement difficile, voire compromise. Je ne crois pas que le ressentiment puisse avoir le dernier mot dans l'analyse. Je pense au contraire que le maintien du ressentiment prouve qu'il n'y a pas analyse, même si celle-ci a existé, et que la mascarade a continué de perdurer dans l'exercice analytique. Cela arrive très souvent et enclenche un niveau de difficulté plus élevé encore, car il y aura dès lors l'adoubement de l'analyse : l'homme du ressentiment pourra, grâce à la pseudo-analyse, donner libre cours à son ressentiment, tout en l'affublant d'un autre diagnostic.

25

REDONNER DE LA VALEUR AU TEMPS

Il n'y a certes pas que le langage pour faire expérience ou sublimation. Il y a aussi l'expérience même, la capacité à faire expérience, à transformer la vie en vécu propre. Chez Maurice Blanchot, les deux se mêlent, au sens où l'expérience désigne sans doute le cœur de l'œuvre, l'écriture en tant que telle, et aussi sa traque inlassable de l'expérience, de la vie, de ce qui fuit, de ce qui passe, de l'affaiblissement de la vie qui confine au désœuvrement propre à toute œuvre. Dans l'analyse, sans doute à la suite de l'éducation – ou autre nom possible donné à l'éducation à vie –, dans ce regard sur soi mais médiatisé par le monde et donc agrandi, on ne se regarde plus comme soi se regardant – ce serait ridicule et ennuyeux, même si beaucoup pensent qu'il ne s'agit que de cela dans l'analyse : se regarder –, mais au contraire on ouvre le regard, on dessille. Car déjà l'analyse est l'antichambre de l'expérience, une possibilité d'apprendre ou de réapprendre à faire expérience. Et le ressentiment, c'est ce qui ne sait plus faire expérience, c'est vivre et que tout passe, seule restant l'amertume, seul demeurant l'insatisfaction ; la haine des autres assèche l'âme et rend aride tout territoire, et encore plus notre capacité médiatrice.

Retrouver le chemin de l'expérience, la chose paraît si simple ; elle l'est, foncièrement, mais le prix à payer de l'expérience n'est pas neutre. Car pour faire expérience, il faut du temps, il faut retrouver un temps qui se déploie, et ce déploiement du temps se joue d'abord dans l'esprit, dans la volonté d'étirer le temps. Et le temps, nous le savons, est une denrée rare dans les sociétés. Certains considèrent pourtant qu'ils en ont trop, du temps : ce sont ces adolescents, avec leur sentiment d'être coincés dans leur vie, dans leur territoire. La littérature est remplie de ces êtres en chemin, qui aspirent à l'ailleurs car le temps vide les bouffe et qu'ils ont le sentiment de pourrir sur place. Mais ce n'est pas qu'ils ont trop de temps, c'est qu'ils ne savent pas quoi en faire car ils sont encore trop peu initiés à la sublimation, à l'exigence du manque.

Nous sommes sans doute tous un jour ou l'autre dans cet état qui assimile bêtement l'ennui et le temps. Nous accusons le monde, l'environnement, la famille, la pauvre vie qui est la nôtre à cet instant, le peu de liberté que nous avons, l'assignation à résidence – tout cela n'est pas faux, mais reste insuffisant. Et d'ailleurs si nous ne découvrons pas la valeur du temps, son apprentissage, le ressentiment se montrera inévitablement au bout du périple censé nous extraire du marasme. Alors il ne faut pas croire, bien sûr, qu'échapper au ressentiment, c'est ressentir une plénitude douce. Nietzsche l'a dit, la grande santé a l'allure dionysiaque, autrement dit non étrangère au démembrement. Le convalescent aura toujours une saveur d'exil dans la bouche, la sensation d'être un fugueur permanent, d'être toujours en train de fuir son histoire. L'enjeu est d'apaiser ce sentiment ; le succès consistera à l'apprivoiser et à gagner ainsi un peu de repos. Face à l'exil, il y aura tout de même cet autre pôle que forme l'expérience, mais celle-ci ne lui est pas totalement étrangère.

La verbalisation réactive le mal mais l'apaise également : lorsque le sentiment d'exil est trop fort, il y a peu de choses pour résister. Il y a encore la parole, la sienne propre, raffinée par l'effort analytique, qui peut parfois donner enfin un sentiment de refuge. Une séance peut faire maison, habitat. Cette aptitude n'est certes pas le privilège de la cure analytique : elle est l'une des vérités profondes de l'écriture, de la lecture, de la parole de l'œuvre en règle générale. Celle-ci ne s'assimile pas à la « parole quotidienne[1] », laquelle, comme l'écrit Blanchot, est insignifiante et échappe ; tel est le propre du quotidien, de l'actualité, de ces paroles incessantes de tous les jours, qui n'arrêtent pas de communiquer sans que personne entende réellement quelque chose. La fonction phatique, en somme, qui n'est pas sans intérêt, joue un rôle important, notamment face à l'angoisse ; elle la calme, mais de façon éphémère. Pour une anxiété plus canalisée, il faut autre chose, il faut une parole plus intériorisée, plus conscientisée, sans doute plus silencieuse, qui s'étire, qui peut accueillir.

---

1. M. Blanchot, *L'Entretien infini, op. cit.*, p. 355.

26

DANS LE CONTRE-TRANSFERT
ET LA CURE ANALYTIQUE

Il est un phénomène qui n'est pas à proprement parler celui du ressentiment mais qui peut y prêter le flanc, du moins s'il n'est pas canalisé : ce sentiment d'amertume forte qui naît chez l'analyste quand, cherchant à accompagner l'analysant dans son travail, il devient à son tour l'objet même – parfois un court instant, parfois de façon chronique – dudit ressentiment. Émerge alors un sentiment mêlé ; blessé par l'analysant, même s'il s'en défend, il peut se jouer chez lui un réveil d'émotions peu plaisantes, qui laissent une sorte de trace, coinçant l'analyste entre le sentiment de connaître parfaitement ce qui se passe, comme une vieille leçon bien connue de la psychanalyse, et l'obligation du devoir de thérapeute de continuer, voire précisément d'affronter ce sentiment, pour produire quelque chose de viable chez l'analysant, et sans doute aussi chez lui-même. Winnicott a défini ce moment, qui serre le ventre et contraint l'esprit, comme « la haine dans le contre-transfert[1] ».

Une anecdote autobiographique, souvent commentée et reliée tantôt à la notion de réparation[2], tantôt au contre-transfert « haineux[3] », décrit l'ambivalence de ce senti-

---

1. D. Winnicott, *La Haine dans le contre-transfert* (1947), Payot, « Petite Bibliothèque Payot », 2014.
2. Denys Ribas. « La vie de Donald Woods Winnicott », dans D. Ribas (dir.), *Donald Woods Winnicott*, PUF, 2003, p. 6-34.
3. Christine Voyenne, *La Haine dans le contre-transfert* (1947), *Le Contre-Transfert* (1960), commentaire des articles de D.W. Winnicott », 2010.

ment chez Winnicott enfant. Il est alors avec une poupée de sa sœur, dont il détruit le nez à l'aide d'un maillet, la jugeant d'autant plus insupportable, cette poupée, que son père l'utilise comme un ventriloque pour taquiner son fils et lui chanter une chanson le *mettant en scène avec sa sœur* : « Rosie a dit à Donald Je t'aime Donald a dit à Rosie Je n'en crois rien. » Winnicott commente alors ainsi la séquence :

> Ainsi donc, je savais que cette poupée, il me fallait l'abîmer, et une grande partie de ma vie a eu pour base le fait incontestable que j'avais réellement fait cet acte, ne me contentant pas d'en avoir le désir et de le projeter. Je me sentis probablement quelque peu soulagé quand mon père, prenant plusieurs allumettes à la suite, chauffa suffisamment le nez de cire pour pouvoir le remodeler. C'est ainsi que le visage redevint un visage. Cette première démonstration de l'acte de restitution et de réparation m'a certainement impressionné et m'a peut-être rendu capable d'accepter le fait que moi-même – cher petit être innocent – j'étais effectivement devenu violent, directement avec la poupée, et indirectement avec ce père à l'humeur égale qui venait juste d'entrer dans ma vie consciente.

Ne pas être ce cher petit être innocent est une découverte de chaque jour, et qui perdure tout au long de la vie. Nullement innocent en tant qu'individu, nullement innocent en tant qu'analyste, nullement innocent en tant qu'analysant, mais toujours travaillé par ce manque d'innocence, pouvant le nier mais ne pouvant s'y résoudre. Dès lors, le chemin de la réparation s'ouvre. Mais le vrai chemin de la réparation n'est pas celui de la répétition : on ne pourra sans cesse répéter le manque d'innocence et se contenter de le reconnaître et de s'en excuser, voire de le dénoncer. Cette façon de prendre acte de sa non-innocence a des allures de fausse modestie. On y reconnaît son insuffisance non pour tenter de la dépasser, mais pour s'y asseoir en la jugeant finalement suffisante. C'est un point bien décrit par Deleuze lorsqu'il invite son lecteur à se méfier de celui qui se décrit comme n'étant pas à la hauteur d'un autre, le jugeant magnifique, et lui-même indigne. Telle est la version plus stylisée du ressentiment, la grande déclaration d'infériorité. « Nous devons nous méfier de ceux qui s'accusent devant ce qui est bon ou beau, prétendant ne pas comprendre, ne pas être dignes : leur modestie fait peur. Quelle haine du beau se cache dans leurs déclarations d'infériorité[1]. » Reconnaître la forme de cruauté dont on est capable est un nécessaire moment, comme son obligation de dépassement.

La métaphore de la reconstitution du visage est déterminante. Elle n'est pas sans faire écho à la conception éthique lévinassienne, plus tardive, qui a pour pivot la question du visage de l'autre. Haïr l'autre, c'est finir par lui refuser son identité de sujet, un visage, la dignité d'un autre que soi-même ; c'est l'identifier à un rebut, un déchet. Et quoi faire avec ce dernier sinon le jeter ? Restituer le visage fait partie de la double réparation, celle du sujet, qui s'est laissé ravir par la haine, et celle de l'autre, qui a pu subir ses égarements cruels. Comprendre aussi que la réparation peut venir grâce à un autre, celui-là même par lequel quelque chose du vacillement s'était joué. Et pourtant, ce qui se traduit là, c'est bien le mouvement de l'âme de Winnicott, sa toute jeune capacité à prendre

1. G. Deleuze, *Nietzsche et la philosophie*, *op. cit.*, p. 134.

sur elle, à s'échapper de la pulsion de haine qui l'avait étreinte. Et on perçoit bien aussi comment un analysant peut ne pas supporter son analyste, à l'humeur si égale et venant de rentrer dans sa vie consciente.

Le commentaire de Voyenne sur la notion de haine dans le contre-transfert est éclairant à plusieurs titres. D'abord, parce qu'il rappelle cette vérité freudienne qui voit dans le contre-transfert un obstacle à l'opérationnalité de l'analyse. Il est certain que c'est là une épreuve absolument totale ; et tout analyste rêve peut-être d'être ce point de neutralité à l'impartialité parfaite sur lequel tout coule. Est-ce seulement possible ? Si tel n'est pas le cas, on peut alors se demander ce que fabrique l'analyste qui croit échapper à la violence du contre-transfert, dans quel type d'illusion analytique il est pris. S'y confronter ne présume en rien du succès, mais témoigne néanmoins d'une certaine lucidité de l'analyste. La supervision[1] est ainsi prônée par Freud pour permettre à l'analyste de corriger sans cesse cette prise à partie qui peut advenir quand le contre-transfert n'est pas dépassé.

En archétype de la relation thérapeutique, il y a celle qui lie le bébé à sa mère, le soutien que celle-ci prodigue à ce dernier est de même nature que le soutien prodigué par l'analyste à l'analysant – je reviendrai sur l'élaboration imaginative de la mère, une sorte de nom winnicottien de l'*imaginatio vera*, comme élément clé dans la construc-

---

1. « C'est ainsi que, dès 1910 (« Les chances de l'avenir de la thérapie analytique »), Freud écrit : "Tout analyste ne peut mener à bien ses traitements qu'autant que ses propres complexes et ses résistances intérieures le lui permettent. C'est pourquoi nous exigeons qu'il commence par subir une analyse et qu'il ne cesse jamais…" L'analyse didactique sera proposée dès le Cinquième Congrès de l'IPA en 1918 », dans C. Voyenne, art. cit.

tion du sujet et dans l'émergence de sa potentialité de résilience et de dépassement du ressentiment futur. Cette élaboration imaginative de la mère, c'est l'environnement dans lequel grandit l'enfant, c'est le cadre de son indivi-duation à venir. Non que l'analyste soit la mère ou l'en-vironnement maternel le cadre de l'analyse mais, encore une fois, il y a là une familiarité entre ces deux environne-ments. Voyenne s'appuie sur la définition de Winnicott pour décrire, à l'origine, ce qui fait la possibilité d'un futur sujet, soit la qualité de ce lien entre ce dernier et la préoccupation maternelle (disons parentale) dont il fait l'objet : « Avant que ne s'instaurent les relations d'objet, nous sommes en présence d'une unité qui n'est pas consti-tuée seulement par un individu ; il s'agit d'une unité for-mée par la situation environnement-individu. Le centre de gravité de l'individu ne naît pas à partir de l'individu. Il se trouve dans l'ensemble environnement-individu[1]. » Par la suite, il ne s'agira pas de se substituer au parent pour reconstituer ce centre de gravité hétéronome, sachant que, par ailleurs, il est quasiment certain que cet environne-ment aura été défaillant durant l'enfance de l'analysant, en particulier avec ledit parent. Mais l'enjeu du cadre, posé dans la séance, cette qualité d'environnement, cette qualité relationnelle d'écoute, de reprise, d'attention portée, sont essentiels et constitutifs de l'opérationna-lité de la cure. À l'inverse, un cadre défaillant produira des dysfonctionnements : « La notion d'environnement [...] amènera ensuite ses conceptions sur l'importance du cadre dans l'analyse et la valence contre-transférentielle

---

1. D. Winnicott, « L'angoisse liée à l'insécurité », dans *De la pédiatrie à la psychanalyse*, PUF, 1969, cité dans C. Voyenne, art. cit.

des défaillances du cadre[1]. » Voyenne reprend alors Winnicott[2] pour lister les points fondamentaux qui préservent le juste cadre, et de commenter : « C'est par des défaillances ou des variations non réfléchies de ces éléments appartenant au cadre que peuvent s'infiltrer, parfois de manière insidieuse et déniée, l'agressivité et la haine refoulée de l'analyste. » Voilà donc comment s'infiltre le ressentiment de l'analyste, pas nécessairement de façon directe, ou alors parce que la juste médiation du juste cadre – contenant le patient – n'a pas été produite. De la défaillance de cette juste médiation surgit le ressentiment, qui, sans doute, ne trouve plus de digues pour le retenir :

IX. Dans la situation analytique, l'analyste est un être plus fiable que la plupart des gens dans la vie ordinaire ; il est ponctuel, dans l'ensemble, exempt de crises de colère, non soumis à la tendance compulsive à tomber amoureux, etc. X. L'analyste effectue une distinction très claire entre la réalité et le fantasme, de telle sorte qu'il n'est pas blessé par un rêve agressif. XI. Le patient peut compter sur une absence de réaction de l'analyste suivant la loi du talion. XII. L'analyste survit [!][3].

On voit ici que le cadre de la séance analytique préserve et l'analysant et l'analyste de la violence de leurs pulsions d'amour et de haine. Dans un premier temps, chez beaucoup de patients, la demande d'amour est immense, en particulier de la part de l'analyste ; tout est interprété en fonction de ce sentiment et l'amour comme

1. C. Voyenne, art. cit.
2. D. Winnicott, « Les aspects métapsychologiques de la régression au sein de la situation analytique » (1954), cité dans C. Voyenne, art. cit.
3. *Ibid.*

la haine peuvent arriver à tout moment. De même, beaucoup d'analystes jouent avec ce sentiment – jouent-ils ou sont-ils joués ? – et provoquent dans un second temps un désarroi très fort. La difficulté en analyse est celle de la médiété aristotélicienne, autrement dit la fiabilité, le plus déterminée possible, et le moins vindicative possible. La fiabilité dans son ennui, en quelque sorte, qui n'a pas le panache de la passion amoureuse, mais qui ne provoque pas non plus le risque d'un sentiment abandonnique. N'être que fiable est un défi modeste, mais nécessaire à la désaliénation du patient. N'être que fiable est un chemin qui mène nécessairement à l'ingratitude du patient ; parfois, dans un temps plus lointain, ce dernier reconnaîtra la valeur de l'apport ; mais rien n'est moins sûr, et le moment où l'analysant idéalise son analyste n'est pas durable, heureusement pour l'enjeu de sa désaliénation, mais plus douloureusement pour l'analyste renvoyé à sa valeur limitée.

Cependant, la haine que peut ressentir l'analyste à l'égard de son patient n'est pas seulement celle d'une ingratitude anticipée, qui par ailleurs se révèle raisonnable ; elle peut surgir chez l'analyste qui voit ses pulsions mortifères se réveiller par les provocations conscientes et inconscientes du patient. Voyenne, commentant Winnicott, souligne l'aspect jubilatoire que peut constituer le déploiement de la haine, tant du côté du patient que de son analyste. Sans doute réside, ici, la différence entre l'homme du ressentiment et celui qui le traversera sans en demeurer prisonnier : la question de la jouissance à haïr. Celui qui traverse… traverse sans doute parce qu'il n'éprouve pas de jouissance à se maintenir dans un tel état, il en tire un vrai déplaisir, voire une culpabilité, et dès lors sortir de ce ressentiment est impératif. En revanche, pour celui qui s'est habitué à jouir de la haine, à trouver là une énergie vitale, à user de sa conscience pour la justifier, à la parer des atours de la colère, le défi est plus difficile ; car se séparer de la jouissance peut paraître insensé. Se dessine alors un objectif pour l'éducation : apprendre au sujet, le plus tôt possible, à expérimenter un déplaisir quand il laisse libre cours à ses pulsions de haine, autrement dit à lier la capacité de frustration à un plaisir, précisément, celui d'une certaine forme de maîtrise et de symbolisation : grâce à cette capacité de la frustration sublimée, je puis être ailleurs qu'ici, je puis transformer l'absence en présence, l'avoir en être, ou inversement. Je peux être mobile, m'échapper, et finalement ressentir un peu de ma liberté, comme désaliénation.

Revenons à la fiabilité de l'analyste, qui n'est pas sans rappeler le « suffisamment bon » de la mère, autrement dit l'absence de perfection, qui pousse le sujet en devenir à expérimenter sa frustration et surtout à produire son propre chemin en se séparant, ne serait-ce qu'intellectuellement, symboliquement. Le potentiel de la cure analytique ne se révèle d'ailleurs pas avant ce geste de séparation, qui n'est nullement assimilable au fait de se séparer physiquement, je dirai même qu'une séparation physique peut manquer cette vérité de la séparation symbolisante – cela n'étant pas un argument pour ne pas quitter son analyste, sachant que quitter ce dernier n'équivaut pas à cesser l'analyse. Pour Winnicott, la possibilité de cette haine dans le contre-transfert n'est pas uniquement déficitaire. La question n'est pas tant celle d'un retournement possible – il y a bien sûr le chemin propre de l'analyste sublimant cette pulsion –, mais celle de la possibilité d'une dialectique entre l'analyste et l'analysant, via l'expérimentation de haines confrontées, et néanmoins médiatisées par la séance. Car ce qui ne peut sans doute pas arriver dans la vie ordinaire, non médiatisée, entre deux haines qui se déploient arrive ici, précisément parce qu'il y a un cadre fiable. La fiabilité du cadre et de l'environnement, non le caractère purement protocolaire de ce cadre, mais l'exigence de qualité, d'adaptation à la singularité du patient et à la spécificité de la dynamique interrelationnelle, cette fiabilité permet aux haines de se médier et de symboliser ensemble ce qu'elles ne parviennent pas à faire seules. Voyenne voit dans cette définition de la haine dans le contre-transfert l'apport spécifique de Winnicott : « Ses deux articles sur le contre-transfert inaugurent une autre conceptualisation : il y a une aire de travail commune entre le patient et son analyste. Les motions pulsionnelles apportées en séance ont un impact sur les deux protagonistes qui va permettre une création à deux qui pourra conduire le patient à vivre dans la cure, non seulement une répétition de ce qu'il a déjà vécu, mais aussi de pouvoir faire les expériences nouvelles dont il a besoin pour que le travail analytique soit réellement mutatif[1]. »

Est-ce à dire qu'il faille espérer la haine dans le contre-transfert chez l'analyste ? Nullement. Mais on comprend ici comment un espace particulier, un environnement, peut être un outil de médiation clé pour la libération de l'individu, et comment ce qui apparaissait déficitaire peut se révéler plus tard capacitaire ; ce qui laisse tout de même une forme d'espoir car deux individus épris de

1. C. Voyenne, art. cit.

ressentiments se confrontant, s'ils parviennent à s'inscrire dans un cadre spécifique, pourront renverser ces derniers, et produire une échappatoire commune et pourtant plus singulière. Certes, la difficulté de l'aptitude à trouver un tel espace n'est nullement levée : un sujet épris de ressentiment ne ressent pas l'obligation de le trouver et, ne le cherchant pas, n'est souvent pas apte à reconnaître derrière tel ou tel espace l'opportunité d'une transformation intérieure.

27
AUX SOURCES DU RESSENTIMENT, AVEC MONTAIGNE

Montaigne, comme tout bâtisseur de l'humanisme, sait distiller au travers des *Essais* des indices pour penser la nature du ressentiment, des faiblesses humaines, des coutumes, des réflexes conditionnés, des complaisances, des petites lâchetés ou des amertumes plus grandes. « Comment l'âme décharge ses passions sur des objets faux quand les vrais lui défaillent » (I, IV) : un titre dont chaque terme dessine un élément dudit ressentiment – décharger, passions, faux objets, faillite du vrai.

Dans le ressentiment, il y a toujours un débordement, une pulsion non canalisée, une erreur du jugement, le fait de prendre le faux pour le vrai, la focalisation sur les objets, sachant que toute focalisation sur un objet aliène. Montaigne dans ce chapitre fait la description d'un homme lambda, falot même, tout rempli de sa mauvaise foi, conscient de cela d'ailleurs, ne cherchant pas à la dépasser, y trouvant peut-être du plaisir, ou au moins une aide pour calmer son déplaisir face à ses tourments : « Un gentilhomme des nôtres singulièrement sujet à la goutte que les médecins pressaient de laisser tout à fait l'usage des viandes salées, avait accoutumé de répondre plaisamment que, dans les accès et les tourments du mal, il voulait avoir à quoi s'en prendre et qu'en criant et maudissant tantôt le cervelas, tantôt la langue de bœuf et le jambon, il s'en sentait d'autant soulagé. » L'anecdote pourrait faire sourire, chacun peut même s'y reconnaître, mais elle est significative, au sens où le sujet préférera le plaisir de la haine de l'objet, le plaisir de la plainte et de l'insulte à l'obligation de prendre sur soi le fait de ne pas céder à son désir, à l'obligation de responsabilité. Et Montaigne de poursuivre, en citant Lucain[1] : « de même que le vent s'il ne se heurte à grands bois perd sa force et se perd dans l'inanité de l'espace ». Autrement dit, le ressentiment sans la désignation d'un objet à haïr et sur lequel buter ne se soutient pas lui-même, du moins en tant que ressentiment.

Cela semble contredire ce que dit Scheler sur l'indétermination qui définit le ressentiment. Mais pas exactement, dans la mesure où le ressentiment a souvent cette focalisation sur l'objet dans un premier temps, et n'ouvre le champ de sa détestation que par la suite. Cette phase de l'indétermination est importante, mais elle peut s'accompagner, et c'est souvent le cas collectivement, d'une détestation forte, dite irrationnelle, d'un « objet », non humain ou humain, par ailleurs désigné comme le symbole de cette détestation même. Un ressentiment qui ne

1. Lucain, *Pharsale*, II, p. 262-263.

trouverait jamais sur quoi buter pourrait s'apparenter à une forme de nihilisme, à un repli définitif hors de toute *affectio societatis*. Pour que le ressentiment se politise, apparaisse dans la sphère publique, il faut quitter la simple intériorité d'un malaise subjectif. Il faut aller stigmatiser un hors-soi. Si ce dernier s'assimile à un autre, le ressentiment peut devenir incessant, dans la mesure où cet autre vit, qu'il est mobile et assure une forme de soutien indéfectible – bien malgré lui – au déploiement du ressentiment. L'homme du ressentiment pourra dès lors réactiver son ressentiment de façon permanente en contemplant simplement la vie de l'objet de son ressentiment, indépendamment même de la nature de ses faits et gestes. La simple vue de l'objet haï relance inlassablement l'énergie négative de l'homme du ressentiment, et celui-ci en redemande encore, au lieu de prendre sur soi le travail analytique de désaliénation.

Dans le chapitre consacré aux menteurs (I, IX), Montaigne évoque cette manie de Darius, qui, « pour ne point oublier l'offense qu'il avait reçue des Athéniens, [...] demandait à un page, à tous les coups qu'il se mettait à table, [de lui] rechanter par trois fois à l'oreille : "Sire, qu'il vous souvienne des Athéniens" ». On voit ici que l'homme du ressentiment crée volontairement cette petite voix lui rappelant l'humiliation, précisément au moment où il est censé se relâcher et jouir d'un repas simple. La petite voix revient et l'individu ne fait pas que la subir, comme une voix étrangère, une hallucination sonore. Cela peut être le cas, en particulier pour les profils plus psychotiques de la paranoïa exacerbée, de la schizophrénie, du borderline, etc. Mais la psychose, diagnostiquée comme psychose, n'a nullement le monopole du ressentiment ; et c'est bien là la difficulté, notamment pour la vie en société. Cet ancrage dans la répétition et de la répétition est typique du ressentiment : tel est le fait de la rumination, de l'entêtement aussi, « s'opiniâtrer en une place sans raison », pourrait dire Montaigne – même s'il le dit à propos de celui qui, face à bien plus grand que soi, s'entête à tenir, tel un forcené. Ce n'est pas un argument pour défendre la lâcheté, mais une occasion de rappeler, en bon aristotélicien, que la vertu de la médiété importe, et qu'elle seule sied à la raison – autrement dit, ici, le sens de la proportionnalité, la prise en compte d'une situation dans sa généralité et non d'un seul point de vue ouvrant à l'excès. Mais Montaigne est le premier à considérer que la notion de limite, de frontière, entre un vice et une vertu n'est pas toujours simple à définir.

II

FASCISME[1]

Aux sources psychiques
du ressentiment collectif

1. Il y a dans cette deuxième partie, consacrée à la question historique du ressentiment collectif, l'arrière-plan de la « mère », non au sens d'une quelconque féminisation de la question, mais simplement pour souligner de façon métaphorique et herméneutique – sachant que nous filons un ruban de Möbius à trois bandes (l'amer, la mère, la mer) – mais au sens du refus de la séparation. Quitter la fantasmatique de l'unité originelle, du sein pour toujours protecteur et aimant, dépasser cet éternel désir de vouloir être protégé sont des actions nécessaires pour dépasser le ressentiment. Nous sommes des séparés, certes liés par la sublimation et le travail, mais des séparés tout de même, seuls, et non protégés. La vocation humaine est inséparable de la séparation d'avec la mère (ou du père), autrement dit d'avec l'océanique protection et réparation. Il faudra se réparer seuls, certes grâce à autrui aussi, grâce au monde, grâce à la création que nous inventons confrontés au Réel de celui-ci, certes, mais seuls. Il faudra aller de la mère à la mer.

EXIL, FASCISME ET RESSENTIMENT.
ADORNO, I

Adorno est un penseur clé pour se saisir du problème du ressentiment, dans son processus individuel et collectif, et pour comprendre comment y résister – du moins quel type de personnalité peut s'en extraire, alors même qu'elle aurait pu être blessée, détruite par lui. Adorno lui-même s'est extrait ; le gouffre, il l'a vu, l'a perçu si proche de tout homme, et dans sa lassitude, dans sa difficulté de traverser l'exil, cela aurait pu avoir sa peau. L'œuvre d'Adorno s'est échappée, ses *Réflexions sur la vie mutilée* ont préféré l'Ouvert au sens rilkéen ; cela pourrait être aussi l'autre nom de la *Dialectique négative*, soit cette forme de pensée, propre à Adorno, qui tente de faire quelque chose du négatif, sans le transformer comme par magie en positivité, sans céder au nihilisme, une voie qui s'érige à l'aune du vertige, une voie qui peut donner le vertige, mais qui préfère se résoudre à cela plutôt qu'inventer un système où tout trouve sa place, sa résolution, même fausses, nécessairement fausses. *Fragilité du vrai*, peut-il encore écrire, pour s'éloigner de toute idée de synthèse hégélienne ; il lui préfère l'idée d'une théorie musicienne, capable de composition et d'improvisation.

De manière analogue, il faudrait que la philosophie ne se ramène pas à des catégories mais en un certain sens qu'elle se mette à composer. Elle doit au cours de sa progression se renouveler constamment, de par sa propre force aussi bien qu'en se frottant à ce à quoi elle se mesure ; c'est ce qui se passe en elle qui décide et non la thèse ou la position[1].

C'est là un texte de fin de vie, un texte après l'exil forcé, après la rencontre avec la décrépitude du monde, le nazisme, après avoir dû s'enfuir pour protéger sa vie, mais même de loin le désastre est vu, il atteint, car l'on sait que l'on a fui, certes sans vraie alternative, mais la culpabilité sera toujours au cœur de l'œuvre d'Adorno ; lui qui est musicien sait que cette trace s'entend, elle imprègne la musique, peut-être encore plus sûrement qu'une théorie ; c'est ainsi qu'il faut comprendre la dialectique négative, celle qui ne peut justifier ce qui s'est passé, qui peut simplement y faire face et produire chez ceux qui restent assez de conscience et de vigilance pour tenir et lutter contre l'horreur qui s'est jouée. On comprend d'ailleurs que face à l'horreur, qu'elle ait eu lieu ou qu'elle menace d'avoir lieu, le résultat est presque le même : cela irradie, par-delà l'instant passé et en amont de l'instant futur ; l'horreur fuit de toutes parts, comme

---

1. Theodor Adorno, *Dialectique négative* (1966), Payot, « Petite Bibliothèque Payot », 2016, p. 47-48.

une mauvaise eau, qui s'infiltre, mais aussi comme une déflagration. Le point terrible de l'horreur, c'est qu'elle existe. Le doute s'arrête face à la positivité de l'horreur. Il n'y a pas de doute, c'est bien là, irrémédiablement là. Et pourtant rien n'est compris, rien ne fait sens. Ou si cela fait sens, le chercher enracine notre désespoir, du moins le risque est grand de s'enraciner dans lui. L'horreur gagne, elle gagne toujours plus de terrain qu'on ne le pense ; tel est sans doute l'horizon sur lequel se déploie la dialectique négative, face à cette potentialité néfaste, il faut un autre Ouvert, celui qui ne s'illusionne pas mais qui sait transformer la négativité.

Le danger du nazisme s'affirmant, Adorno s'exile, en Europe puis aux États-Unis. Là, il rencontrera quantité de penseurs susceptibles de décrypter ce qui se joue dans le ressentiment ambiant, par quoi une telle identification au Führer est rendue possible, alors même qu'un regard – même peu acerbe – saisit la faiblesse du personnage. Mais l'on retombe sur une vérité nietzschéenne bien connue, la morale des esclaves ou la vengeance des faibles : « Les agitateurs dénient toute supériorité et donnent à entendre par là que le Guide [...] est quelqu'un qui, tout en étant faible comme ses frères, ose pourtant sans complexe avouer sa faiblesse, ce qui fait de lui un homme fort[1]. » Adorno va chercher à comprendre les mécanismes de la pensée fasciste, son identification avec le faible, mais surtout le retournement déterminant qu'il s'agit d'opérer. Car le fascisme, dans son acceptation de masse, fonctionne autour de cette vengeance du faible,

1. Th. Adorno, « Anti-semitismus und faschistische Propaganda », cité dans Stefan Müller-Doohm, *Adorno. Une biographie*, Gallimard, 2004, p. 295.

mais avec une identification – petit à petit – au fort, vengeant les faibles. Il faut ce retournement du narcissisme blessé, une forme de restauration narcissique, pour que le fascisme s'installe plus durablement, et avec une violence enfin assumée, alors qu'elle pouvait par le passé se dissimuler, comme toute technique « faible » de défense et de réaction. Adorno parle aussi d'« égalitarisme répressif[1] », notion particulièrement pertinente quand on veut saisir ce rapport ambivalent au chef qui saisit les groupes : un rapport au chef comme une extension de soi-même, de ce soi faible, de ce « faux self » pouvant enfin assumer tous ses démons pulsionnels, sans que personne vienne l'en empêcher. Mais si d'autres pensent qu'ils peuvent se différencier davantage, aller vers plus d'individuation, la chose est réprimandée, voire impossible, et déclenche une grande hostilité de la part des membres. On ne s'échappe pas du groupe. L'individuation n'a aucune place, et le chef, s'il donne l'illusion d'un individu libre, désaliéné, n'en est pas un. Il est le grand Réifié, celui qui a poussé au maximum son devenir-chose, il est dans le déploiement maximal, tout-puissant de la régression, mais sans jamais pouvoir accéder à soi désormais. Et Adorno de donner cette définition du fascisme qui fait écho à la maladie même du ressentiment, à sa réalité psychotique majeure : « la dictature des malades de persécution [qui] réalise toutes les angoisses de persécution de ses victimes[2] ».

Le ressentiment est une maladie de la persécution : se

1. Th. Adorno, « Die Freudische Theorie und die Struktur der fascistischen Propaganda », *Zur Metakritik der Erkenntnistheorie*, 1971, p. 56, cité dans *ibid.*, p. 56.
2. Th. Adorno, « Die Freudische Theorie und die Struktur der fascistischen Propaganda », art. cit, cité dans *ibid.*, p. 296.

croire sans cesse l'objet d'une persécution extérieure, se ressentir uniquement victime, refuser la responsabilité de son sujet dans cette position-là. Et cette maladie de persécution vire à la jouissance de cette détestation, car il y a bien détestation de cette position de soumission, mais il y a préférence de croire cette soumission sans reste, pour mieux la renverser et donner libre cours à sa pulsion de destruction de l'autre, pleinement justifiée. Or, il y a du reste. Mais l'homme du ressentiment choisit de s'illusionner et de ne pas voir ce reste car ce dernier lui offrirait la possibilité d'un recours, d'une issue, mais aussi d'un effort, d'une responsabilité propre. Mieux vaut haïr qu'agir, et communiquer cette haine à un groupe, dont les individus ont fait le même choix de l'illusion d'une soumission sans reste ; dès lors, le mécanisme de haine généralisée peut s'enclencher et produire un agir uniquement construit à partir de la cruauté des pulsions, un agir qui n'est nullement agir mais qui, avec le nombre, le quantitatif, produit un renversement qualitatif, qui peut donner l'illusion d'une véritable action, alors même qu'il est réaction de masse.

Dans les années 1950, Adorno continue d'élaborer ses théories sur la personnalité, et notamment celle qui pourrait être à l'origine de « potentialités fascistes[1] ». Celle-ci voit converger différents traits comme « le conventionnalisme, la servilité autoritaire et l'agressivité, le penchant à la projection, à la manipulation, etc.[2] ». On y retrouve bien les critères de la personnalité *ressentimiste*

1. Th. Adorno, « Wissensschaftliche Erfahrungen in Amerika », cité dans *ibid.*, p. 297.
2. Th. Adorno, « Studien zum autoritären Charakter », 1973, cité dans *ibid.*, p. 299.

qui assimile l'ordre à une restauration de ses biens et de son être, qui n'est servile que pour mieux exercer son autoritarisme sans en subir les conséquences, qui produit cette fameuse passivité-agressivité, qui affabule, fantasme, projette toutes sortes de fausses représentations dans le but de renforcer ses préjugés et stéréotypes, qui s'installe dans la manipulation perverse, réifiée et ne pouvant dès lors considérer l'autre comme sujet, ne supportant pas cela, ne créant avec lui qu'une relation d'instrumentalisation.

Les autres basculant dans ce mouvement collectif de détestation, il faut pouvoir résister et trouver en soi quelques ressources. Il faut inventer cette *minima moralia*, morale de fragments – bien loin de l'illusoire *magna moralia*, la pleine et non trouée –, qui comporte des éventrements, des gouffres, des impasses, flux et reflux et, par le minuscule, tenter l'océan, tenter l'eau, l'air, le large, ailleurs, autrui encore en vie, soi encore digne. « Que serait le bonheur qui ne se mesurerait pas à l'incommensurable tristesse de ce qui est ? Car le cours du monde est perturbé. Celui qui s'y adapte prudemment participe du même coup à la folie, alors que celui qui reste en dehors saurait seul résister et mettre fin à l'absurdité[1]. » L'entrée dans la morale se fait ici par le biais d'une chanson, qui revient au souvenir d'Adorno, chanson d'enfance ayant fait son bonheur, « entre les monts et la vallée profonde » : deux lièvres profitent de l'herbe et soudain un chasseur les tue, ils tombent, font les morts, croyant l'être, se rendent compte qu'ils ne le sont pas et détalent.

---

1. Th. Adorno, *Minimia Moralia. Reflexionen aus dem beschädigten Leben* (1951), cité dans *ibid.*, p. 301.

Quelle morale en tirer ? Celle du semblant ? Celle de l'absurde ? Celle de l'injustice ? Celle de la bêtise de l'insouciance ? Adorno ne tranche pas, et rappelle seulement le « caractère irréel du désespoir[1] », totalement compatible – hélas – avec ce sentiment de certitude que l'horreur a lieu, a eu lieu, aura lieu, qu'elle est existence, inséparable de l'existence, non pas son but, mais immanquablement sa compagne. Un petit bout de chanson donc, un minuscule par lequel entrer ; par ce trou de souris créer le trou de serrure, tenter l'issue, n'être sûr de rien car cette issue aura les allures de l'irréel, tout comme le désespoir qu'elle tente de fuir.

Le « cours du monde » d'Adorno n'est pas sans rappeler la « chute du cours de l'expérience » de Walter Benjamin, soit ces hommes qui ne savent plus comment transformer ce qu'ils vivent en expérience, en vécu sensible, conscient de lui-même, permettant d'être l'objet d'une transmission. Face au cours du monde perturbé, il y a les fragments moraux, fragments stellaires ; il y a aussi les « protocoles de rêves » que va laisser Adorno comme autant de cas cliniques non élucidés, une manière de rendre compte de son inconscient, ou plus généralement de l'inconscient d'un homme qui se frotte aux malheurs du monde et construit un chemin qui ne les valide pas, une description clinique de ses rêves qui laisse à chacun la possibilité d'user de son talent d'interprétation : « Nous marchions [...] sur un chemin en corniche [...]. Je me mis à en chercher un meilleur[2]. » Adorno ou le penseur au carrefour

1. Th. Adorno, *Minimia Moralia. Réflexions sur la vie mutilée* (1951), Fragment 128, Payot, 1980, p. 268.
2. Th. Adorno, « Traumprotokolle », cité dans Stefan Müller-Doohm, *op. cit.*, p. 304.

d'une dénonciation du ressentiment, de l'émergence du fascisme, de la mise en place du concept de réification, d'une prise en considération de la vie inconsciente même si l'interprétation psychanalytique est laissée de côté – l'universel de l'inconscient est bien reconnu –, Adorno pris dans son propre désenchantement, faisant l'expérience amère de l'exil, de l'obligation de devoir penser dans une langue étrangère, d'une reconnaissance par les pairs malaisée elle aussi. Rien n'est jamais fluide, simple. Tout est taché. Philip Roth[1], dans un style bien à lui, pourrait être un de ses héritiers.

« Tout intellectuel en émigration est mutilé, aucun n'y échappe. » À la précarisation morale, existentielle, psychique, s'ajoute celle, matérielle, d'une mise en concurrence des humiliés entre eux, où chaque émigré est ennemi de l'autre, qu'il soit professeur ou non. Adorno s'est retrouvé dans ces « circonstances qui sont les plus humiliantes et les plus indignes, c'est-à-dire en situation de quémandeurs concurrents, et ils [les intellectuels émigrés] en viennent ainsi presque obligatoirement à se montrer les uns aux autres leurs plus mauvais côtés[2] ». Nul doute qu'il aurait pu basculer dans le ressentiment, lui qui faisait l'expérience d'un manque de reconnaissance, d'une humiliation permanente, d'une absence de refuge, d'une mise en concurrence exacerbée. Dans *Minimia Moralia*, il narre cette façon d'être jeté aux oubliettes quand on est exilé, comment on doit laisser derrière soi tout ce qui fait sa différence, sa valeur, et qui, parfois,

1. Dans *La Tache* (2000) de Philip Roth, la tache en cache une autre… et qui sait si cela n'est pas infini pour chacun d'entre nous.
2. Th. Adorno, *Minimia Moralia. Reflexionen aus dem beschädigten Leben*, cité dans Stefan Müller-Doohm, *op. cit.*, p. 226.

est réduit au « background » dudit intellectuel, « réifié », et immédiatement laissé de côté, oublié, dévalué : « Aux oubliettes ! – Comme on sait, les antécédents dans la vie d'un émigrant sont annulés[1]. » Tous ceux qui ont l'expérience de la traversée d'une rive l'ont appris à leurs dépens. Du moment qu'on traverse, on n'est plus rien, car l'on n'a plus rien avec soi. L'expérience intellectuelle est tenue pour « intransférable » ; quantité d'autres statuts sont tenus pour intransférables, astuce pour faire perdre à l'émigrant sa superbe, pour le rappeler à sa triste condition si *des fois* il croyait lui échapper.

L'humiliation est encore plus grande pour l'intellectuel qui se targue précisément d'être universel, d'avoir une compétence transfrontalière, nécessaire à toute l'humanité ; tel est sans doute sa vanité, mais telle est aussi son exigence : dépasser son petit cercle, penser quelque chose qui s'adresse au monde et pas seulement à son monde. Pour ma part, j'ai manqué de ce courage-là : s'exiler, s'obliger à l'exil. Les circonstances de la vie m'en ont épargné l'obligation et je n'ai pas jugé qu'il était de mon devoir de me l'imposer à moi-même. Disons que j'ai jugé qu'il serait bénéfique et que j'ai reculé, devant la crainte de l'exil de la langue, celui-là me semblant plus difficile encore que l'exil physique. Adorno n'a pas eu cette chance de pouvoir éviter l'obstacle. *Minimia Moralia* est tout entier voué à décrire les affres de l'« intellectuel en émigration » ; il représente ce « triste savoir » qu'Adorno nous adresse, ce témoignage d'un « dialogue intérieur[2] », sans doute ce qui lui a per-

---

1. Th. Adorno, *Minimia Moralia. Réflexions sur la vie mutilée, op.cit.*, Fragment 25, p. 59.
2. Th. Adorno, *Minimia Moralia. Réflexions sur la vie mutilée, op. cit*, p. 9-15.

mis de ne pas succomber à la pulsion de ressentiment ; le savoir est triste mais il demeure dialectique, intérieur, il ne refuse pas cette intériorité, bien au contraire. La vie d'Adorno est passée au crible dans *Minimia Moralia*, elle y acquiert une forme de dignité nouvelle, sublimée, elle, et non réifiée, ouvrant à autre chose que soi, au lieu de jouir de sa mutilation et d'entreprendre le chemin d'une victime devenant bourreau.

Chez Adorno, l'humour manque. Il y a certes cet art de la chanson, ces réminiscences des petits artisanats, cette sensibilité aux marques multiples de la beauté, même les plus insignifiantes, elles ne sont pas moquées ni dénigrées ; elles font leur travail de médiation. Tout reste occasion pour s'extirper. Mais étrangement, l'humour est peu présent. Il apparaît à travers les lignes, et plus spécifiquement au travers des titres des fragments – il est évident qu'« Aux oubliettes » témoigne d'une capacité de dérision forte. Mais l'affirmation de la nécessité de la *vis comica* est absente, comme si l'humour niait la négativité, ce qu'il ne fait nullement. Il s'appuie sur elle, se permet de la destituer, se permet peut-être de ne pas la prendre au sérieux alors qu'elle est tragique, mais précisément, il y a un geste fort de « composition ». Adorno nous livre sa sensibilité extrême aux petits moments de la vie, comme celui où l'enfant se réjouit d'une visite faite aux parents, des plus banales, mais promesse d'un monde autre, d'une habitude rompue, de règles qui vont s'annuler, ce soir-là, pour accueillir les hôtes, les loger, et éventuellement laisser l'enfant vaquer lui aussi, comme les adultes, s'offrir ses premières entrées dans la nuit, hors de l'obligation du sommeil. Le voilà si heureux. « Héliotrope », écrit Adorno, et cela, on pourrait le dire de l'humour, qu'il nous tourne inlassablement vers le soleil, vers une lumière énergétique, qui « libère le bonheur le plus proche de toute malédiction en le mariant à la distance la plus lointaine[1] ». Ce jeu de l'humour avec l'espace-temps, art de la symbolisation en somme, nous le connaissons bien, et chacun peut en faire l'expérience : cette échappée de l'instant, sans pour autant nier le présent mais sans s'y soumettre, cette distance prise qui pourtant ne produit pas de déréalisation, du moins pas au sens pathologique du terme ; pour le maintien minimal de la santé psychique de l'homme, la *vis comica* est essentielle et trop peu sollicitée. On manque sa véritable nature, on en fait un atout superfétatoire ou un talent marchand, prompt à faire rire les autres, sans conscientisation réelle, juste pour les divertir. C'est là une toute petite partie de l'humour, la moins intéressante, la moins apte à la sublimation. Elle fait écran, à l'inverse. Nous reviendrons, plus loin, sur la ressource qu'elle représente dans la lutte contre le ressentiment humain.

2

CAPITALISME, RÉIFICATION ET RESSENTIMENT. ADORNO, II

Reprenons la notion de réification, au cœur du processus ressentimiste, notion d'essence marxiste[2] tant le philosophe a perçu la dimension réificatrice du capita-

---

1. Th. Adorno, *Minimia Moralia. Réflexions sur la vie mutilée*, op. cit, Fragment 114, p. 237-238.
2. Chez Karl Marx, on parlera d'aliénation et d'objectivation.

lisme. Elle est présente chez Adorno, et fera l'objet d'in-terprétations successives au sein de l'école de Francfort, traversant plusieurs décennies et auteurs. La réification est également l'enfant du processus de reproductibilité, bien décrypté chez Walter Benjamin, cher à la modernité, qui standardise ses objets pour les produire en masse, et en tirer le bénéfice maximal, en réduisant par ailleurs les coûts de fabrication. Le monde entier y est contraint. La culture, elle-même, s'est laissé réifier, en devenant simple-ment industrie culturelle. Chez Georg Lukács[1], la réifica-tion est le processus de chosification[2] de la vie et du sujet, qui n'est pas sans rappeler les affres de la rationalisation wébérienne qui a pour conséquence de « qualifier » le quantitatif, autrement dit de disqualifier le qualitatif au profit d'une surévaluation du quantitatif, appelé dès lors à devenir le nouveau qualitatif, le chiffre venant se subs-tituer à la puissance du nom.

S'opère alors un réductionnisme qui atteint tous les éléments de la vie du sujet, passés au crible des caté-gorisations économiques uniquement, et n'obtenant de valeur qu'en retour de cette mutilation définitionnelle. Le monde, le sujet, la vie deviennent « calculables », au sens de bénéfices et de coûts, comme si tout pouvait être

1. Voir Georg Lukács, *Histoire du développement du drame moderne*, 1908 ; *Histoire et conscience de classe*, 1923.
2. « C'est à Kostas Axelos et Jacqueline Bois qu'il revint en 1959 d'intro-duire dans le marxisme les termes *réification* et *réifier* pour traduire les mots allemands *Verdinglichung* et *verdinglichen*. Les mots allemands *Versachli-chung* et *versachlicht* furent traduits par *chosification* et *chosifié* (Lukács, 1960 : 86, note de bas de page). À quelques années près, ils ne disposaient pas de mots en français pour cela : *réification* et *réifier* ne furent inventés respectivement qu'en 1917 et 1930 par Julien Benda (Benda, 1917 : 66-67 et Benda 1930 : 156). » Dans Jean Ferrette, « Les (més)aventures de la réifi-cation », *Anamnèse* n° 6, 2010.

circonscrit à de telles catégorisations. Le monde se fait binaire, et la portion des « disqualifiés » grandit à mesure que se déploie, avec plus d'amplitude, ce grand mouvement de rationalisation. La réification est l'autre nom de la rationalité instrumentale, bien connue également depuis Weber et son analyse du désenchantement du monde, promu par la modernité techniciste et calculante. Chez Honneth, la réification est reprise et un antidote voit le jour dans le concept de reconnaissance. Car en effet, celle-ci est sans doute ce qui contrebalance notre interdépendance, et nous permet de ne pas vivre nos dépendances de manière disqualifiante. Nous sommes tous dépendants, interdépendants, et la domination se définit comme le fait de rendre invisible cette dépendance, et d'inscrire l'autre dans un régime de non-reconnaissance. Il est évident que la dépendance est plus douce à vivre à partir du moment où elle s'inscrit dans un régime d'interdépendances réciproques, où chacun ne peut tirer son épingle du jeu sans avoir besoin d'un autre. L'éthique de la reconnaissance est le cadre qui permet de vivre ces dépendances de façon légitime, non viciée, non disqualifiante pour les individus. La reconnaissance est en ce sens un principe qui permet aux individus de résister aux processus de réification opérés dans le monde capitalistique. Honneth déplie différents niveaux de reconnaissance, symbolique et plus spécifiquement matérielle. Refuser la reconnaissance à quelqu'un, c'est précisément le réifier, l'installer dans une relation réifiante, qui fait de lui un simple objet dont on peut se passer, que l'on peut remplacer, dont on nie la valeur singulière et déterminante dans son propre processus d'autonomisation.
Revenons à Adorno, chez qui l'on perçoit bien la dia-

lectique qui se joue entre réification et ressentiment. « La production capitaliste les enserre corps et âme, si bien que, sans opposer la moindre résistance, [les consommateurs] sont la proie de tout ce qui leur est offert. De même que les hommes assujettis prirent toujours plus au sérieux que leurs seigneurs la morale qui leur venait de ceux-ci, de même les masses dupées d'aujourd'hui subissent, plus fortement que ceux qui ont réussi, le mythe du succès. Elles désirent ce qu'ils ont et insistent obstinément sur l'idéologie au moyen de laquelle on les asservit[1]. » Autrement dit, la force de la rationalisation capitalistique est d'installer l'individu dans une situation où il est la proie de désirs qui ne sont pas spécifiquement les siens mais où, coincé dans cette rivalité mimétique bien connue des lois psychiques, il désire ce qu'il n'a pas, et s'enferme dans un régime de frustration permanente, lui faisant désirer ce qu'il croit lui être nécessaire pour être reconnu comme sujet. Le consommateur s'est laissé berner, en adoptant d'emblée un désir qui n'est pas nécessairement le sien, en ne le remettant pas en cause, et en ne désignant pas lui-même son objet de consommation, un objet qui ne vienne pas le réifier en retour, car il se maintient à son stade d'objet, et ne lui promet aucune illusion de reconnaissance.

Cette boucle entre réification, reconnaissance manquée et ressentiment, nous la percevons encore lorsque Adorno et Horkheimer nous expliquent la manière dont opère l'industrie culturelle pour enserrer l'individu. De nos jours, nous pourrions dire les choses de façon semblable :

---

1. Max Horkheimer et Th. Adorno, *La Dialectique de la raison* (1944), Gallimard, 1974, p. 142.

il est étonnant de noter que le grand mouvement de *dé-narcissisation* opéré dans le monde du travail, autrement dit le fait que l'individu se sente « remplaçable », interchangeable, précarisé, mis à disposition, sous pression permanente, et qui devient arbitraire vu son caractère incessant, ce phénomène de dé-narcissisation fonctionne très bien avec l'autre bout de la chaîne du travail, à savoir l'univers de la consommation, visant à *re-narcissiciser* l'individu, pour qu'il soit à même de revenir travailler, en obéissant aux mêmes règles ineptes et désingularisantes. D'un côté, il y a décompensation psychique forte, de l'autre, il y a compensation, par le biais de biens addictogènes habilités à compenser de façon éphémère seulement, car le sujet doit être maintenu dans un sentiment de fébrilité pour revenir au divertissement compensatoire et faussement renarcissisant.

Dès 1944, Horkheimer et Adorno saisissaient la perversion d'un tel fonctionnement et son irréductible efficacité : « L'industrie culturelle reste néanmoins l'industrie du divertissement. Elle exerce son pouvoir sur les consommateurs par l'intermédiaire de l'amusement qui est finalement détruit, non par un simple diktat, mais par l'hostilité – qui lui est inhérente – envers ce qui serait plus que lui. [...] Dans le capitalisme avancé, l'amusement est le prolongement du travail. Il est recherché par celui qui veut échapper au processus du travail automatisé pour être de nouveau en mesure de l'affronter. » La thèse est ici quelque peu différente mais s'appuie sur les mêmes présupposés. L'homme, dans le travail, subit l'automation ; mais celle-ci est tellement généralisée dans l'ensemble de la société et touche à tant d'éléments vitaux que l'individu n'est plus apte à recevoir autre chose que du standardisé, de l'automation dans ses moments de loisirs : « Le seul moyen de se soustraire à ce qui se passe à l'usine et au bureau est de s'y adapter durant les heures de loisirs. Tout amusement finit par être affecté de cette maladie incurable. Le plaisir se fige dans l'ennui du fait que, pour rester un plaisir, il ne doit plus demander d'effort et se meut donc strictement dans les ornières usées des associations habituelles[1]. »

De nos jours, chacun peut faire l'expérience de cette décompensation, qui vire chez certains à la dépression, à l'épuisement professionnel ou à des conduites et des troubles psychotiques et qui produit dès lors chez l'individu une fébrilité exacerbée, une inaptitude à produire des efforts même dans le plaisir. Ce dernier doit être immédiat, abondant, réitéré, inédit, pour faire son travail compensatoire de manière instantanée. Mais la compensation instantanée n'est nullement la résilience ; c'est toute la différence entre l'addiction et le désir, entre le plaisir qui s'annule au moment même où il est vécu et la joie qui est capable de dépasser le seul instant de sa production.

3

CONNAISSANCE ET RESSENTIMENT

Contre la morsure du ressentiment, Nathalie Heinich voit dans l'œuvre de Norbert Elias – et c'est sans doute vrai de beaucoup d'œuvres – une merveilleuse tentative

1. M. Horkheimer et Th. Adorno, *op. cit.*, p. 146.

de transformation et de sublimation. Ce qui est dit de l'œuvre artistique peut, du reste, se dire du travail sociologique en tant que tel, au sens où il vient expliquer, se mettre à distance du phénomène, et par sa réflexivité produire chez l'homme une capacité de symbolisation et d'action. « La sociologie plutôt que le ressentiment », écrit-elle dans un article qu'elle lui consacre. La sociologie critique, plutôt que le fait de subir le manque de criticité dans ce monde, l'impossibilité de remettre en cause la rationalité instrumentale, qui non seulement détruit l'action dans sa finalité, mais la pensée même, les deux étant indissociables notamment dans la conception émancipatrice du travail. Choisir la sociologie, la connaissance, la raison, le déploiement de l'analyse, l'affrontement des contradictions humaines, le décryptage de ses pulsions, faire cette analyse-là protège du débordement ressentimiste.

Oui, je pense que l'œuvre d'Elias est une énorme, une extraordinaire entreprise de sublimation de cet unique problème : comment être un Juif à l'intérieur d'une société non juive et, plus encore, d'une société antisémite. Déplacé vers divers contextes, et avant tout vers celui de la société de cour, ce problème est devenu l'étude systématique de la façon dont une société en vient à se modifier en raison des efforts de certaines catégories pour se mouvoir dans la stratification sociale, afin d'obtenir l'intégration dans les strates supérieures lorsqu'on vient des strates inférieures ; et l'étude de la façon dont ces changements dans la structure sociale affectent les vies individuelles au niveau le plus intime de l'expérience[1].

1. Nathalie Heinich, « Sublimer le ressentiment. Elias et les cinq voies vers une autre sociologie », *Revue du MAUSS*, vol. 44, n° 2, 2014, p. 289-298.

On revient au sentiment d'injustice qui étreint le cœur de l'individu lorsqu'il se sent humilié, non intégré, exclu des cercles de reconnaissance symbolique ; comment chaque individu fait face à cette rémanence des déterminismes sociaux, économiques et culturels. Exemple archétypal du Juif, qui peut renvoyer à tout être humain, homme ou femme. Comment être empêché de se mouvoir est un danger absolu pour l'âme et le corps de l'individu. Tant de fois, Elias aurait pu vaciller, dans le refoulement névrotique ou le déni psychotique, ou dans le ressentiment mortifère, tant de fois, mais il a délaissé la procédure victimaire pour l'œuvre sociologique, pour ouvrir à d'autres ce qui le concernait de façon prioritaire, pour universaliser son propos et sa quête, pour élaborer une pensée qui s'adresse à chacun, et augmente dès lors le monde de chacun.

Bien sûr, il aurait pu y avoir d'autres façons de gérer ce traumatisme : il aurait pu être refoulé, en sorte que rien d'autre n'en serait sorti que la névrose ou même la psychose ; ou bien, il aurait pu être transformé en ressentiment, colère, accusations perpétuelles contre les bourreaux ou plaintes quant à ses propres souffrances en tant que victime. Mais avec Elias, rien de tel : ni refoulement, ni ressentiment ; juste le silence sur les Juifs, à l'intérieur d'une œuvre immense consacrée à la condition fondamentale des Juifs lorsqu'ils tentent d'intégrer une société antisémite, dehors et dedans, dedans et dehors, en bas et en haut, en haut et en bas, avec ces lourdes difficultés qui n'ont d'autre raison que le fait d'être né là où l'on est né[1].

1. *Ibid.*, p. 289-298.

Nous revenons à ces catégories essentielles du dedans et du dehors, celles-là mêmes que l'homme du ressentiment ne veut plus ressentir car elles lui procurent une amertume indépassable. Alors il cherche à faire disparaître la frontière et à s'incorporer à d'autres, par le biais de l'agrégation des pulsions hostiles de chacun. « Étonnante capacité à surmonter le ressentiment par le travail conceptuel », écrit encore Heinich, pour montrer qu'Elias a su faire évoluer la notion même de « domination » vers celle d'interdépendance, notion reprise par Honneth dans celle de reconnaissance.

Cette notion d'interdépendance, associée à celle d'intériorisation des contraintes, permet d'échapper à l'opposition binaire entre « individus » et « société » [...] et de comprendre [...] les déplacements entre les dimensions individuelle et collective des déterminations psychique, corporelle, émotionnelle. [...] Le ressentiment implique une focalisation sur les « mauvais » objets. Elias aurait pu consacrer son énergie intellectuelle à un combat sans fin contre ses ennemis, quels qu'en auraient pu être les noms. Au contraire, il abandonna totalement la perspective centrée sur les objets pour se tourner vers ce qui est réellement en jeu dès lors qu'on tente de mettre au défi la stratification sociale de façon à obtenir l'inclusion dans un groupe désiré : à savoir les relations entre individus[1].

Non seulement le ressentiment implique une focalisation sur les mauvais objets, nous l'avons vu, mais toute focalisation obsessionnelle tend précisément à transformer la nature de l'objet, qui pourrait être neutralisée :

1. *Ibid.*

ce n'est pas seulement que l'individu désire ce qu'il ne devrait pas désirer, c'est qu'il travestit la notion même de désir ; en s'aliénant à l'objet désiré, il désire mal. Cet art du désir est un enseignement de la frustration sublimée, au sens où ce dernier ne peut s'assimiler à une toute-puissance, forcément illusoire, et donc forcément cruelle pour ne pas dépasser cette illusion. Échapper au ressentiment, indépendamment du fait de produire une œuvre analytique digne de ce nom, revient à poser entre les individus des relations dignes de ce nom également.

Nous l'avons vu avec Honneth, seule la notion de reconnaissance empêche l'interdépendance inéluctable entre les individus d'être pervertie en domination. Chez Honneth, le concept d'invisibilité est également lié à cela. Le manque de reconnaissance produit une invisibilité des individus eux-mêmes, et l'on comprend mieux pourquoi le ressentiment a un tel besoin de la vindicte, comme s'il s'agissait de réparer un surcroît d'invisibilité jugé illégitime à juste titre. Dès lors, les hommes du ressentiment veulent apparaître, se faire voir, se faire entendre, eux qui ont subi une invisibilisation de leurs sujets et de leurs vies. Point parfaitement bien vu par Heinich, et qui a été assumé pleinement par Elias : le fait de ne pas user de sa sociologie comme une nouvelle posture de pouvoir, susceptible de lui permettre, lui qui avait subi la violence de l'exclusion, d'en produire une à son tour sous des habits scientifiques. Le Nom-des-Pairs est cette forme-là de savoir faisant le jeu du pouvoir, asservissant l'individu à une reconnaissance « falsifiée » au sens d'Honneth, et qui d'ailleurs ne sera pas susceptible de le protéger contre le ressentiment. Elias, quant à lui, a appris de son maître Weber la neutralité axiologique, celle qui permet de se

détacher, et de ne pas chercher à « régler ses comptes »
sous couvert d'un essai de théorisation :

> La célèbre leçon de Max Weber sur la neutralité axiologique,
> ou la suspension du jugement de valeur, dans l'exercice des
> fonctions d'enseignant et de chercheur : une leçon qu'Elias
> s'est magnifiquement appropriée sous la forme de son opposi-
> tion bien connue entre « investissement » et « détachement ».
> À l'évidence, quiconque utiliserait la sociologie – ou toute
> autre discipline intellectuelle – pour, comme on dit, « régler
> ses comptes », c'est-à-dire lutter contre ses ennemis, adopte-
> rait spontanément une posture normative, autrement dit une
> conception de la sociologie comme outil de disqualification,
> de dénonciation, de critique ; [...] inversement, celui qui utili-
> serait la sociologie pour justifier ou établir sa position sociale
> essaierait probablement de mettre en évidence les causes et les
> raisons de la stratification sociale telle qu'elle est, de façon à
> pouvoir la considérer comme la seule façon rationnelle d'or-
> ganiser la société[1].

Il faut donc viser l'acte de compréhension, au sens de
« prendre avec », mais aussi de se prendre avec, d'être une
des parties prenantes, non pour annuler le phénomène de
distance axiologique, mais pour ne pas s'illusionner, ni
sur son surplomb ni sur son exclusion ; être dans ça,
dans ce chaos, cette histoire-là, dans ce présent-là, non
pour y trouver sa place comme un rentier pourrait vouloir le faire, mais pour y être, et expérimenter ce réel-là,
y comprendre quelque chose, déplier ce monde, déplier
ce « vaste », d'une certaine manière, tout pour contrer le
déploiement inverse, celui d'un repli intellectuel et moral,
celui du ressentiment. Une tension s'engage : d'un côté

---

1. *Ibid.*

le déploiement, de l'autre le débordement ; d'un côté l'amplitude, de l'autre la fermeture ; toujours veiller à travailler l'Ouvert, à attraper ce qui peut nous permettre de calmer la pulsion mortifère.

Là l'éthique renvoie à l'univers métacritique qui est derrière tout projet de connaissance, cette exigence de remise en cause, certes indissociable du régime scientifique de production de vérité, mais qui ne se déploie pas dans un vide. Autour de cette exigence scientifique, le chaos gronde ; en ce sens la science, ce mouvement-là, ce désir et ce travail-là sont des formes de résistance au chaos pulsionnel du monde ; c'est là qu'il est difficile de dissocier éthique et épistémologie, processus de connaissance et résistance. Lorsque les scientifiques revendiquent leur autonomisation par rapport à la société, à juste titre également, on comprend bien que cette autonomie est un acte de résistance face aux préjugés et aux demandes sociétales de toutes sortes. Penser, c'est viser l'impartialité, mais produire cette impartialité ne se fait pas sans heurts.

4

ÉCRITURE CONSTELLAIRE ET HÉBÉTUDE.
ADORNO, III

Autre chemin, qui est sans doute semblable même s'il diffère : l'entrée par le langage, sans désir sociologique – même si cela peut nourrir la philosophie sociale et un geste de compréhension plus globale –, celui de l'œuvre en somme, qui peut relever de la poésie, ou, si l'on se réfère à Adorno, d'une écriture plus *constellaire*, composée de fragments et d'aphorismes, comme autant d'étoiles ou de petits riens, cailloux ou pépites, c'est selon. La « constellation[1] », c'est chez Adorno ce que la dialectique négative tente de penser, tout en cherchant à produire un outil méthodologique assez indissociable de celle-ci : « Percevoir la constellation dans laquelle se trouve la chose signifie pour ainsi dire déchiffrer l'histoire que le singulier porte en lui en tant qu'advenu. [...] La connaissance de l'objet dans sa constellation est celle du processus qu'il accumule en lui. »

Adorno ne vise pas uniquement la connaissance du singulier. Dans un mouvement hégélien bien connu (même s'il s'en défend), le singulier est la voie de l'universel, mais sa pensée ne cherche pas à faire système : elle laisse les trous la hanter, préférant la constellation au système. Et pour dire celle-ci, rien de mieux, disons de plus adéquat, qu'une écriture fragmentaire, reprenant quasiment le chemin de cette pensée, ses méandres, ses incongruités, non parce qu'elle pense faux, mais parce qu'elle suit le réel, elle accueille sa phénoménologie propre. Il faut bien comprendre l'idée de cette constellation, qui confine à l'aphorisme. Adorno ne laisse pas les méandres de la pensée s'imposer, il finira par choisir la version la plus *constellaire*, autrement dit celle qui s'enrichit de ce processus, sans pour autant le laisser intégralement paraître. Chacun pourra le sentir, voire le déplier, mais Adorno élabore une écriture qui est grosse de ce mouvement-là, une écriture ouverte, nullement débordante. *Derrière le miroir* vient poser les règles de celle-ci : « aucune cor-

1. Th. Adorno, *Dialectique négative* (1966), *op. cit.*

rection n'est trop infime ou insignifiante pour que l'on y renonce. [...] Il est de bonne technique pour un écrivain de savoir renoncer de soi-même à des pensées fécondes lorsque la construction l'exige. Car son ampleur et sa force tireront avantage de ces pensées supprimées[1] ».

L'écriture adornienne, si elle peut paraître poétique, car aphoristique et fragmentaire, n'est nullement dispendieuse ou intimiste, au sens où l'on percevrait la sentimentalité d'Adorno. À l'inverse, il est disparaissant ; même l'écriture adornienne témoigne de cette capacité à sublimer la frustration et à résolument opposer au débordement ressentimiste un déploiement d'une tout autre nature, pleinement dans l'Ouvert, dans l'aura. Adorno se fait intégralement *regard micrologique*. Il invente cette autre métaphysique, celle qui « émigre dans la micrologie », celle qui ne sera pas la « chaîne des jugements déductifs sur l'étant ». Il n'y aura pas chaîne, il y aura rupture, dissonance et discontinuité, « traits intramondains les plus infimes ». Tel est le « regard micrologique » sur lequel conclut Adorno, « un tel penser est solidaire de la métaphysique à l'instant de sa chute[2] ». Cette dernière citation a été maintes fois commentée tant elle est symptomatique d'une humanité consciente de sa déchéance, sans doute prise au piège de celle-ci, mais qui cherche néanmoins à maintenir une responsabilité et une solidarité, qui cherche aussi à s'en extraire, précisément, en usant de ce regard micrologique, cette saisie des

1. Th. Adorno, *Minimia Moralia*, op. cit., Fragment 51, p. 115-119.
2. Th. Adorno, *Dialectique négative*, op. cit., p. 491-491. Voir aussi l'excellente préface d'Éliane Escoubas, dans Th. Adorno, *Jargon de l'authenticité. De l'idéologie allemande* (1964), Payot, « Petite Bibliothèque Payot », 1989, p. 7-37, notamment sur la spécificité de l'écriture adornienne.

minuscules particules, celles-là mêmes qui sont à la fois à jamais isolées et pourtant insérées dans un tourbillon de relations dont elles n'ont pas la clé.

Adorno est le grand penseur, aussi, de l'après-Auschwitz, ou plutôt du fait qu'Auschwitz a signé la fin de l'après, qu'il a détruit l'illusion même d'un progrès historique possible, qu'il a acté pour toujours l'horreur. L'imprescriptibilité du crime contre l'humanité dit aussi le fait que ce crime perdure. Certes, ce crime sera de tout temps punissable. Il faudra toujours en assumer la responsabilité. Mais la réflexion plus dure, connexe et sous-entendue, est la suivante : le crime perdure. L'horreur a eu lieu, l'horreur a lieu, l'horreur aura lieu. Cela ne signifie pas que le sujet est irresponsable, mais que sa responsabilité est à jamais engagée, que la vigilance ne pourra jamais cesser, que le combat sera souvent perdu, que le geste éthique, qui devrait être civilisationnel, demeure précisément cet incessant duel contre la « chute ». Au plus profond de son être, et au plus profond de son écriture, Adorno vit la disparition d'une pensée systémique susceptible de soutenir l'homme et son histoire. Cela s'est écroulé. Il est l'écrivain qui affirmera la poésie impossible après Auschwitz[1], lui dont l'écriture n'est nullement

---

1. Poète d'après Auschwitz, Paul Celan en est un autre. Le psychanalyste Michel Bousseyroux lui consacre un article pour tenter de cerner ce qui se joue dans l'obligation morale et civilisationnelle d'écrire dans la langue des bourreaux : « Quelle poésie écrire *après* Auschwitz ? Qu'est-il possible d'écrire, qui soit *encore* de la poésie, après Auschwitz, surtout si cette poésie, c'est un Juif qui l'écrit en allemand, *dans la langue même des bourreaux* ? C'est à cette question que nous renvoie l'expérience de Paul Celan. Il écrit dans une lettre de 1946 (un an après la libération d'Auschwitz) : "Je tiens à vous dire combien il est difficile pour un Juif d'écrire des poèmes en langue allemande. Quand mes poèmes paraîtront, ils aboutiront bien aussi en Allemagne et – permettez-moi d'évoquer cette chose terrible –, la main qui ouvrira

étrangère à la poésie. Mais ce qu'il cherche à dire, c'est que toute écriture sera dès lors grosse de ce grondement terrible et que l'entrée dans la poésie est chute. Principe par ailleurs qu'il va poser au cœur de son écriture, l'impossibilité d'un habitat pour l'auteur lui-même.

C'est en se traquant, en se poussant à disparaître, que l'écriture adornienne se sépare d'Adorno et devient potentiellement un lieu possible pour la constellation universelle. Tout écrivain le sait. L'œuvre s'ouvre. Si l'écrivain s'est, au départ du processus de création littéraire, comme installé dans son écriture, « comme chez lui », il s'obligera à quitter les lieux, et à ne pas s'apitoyer sur soi-même. On reconnaît là l'âme qui fait l'effort de la traversée du ressentiment, non que celui-ci soit assimilable à l'écriture. Mais l'on saisit comment même ce qu'il y a de plus beau – une écriture – peut sombrer dans le ressentiment, en se laissant envahir par son propre débordement, ses « déchets », écrit Adorno. Il faut se séparer de ce qui « tourne à vide », la « chaude atmosphère faite de ce bavardage », il ne faut pas céder à ce confort de l'irritation[1]. Adorno conçoit l'écriture comme un acte de résistance au ressentiment lui-même. Il peut tout à fait le décrire, encore une fois, dans sa puissance dévastatrice, expliquer son progrès, le com-prendre au sens sociologique du terme, se prendre avec, ne pas s'illusionner sur le soi indemne ; pour autant, il n'y cède

---

mon livre aura peut-être serré la main de celui qui fut l'assassin de ma mère... Et pire encore pourrait arriver... Pourtant mon destin est celui-ci : d'avoir à écrire des poèmes en allemand." » Dans Michel Bousseyroux, « Quelle poésie après Auschwitz ? Paul Celan : l'expérience du vrai trou », dans M. Bousseyroux (dir.), *Au risque de la topologie et de la poésie. Élargir la psychanalyse*, ERES, 2011, p. 302-323.
    1. Th. Adorno, *Minimia Moralia*, *op. cit.*, Fragment 51, p. 115-119.

pas dans son for intérieur. Du reste, s'il cédait, il serait sans doute incapable d'écrire ou son écriture ne pourrait se faire refuge pour d'autres et manquerait dès lors son destin d'écriture. « L'art et avec lui la poésie sont bien plutôt pour Adorno des refuges au sein desquels l'opposition entre individu et société peut parvenir à s'exprimer, cette *fissure entre la destination de l'homme et ce* [...] *que l'organisation du monde a fait de lui.* [...] La conviction fondamentale d'Adorno, à savoir que la littérature est *une protestation contre un état social que chaque individu éprouve comme hostile, étranger, froid, étouffant,* et que les conditions historiques se gravent négativement dans les représentations esthétiques[1]. »

Sans doute parce que son écriture affronte l'impossible après Auschwitz et le danger d'un désenchantement à jamais ancré dans l'âme des hommes, il se tourne vers des écrivains comme Beckett, Kafka, Hölderlin, Eichendorff[2], des auteurs aux prises avec l'absurdité barbare, qui donnent l'apparence de ne plus lutter alors qu'ils ne sont plus qu'une lutte, vouée à l'échec mais perdurant sans grandiloquence, sans se raconter. Adorno appelle cela l'hébétude[3], typique de *Fin de partie* de Beckett. Hébétude face au monde qui régresse, Hébétude qui ouvre et clôt la pièce de Beckett ; et il faut malgré tout valider, entre ces deux hébétudes, un chemin : « CLOV (*regard fixe, voix blanche*). – Fini, c'est fini, ça va finir,

---

1. Dans Stefan Müller-Doohm, *op. cit.*, p. 363. Les italiques sont des citations d'Adorno renvoyant aux références suivantes : 1) Th. Adorno, « Zum Gedächtnis Eichendorffs », 2) Th. Adorno, « Discours sur la poésie lyrique et la société ».
2. Dans Stefan Müller-Doohm, *op. cit.*, p. 365.
3. Dans *ibid.* Voir Th. Adorno, « Pour comprendre *Fin de partie* », dans *Notes sur la littérature*, Flammarion, 1984, p. 201.

ça va peut-être finir. (*Un temps.*) Les grains s'ajoutent aux grains, un à un, et un jour, soudain, c'est un tas, un petit tas, l'impossible tas. (*Un temps.*) On ne peut plus me punir. (*Un temps*[1].) » Voilà comment s'ouvre *Fin de partie*. Est-ce cela l'ouverture ? Mille propositions d'interprétation, à l'aune d'un horizon grisâtre, d'un monde dont on ne veut pas, et pourtant des personnages qui tentent de s'extirper, non de leur mal-être, mais d'un renversement de celui-ci en haine de l'autre, sans pour autant verser dans l'acceptation de ce déterminisme-là. « Quelque chose suit son cours », dira encore Clov. Hamm : « Je ne te donnerai plus rien à manger. [...] Je te donnerai juste assez pour t'empêcher de mourir. Tu auras tout le temps faim » ; ou encore ce « il n'y a pas de raison pour que ça change », et Clov de lui répondre – mais est-ce une réponse : « ça peut finir. (*Un temps.*) Toute la vie les mêmes questions, les mêmes réponses[2] ». Il ne s'agit nullement d'ériger l'écriture de Beckett en morale à suivre. Beckett, c'est une écriture qui résiste, elle aussi, sans mettre en scène cette résistance, mais qui navigue au beau milieu de l'absurdité, en tentant encore l'aventure relationnelle entre deux personnages ; alors même qu'ils ne sont plus capables de rien s'apporter, ils n'en demeurent pas moins interdépendants. C'est là une manière de définir cette pauvreté relationnelle qui peut s'instaurer entre les individus saisis par le ressentiment, ils ne sont plus une ressource pour eux-mêmes, ils ne sont plus une ressource pour l'autre. Ils tournent à vide, et l'écriture de Beckett, qui ne prend aucun apparat

---

1. Dans Stefan Müller-Doohm, *op. cit.*, , p. 363.
2. Samuel Beckett, *Fin de partie*, Éditions de Minuit, 1957.

pour masquer cela, est d'autant plus terrible qu'elle nous laisse seuls face à cet assèchement. On vit l'absence de ressource, on vit ce triste échiquier devant nous, ridicule échiquier, où tout est petit, et où tout pourrait pourtant s'ouvrir, tant l'absurde de Beckett a la beauté de son dénuement.

5
L'INSINCÉRITÉ DES UNS, L'HABILETÉ DES AUTRES

L'homme du ressentiment le vit comme une juste colère, indissociable d'une indignation, la simple traduction d'un mal-être dont il est la victime. Pour certains, celui-ci s'apparente à l'authenticité. Les hommes du ressentiment se présentent d'ailleurs souvent comme issus du peuple, le vrai. Ce souci de l'authenticité est symptomatique. Ils sont persuadés d'être dans leur bon droit, persuadés d'être les « vrais », protégés par leur « statut » de victimes, car ils s'installent dans cette victimisation, perçue comme une rente qu'ils ne remettent jamais en question. Eux, ils disent la vérité, alors que les autres mentent et sont des usurpateurs. Eux représentent le camp de la sincérité. Mais Adorno l'a parfaitement bien vu en étudiant le phénomène de l'antisémitisme qui, on l'a dit, repose en grande partie sur du ressentiment : « il n'y a pas d'antisémitisme sincère ». La « haine se décharge sur des victimes sans défense [...]. Celles-ci sont interchangeables, selon les circonstances : gitans, Juifs, protestants, catholiques, chacune d'entre elles peut prendre la place des meurtriers, avec le même aveuglement dans la volupté sanguinaire, dès qu'elle se sent puissante parce que devenue norme[1] ». Impossible donc d'attribuer le ressentiment à tel ou tel, il est mouvant, il traverse tous ceux qui se laissent déborder par leurs pulsions et leur délire victimaire – autrement dit le fait de ne se croire que victime, nullement responsable, intégralement soumis aux règles forgées par d'autres.

Mais l'absence de sincérité est essentielle pour comprendre la nature de la pulsion en tant que telle : elle a les allures de la sincérité, mais revendiquée en tant que telle dans son habit victimaire, elle n'est plus sincère, elle est discours, volonté d'oppression et de vengeance qui ne dit pas son nom, elle devient idéologie. Le ressentiment, nous l'avons dit, est toujours le pas de plus dans la fixation mortifère. Chacun le traverse, chacun se fait déborder par ses pulsions, mais chacun ne devient pas sa proie définitive. Un monde incommensurable existe entre éprouver l'amertume, le sentiment d'humiliation et d'indignité, réel mais dont on refuse la permanence, et le fait de se considérer comme la victime expiatoire universelle, de poser cela comme un statut, de vouloir donner écho à cette aigreur, qu'elle vienne consolider une théorie, et se vivre comme réaction, comme débordement.

Péché d'insincérité également, parce que la haine de l'autre est dialectiquement liée à la haine de soi, du moins quand il y a ressentiment, au sens où la jalousie, l'envie, la projection d'un idéal malmené, le sentiment de n'être pas reconnu à sa juste valeur, l'injustice ressentie, tout cela donne à l'individu une mésestime de lui-même dont il renverse la noirceur en la dirigeant contre

1. M. Horkheimer et Th. Adorno, *op. cit.*, p. 180.

un autre, jugé usurpateur. Pour cette raison, les hommes du ressentiment haïssent ce qu'ils nomment de façon péjorative l'« intellectualisme », soit cette intelligence qui décrypte le manque de sincérité, et le simulacre que représente leur prétendue « authenticité ». Ils sont le vrai et refusent à tout processus scientifique le droit de se revendiquer comme tel. Tout travail sociologique sera déprécié systématiquement, on lui refusera cette objectivité qui manque cruellement aux hommes du ressentiment ; eux qui sont aliénés à leurs pulsions n'imaginent d'ailleurs pas que d'autres puissent être exemptés d'une telle aliénation, non parce qu'ils le sont originellement mais parce qu'ils témoignent d'un effort constant pour ne pas l'être.

Pour cette raison, Adorno dénonce aussi les demi-habiles, les « trop malins » qui croient être à l'abri du déferlement du ressentiment, arguant que ce dernier n'est pas rationnel, serait contre-productif pour ceux qui le ressentent. Ceux-là mêmes qui se croient savants mais qui ne font pas l'effort d'interroger les consciences et les inconsciences des hommes jusqu'au bout. « L'époque hitlérienne nous a appris entre autres choses qu'il est stupide d'être trop malin. Combien d'arguments bien fondés les Juifs n'ont-ils pas avancés pour montrer qu'Hitler n'avait guère de chances de prendre le pouvoir[1]. » Eux aussi expérimentent un aveuglement dont ils n'ont pas conscience, manquent d'humilité et de clairvoyance, sont caractérisés par une « habile supériorité », écrit Adorno. Résultat, entre les soumis à la pulsion du ressentiment et les demi-habiles trop épris de leur supériorité et manquant

1. *Ibid.*, p. 217.

le phénomène de déploiement, ledit ressentiment pullule et, telle une contagion, attrape tous ceux qui rêvaient de s'y soumettre.

6

LE FASCISME COMME PESTE ÉMOTIONNELLE. WILHELM REICH, I

Pour saisir la nature du ressentiment collectif, et surtout son avènement, la manière dont « la masse » choisit un leader, la manière dont elle en est responsable et non pas seulement suiveuse, il faut se reporter à *La Psychologie de masse du fascisme* de Wilhelm Reich (1933). Reich retourne l'argument traditionnel du grand chef menant la foule ou des raisons qui se rattachent à une compréhension assez caricaturale d'Hegel – même si, chez ce dernier, la ruse de la Raison est en effet d'instrumentaliser le grand homme, la plus grande des passions, et de faire advenir, par l'entremise d'une dialectique complexe entre l'événement et le grand singulier, ce qui fera l'Histoire. Reich est intéressant parce qu'il prend en considération la responsabilité de la masse, cette responsabilité masquée par la revendication d'un « apolitisme ». On comprend plus aisément grâce à lui comment, petit à petit, de façon latente et irrémédiable, des individus se constituent en un corps dont les parties ne sont reliées entre elles que par le ressentiment ; comment ce corps abject, déformé, va délibérément identifier un « leader » pour permettre l'officialisation de la pulsion mortifère, en somme pour donner libre cours à la rumination présente depuis longtemps et qui le ronge. Il faut cet « autre » choisi, élu même, pour s'autoriser à dévoiler ce que longtemps on a craint de montrer tant la chose est laide. « Hitler n'a pas seulement fondé son pouvoir sur des masses jusqu'alors peu politisées, mais il a pu assurer sa victoire légale en mars 1933 par la mobilisation de pas moins de cinq millions d'anciens non-votants, donc de citoyens apolitiques[1]. » Et Reich de montrer que cet apolitisme revendiqué n'est nullement une « neutralité », ou une « indifférence », mais une latence, celle de la dissimulation du ressentiment personnel, qui attend son heure, sans avoir conscience de cette attente – c'est cela, ruminer –, qui approfondit son mal-être à défaut d'approfondir son action, et qui volontairement – consciemment ou inconsciemment – se dessaisit de sa responsabilité personnelle. La « masse » voit le jour au moment où les sujets qui la constituent se dessaisissent de leur sujet, où ils renoncent avec vindicte à être responsables de leurs vies, où ils se définissent comme victimes, et bientôt se font bourreaux pour rétablir la justice.

Plus l'homme nivelé dans la masse est apolitique, plus il est accessible à l'idéologie de la réaction politique. L'attitude politique n'est pas, comme on pourrait le croire, un état psychique passif, mais une prise de position très active, une défense contre le sentiment de sa propre responsabilité politique[2].

L'apolitisme est une idéologie qui ne s'assume pas, celle du court terme, du manque de convictions personnelles

---

1. Wilhelm Reich, *La Psychologie de masse du fascisme* (1933), Payot, « Petite Bibliothèque Payot », 1979, p. 183.
2. *Ibid.*

et de conscience sociale. Il ne s'agit aucunement d'une « distance », mais du bon vieux repli de l'individu, bien cerné déjà chez Tocqueville lorsqu'il définissait l'égoïsme démocratique[1] transformant l'individu en girouette pathétique et vindicative. « Beaucoup d'intellectuels moyens, qui ne veulent pas entendre parler de politique, défendent en réalité leurs intérêts économiques immédiats et se font du souci pour leur existence qui dépend entièrement de l'opinion publique à laquelle ils sacrifient de la manière la plus grotesque leur savoir et leurs convictions intimes[2]. »

Le pas de plus, franchi allègrement par Reich, est d'expliquer que ledit « apolitisme » trahit certes une idéologie court-termiste, ignorante des grands enjeux communs, tournée vers son seul profit immédiat – et le coût faible de son engagement, car cet individu-là est relativement lâche et très conscient du danger de l'action publique, du moins quand elle est jugée minoritaire –, mais aussi « des difficultés sexuelles[3] ». La thèse n'est pas nouvelle et elle relève aussi d'un héritage freudien concernant l'investissement libidinal de l'individu. Il ne s'agit donc pas d'entendre la sexualité dans un sens restreint, mais

---

1. « L'égoïsme est un amour passionné et exagéré de soi-même, qui porte l'homme à ne rien rapporter qu'à lui seul et à se préférer à tout. L'individualisme est un sentiment réfléchi et paisible qui dispose chaque citoyen à s'isoler de la masse de ses semblables, et à se retirer à l'écart avec sa famille et ses amis ; de telle sorte que, après s'être ainsi créé une petite société à son usage, il abandonne volontiers la grande société à elle-même. » Dans A. de Tocqueville, *De la démocratie en Amérique*, II, Michel Lévy, 1864 (Œuvres complètes, 3, Gallimard, 1990, p. 162-165). Ici, égoïsme et individualisme sont différenciés, même si l'on perçoit ce qui peut les réunir. Pour autant, l'individualisme démocratique n'est pas ce que d'autres ont pu nommer l'individuation, processus absolument déterminant pour l'élaboration d'un sujet et d'un État de droit.

2. W. Reich, *op. cit.*, p. 183.

3. *Ibid.*, p. 184.

de comprendre l'idée d'une énergie vitale, sexuelle, au sens d'investissement du désir dans le monde, de *désir du monde*, possiblement dès lors frustrable si celle-ci n'est pas reconnue à sa juste mesure.

Symbole de cette énergie vitale et sexuelle, ou encore de cette énergie individuelle biologique et de celle collective de la nation, la croix gammée, décryptée par Reich ainsi : si la croix peut représenter une roue emportant tout sur son passage, violente et s'enracinant dans la terre, elle peut aussi être interprétée comme l'alliance des principes masculin et féminin. « La croix gammée est donc primitivement un symbole sexuel qui a pris, au cours du temps, diverses significations : symbolisant une roue de moulin, elle représentait aussi le travail. [...] La fécondité est ici représentée sexuellement, comme l'union sexuelle de la Terre-Mère avec Dieu le Père. [...] Les croix gammées [...] nous apparaissent comme la représentation de deux figures humaines enlacées, schématisées, mais faciles à reconnaître en position horizontale, l'autre un acte sexuel en position verticale[1]. »

Le symbole de la croix gammée aura tenté de résumer en un seul dessin les aspirations inconscientes de l'homme, qu'elles relèvent de son économie sexuelle ou mystique ; mais à défaut de le faire au service d'une émancipation individuelle, il aura servi les intérêts d'une idéologie dogmatique et fasciste, cherchant sans cesse à substituer à la satisfaction vitale de l'homme, originelle, et cherchant son actualisation dans le monde contemporain, une satisfaction fantasmée, artificielle et

---

1. *Ibid.*, p. 106.

soumise. Hitler, rappelle Reich[1], a souvent répété en effet qu'il est inutile d'aborder la masse avec des arguments, des raisonnements logiques et surtout scientifiques, qu'il fallait au contraire laisser de côté les preuves, l'érudition et préférer l'usage des symboles, notamment sexuels, et des croyances raciales, précisément binaires, renvoyant à un idéal de pureté. « L'idéologie mondiale de l'âme et de la pureté est l'idéologie mondiale de l'asexualité, de la pureté sexuelle, ou, pour appeler les choses par leur nom, une forme de refoulement sexuel et d'angoisse sexuelle, émanations d'une société patriarcale autoritaire. » Et Reich d'ajouter qu'on rendrait un mauvais service à la liberté si l'on se contentait simplement d'en rire et de dénommer cela sottise, car la force de la bêtise est immense, et son efficace difficile à destituer[2].

Or l'éthique de responsabilité oblige à comprendre pourquoi cette « mystification » des sentiments opère de façon plus optimale que la sollicitation de l'intelligence et des preuves scientifiques. L'exaltation devant la croix gammée permettrait dès lors, selon Reich, de lever enfin ce refoulement sexuel, avec l'autorisation du père, sans risque aucun de se voir punir, mais à l'inverse avec l'autorisation de ce dernier d'en punir d'autres, cela calmant la mutilation personnelle qui peut advenir lorsqu'un tel refoulement sexuel est maintenu trop longtemps.

C'est là sans doute que se joue chez Reich la dialec-

---

1. *Ibid.*, p. 91.
2. *Ibid.*, p. 92. Et p. 105 : « Il nous faut résolument prendre l'habitude d'écouter attentivement ce que dit le fasciste et ne pas écarter ses propos en les qualifiant de sottise ou de tromperie. Nous comprenons mieux maintenant le contenu affectif de cette théorie, qui semble relever de la manie de la persécution, en la rapprochant de la théorie de l'intoxication du corps du peuple. »

tique possible, bien que complexe et non linéaire, entre la santé psychique des individus et la constitution de la masse, entre la vie particulière et ce qu'on appelle l'histoire des peuples. « Quand on connaît les dessous de la vie des cinq millions d'apolitiques politiquement déterminants et socialement écrasés, on se fait une meilleure idée du rôle de la vie privée, c'est-à-dire, pour l'essentiel, de la vie sexuelle, dans les grands événements sociaux[1]. » Encore une fois, la vie sexuelle, non pas au sens des seules relations sexuelles entre individus – même si cela joue un rôle considérable –, mais au sens de déploiement énergétique, orienté, finalisé à destination du monde et des autres, et produisant dès lors une potentialité immense de frustration.

Reich manie plusieurs notions : la peste émotionnelle, l'analyse caractérielle, la résistance caractère, l'énergie de l'orgone ; quantité de termes considérés comme non scientifiques, car difficilement prouvables, sauf par une démarche clinicienne singulière et non reproductible, mais qui nous livrent des archétypes sur lesquels il est possible d'élaborer une analyse plus générale de la psyché humaine, et du rassemblement de ces psychés humaines, formant une plasticité particulière, qui n'a aujourd'hui pas nécessairement l'allure d'une masse indistincte telle que Reich pouvait la percevoir dans les années 1930. Il n'en demeure pas moins que les regroupements collectifs actuels gagneraient à être analysés à l'aune desdits concepts reichiens. Ce déficit de scientificité, Reich en a parfaitement conscience. « Il est impossible d'étayer cette thèse par des statistiques. Nous

1. *Ibid.*, p. 184.

ne sommes pas, d'ailleurs, des fervents de la pseudo-exactitude des statistiques qui passent à côté de la vie, tandis qu'Hitler a pu conquérir le pouvoir en méprisant la statistique et en exploitant la misère sexuelle du rebut de la société[1]. »

7

LE FASCISME EN MOI. WILHELM REICH, II

Reich nomme « caractère » ces différentes protections, murs, frontières, barrières, que le Moi constitue pour se forger. Elles sont donc nécessaires au sujet, mais la manière dont elles seront constituées produira un certain type de résistance, de défense, par rapport au monde et aux autres. L'enjeu, pour une éducation, est de produire les justes défenses psychiques, celles qui permettent au sujet de grandir, et non de régresser, d'aller vers le monde – le retrait peut être un rapport au monde, du moment qu'il est désiré et qu'il n'est pas l'allié d'un ressentiment non assumé – et les autres – même remarque ici qu'avec « le monde » : il n'y a pas une seule et unique manière de vivre les relations avec autrui. Bien au contraire, celles-ci sont le lieu d'une exploration infinie de qualité de pré-sences à ce(ux) qui nous entoure(nt), cette présence n'étant nullement assimilable à la seule proximité physique. La « structure caractérielle » d'un être a pour objet d'évi-ter le déplaisir. On pourrait également parler d'homéo-stasie thymique, d'Alfred Adler à des auteurs médecins

1. *Ibid.*

plus contemporains, comme Grimaldi[1], même si cette notion n'est pas similaire. Il n'empêche, chez ces différents auteurs, l'enjeu est bien d'analyser ce qui se déploie chez l'individu, ou à l'inverse se bloque, lorsqu'il entre en relation avec ses émotions, et notamment ses émotions tristes. Chez Reich, l'économie sexuelle est aussi très trivialement ce que chacun conçoit comme telle. La banalité de sa thèse peut effrayer, concède-t-il, tant nous aimons comprendre le monde grâce aux théories complexes. Mais son expérience clinicienne, même biaisée, lui tend un miroir très réaliste des comportements humains :

> Un homme apolitique est un homme qui s'embourbe dans ses conflits sexuels. Toute tentative pour lui rendre son sens de la responsabilité sociale en laissant de côté le problème sexuel n'est pas seulement vaine, mais le pousse infailliblement dans les bras de la réaction politique qui se sert brillamment de sa misère sexuelle [...]. Négliger ou même nier ces faits, cela signifie de nos jours (puisque nous disposons d'une expérience certaine dans le domaine de l'économie sexuelle et de solides connaissances sur les rapports entre mysticisme et répression sexuelle) apporter un soutien inexcusable et – dans la perspective du mouvement de libération – réactionnaire au règne de l'esprit médiéval et à l'esclavage économique[2].

Avec cet argument, Reich montre comment, en négligeant systématiquement – au motif qu'il n'est pas scientifique – un certain type d'explication des comportements humains, notamment psychanalytique, nous produisons un soutien indéfectible à leur maintien dans la résistance

---

1. André Grimaldi, « L'éducation thérapeutique : ce que nous apprennent les patients », *Obésité*, mars 2009, vol. 4, n° 1, p 34-38.
2. W. Reich, *op. cit.*, p. 184-185.

caractérielle, celle-là même qui empêche une théorie du changement basée sur l'action, et favorise un passage à l'acte dont le pilier est le ressentiment. La notion de « peste émotionnelle » est utilisée par Reich pour définir le type de situation sociale à laquelle la masse des individus parvient lorsqu'ils n'ont pas su déployer leur énergie *orgonique*, autrement dit lorsque celle-ci a été socialement réprimée, notamment dès les premières années d'enfance et d'adolescence, et surtout, par-delà celles-ci, ce qui maintient le sujet dans une position pseudo-infantile, de soumission en réalité, alors même qu'il devrait devenir apte à la liberté. Cette notion d'« aptitude à la liberté[1] » est également sollicitée chez Reich pour dire cette « inaptitude des masses humaines à la liberté », tout en reconnaissant que celle-ci n'est pas « naturelle », et donc pas définitive.

Tel est l'objet de l'éducation et du soin portés aux générations suivantes, qui dès lors – si ceux-ci étaient pleinement déployés et opérationnels, individuellement déjà dans les familles, ou/et au-delà de ce cercle, dans la société – pourraient s'extraire de cette répétition d'abord névrotique et très vite psychotique. Certes, il y a des traumatismes et des ressentiments qui nécessitent plusieurs générations pour s'apaiser, voire disparaître, mais nous avons jusqu'ici toujours veillé à bien différencier le traumatisme et le ressentiment, la place de la responsabilité du sujet n'étant pas similaire dans les deux cas. Nous l'avons vu, le principe d'individuation se définit comme la dynamique même de résistance au ressentiment ; il est dès lors assez logique que l'éducation – qui a pour vocation

1. *Ibid.*, p. 196.

d'accompagner l'émergence de ce principe d'individuation chez le sujet – ait pour objet la fin de la transmission générationnelle dudit ressentiment, si ce dernier est notamment celui des générations passées. La culture, chez Freud, se définit précisément comme la sublimation de la pulsion mortifère ; de génération en génération, telle la tâche civilisationnelle : découpler la transmission du ressentiment.

« Le mécanisme, par lequel les masses humaines perdent le sens de la liberté, comme l'économie sexuelle sociale l'a abondamment prouvé par des expériences cliniques, est la répression sociale de la sexualité génitale des petits enfants, des adolescents et des adultes. Cette répression sociale n'est pas non plus une donnée de la nature. Elle s'est développée au cours des périodes patriarcales et pourrait donc, en principe, être abolie[1]. » À la lecture de ces lignes, chacun comprend que Reich n'est pas un adorateur de la société patriarcale et d'un Nom-du-Père compris de façon caricaturale et autoritariste. À l'inverse, Reich rappelle que c'est dans la soumission patriarcale que se situe le réflexe conditionné qui permettra plus tard la consolidation du ressentiment, et le choix d'un pseudo-leader par l'individu, lui donnant l'illusion de la protection dont il croit avoir besoin, lui qui s'est rendu inapte à la liberté depuis si longtemps. Ce « besoin de protection des foules[2] » est à lier directement à l'économie libidinale de chaque individu composant celles-ci. Dès lors, l'individu choisit non seulement tel « leader » mais souvent s'identifie à lui, alors même que ce leader le dénigre officieusement. « Plus l'individu a perdu, du fait de son édu-

1. *Ibid.*, p. 197.
2. *Ibid.*, p. 75.

cation, le sens de l'indépendance, plus le besoin infantile d'un appui se manifeste par une identification affective au führer[1]. » Ce n'est donc pas le charisme du leader, son intelligence, son sens de l'histoire, qui lui confèrent un pouvoir sur la foule, ce sont les individus, décérébrés par leur éducation patriarcale et leur servitude volontaire – rien de nouveau depuis La Boétie – qui aspirent à être dirigés par celui qui leur donnera l'illusion de protection infantile dont ils ont besoin émotionnellement. Certes, le charisme du leader pourra aider et renforcer ce ravissement, mais il n'est pas obligatoire et l'Histoire a, du reste, prouvé que le leader était souvent un homme peu charismatique. C'est cette faiblesse charismatique que l'on a traduite en mystère charismatique pour expliquer son ascendant sur la foule, alors même que tout se jouait principalement ailleurs, précisément dans cette foule qui se dessaisissait de sa responsabilité, et de son éducation.

Un autre motif déterminant était une identification intense avec le führer, identification qui voilait le fait que le sujet n'était qu'un numéro insignifiant noyé dans la foule. En dépit de sa dépendance, chaque national-socialiste se prenait pour un petit Hitler. Ce qui compte, c'est la base caractérielle de ces attitudes. Il s'agit donc de découvrir les fonctions énergétiques qui, elles-mêmes conditionnées par l'éducation et l'atmosphère sociale, transforment les structures humaines à tel point que peuvent se développer des tendances d'un caractère aussi réactionnaire et irrationnel que les individus, en s'identifiant au führer, ne ressentent même plus l'affront qui leur est fait par la désignation de sous-hommes[2].

1. *Ibid.*
2. *Ibid.*, p. 89.

Le mécanisme est imparable : les individus se sont asservis délibérément, ont choisi un autre médiocre, mais qui a su les précéder dans l'art de la stigmatisation inversée, et produire un ressentiment qui donne l'illusion d'une activité ; dès lors il est choisi, et peut à son tour valider le fait que cette foule n'est que foule, qu'il n'y a pas de sujets dans cette foule, et assumer la fiction du Père et de la protection, alors même que celle-ci se traduit essentiellement par de la répression sur autrui, ceux qui ont été désignés par les hommes du ressentiment comme les fauteurs de troubles, ou encore ceux dont ils se sentent victimes. L'individu croit « faire partie de la race des maîtres », être conduit « par un génie », quand il est « devenu un simple suiveur sans importance et sans voix au chapitre[1] ». Aucun chef ne peut mener des hommes libres ; n'importe qui peut mener des hommes asservis. La sentence semble binaire, trop simple ; elle n'est pourtant pas si erronée. Et Reich la définit encore, assez simplement, mais d'une formule magistrale : « L'homme a renoncé à se comprendre lui-même. » Un vrai plaidoyer pour l'analyse, qu'elle soit psychanalytique, philosophique, ou autre. Renoncer à se comprendre soi-même, cela évoque le renoncement à la faculté de juger et de penser par soi-même, qui est l'obstacle majeur de l'avènement des Lumières.

L'homme n'a pas seulement nié pendant des siècles l'existence de l'âme, il a même rejeté toute tentative visant à expliquer ses sensations et expériences psychiques. En même temps, il

1. *Ibid.*, p. 76.

a élaboré un système mystique où il a casé l'univers de ses émotions. Il a puni de mort ceux qui mettaient en doute son système mystique, qu'il s'agît de saints, de la pureté de la race ou de l'État. C'est ainsi que l'homme a développé une conception de son organisation interne qui est à la fois mécaniste, automatique et mystique. Sa compréhension biologique est restée en arrière par rapport à son habileté à construire des machines. Il a renoncé à se comprendre lui-même. La machine créée par ses soins lui a suffi pour lui expliquer le fonctionnement de son organisme[1].

L'hypothèse de Reich, faisant étrangement aussi écho à nos époques, est celle d'une gestion de nos émotions par la technique, à défaut d'être analysées et canalisées par un travail noétique et éthique. L'homme a renoncé à se comprendre lui-même et a délégué aux machines le soin des âmes, de son angoisse, de ses émotions de vide, en somme il a préféré inventer le divertissement – aurait dit Pascal – que d'assumer le face-à-face avec l'infini néant. Technique et mystique, au sens de mystification et *mythologisation* dogmatique, vont d'ailleurs de pair : ce sont deux types d'*efficaces*, d'instruments au service de la gestion des angoisses de néant, deux manières d'envisager le dogmatique – de façon relativement *soft* avec la technique, de façon plus *hard* avec la religion –, deux manières de faire divertissement.

Il est intéressant alors de montrer que le divertissement n'a pas de prise durable sur le ressentiment. Il n'a d'efficace que ponctuel et superficiel. Il peut même renforcer l'approfondissement du ressentiment lorsqu'il s'arrête, comme le subissent ceux qui font l'expérience

---

1. *Ibid.*, p. 288.

d'une décompensation. C'est le régime bien connu de l'addiction mis en place par les techniques plus ou moins immersives de l'information et de la communication, techniques usant de façon permanente et ininterrompue des images, des sons, de tout ce qui peut faire advenir une reproduction artificielle des émotions sans affronter leur véritable substance, voire leur noirceur, au sens où il s'agirait de produire une sublimation, Aristote aurait parlé de catharsis. Non que la catharsis soit impossible avec les techniques actuelles, mais elle n'est pas le premier objectif de celles-ci, lorsqu'elles sont marchandes et à vocation de consommation et d'accumulation. Celles-ci ont principalement pour objet, nous l'avons vu, de renarcissiser l'individu qui les contemple, ce même individu qui a été confronté dans l'univers réel, celui du travail et de la société capitalistique dérégulée en règle générale, a une dé-narcissisation.

Par ailleurs, l'entreprise civilisationnelle qui se dessine derrière les observations de Reich est d'essayer non seulement de comprendre pourquoi la plupart des individus organisent leur vie de façon à ne pas se comprendre (le narcissisme exacerbé, assez vindicatif, dont nous faisons l'expérience aujourd'hui dans la société est symptomatique de ce renoncement à l'analyse de soi[1]), à considérer

---

1. L'analyse du phénomène du ressentiment nous montre bien la complexité à laquelle l'individu est confronté : la (re)narcissisation est nécessaire au sujet pour qu'il ne vacille pas dans le ressentiment, c'est ce qu'André Green a notamment dénommé le « narcissisme primaire », absolument nécessaire au sujet, qui renvoie à une forme douce de confiance en soi, du moins d'un sentiment de stabilité face à son propre chaos interne. En revanche, le narcissisme exacerbé, sans conscience de soi, est délétère, et peut s'allier de façon extrêmement productive avec le ressentiment victimaire. En ce sens, Médée est une Narcisse terrible, terroriste, persuadée d'être l'offensée, en quête de justice, archétypale de la pulsion ressentimiste.

que le sujet du *souci de soi* n'est pas un sujet, mais également de tenter – a contrario – enfin un dépassement de cette situation qui fait du déni un mode d'organisation de la société. Le questionnement politique devient alors celui-ci : comprendre pourquoi la société, bien qu'elle ait élaboré les principes de l'é/État de droit, résiste inlassablement à leur mise en pratique généralisée. En fait, dire « la société » est bien trop général dans la mesure où ladite « société » qui « fait » l'Histoire, son avancée progressiste, est rarement majoritaire ; elle est le fruit de certains, se mobilisant infiniment, et provoquant, à un instant t, une confirmation par d'autres, qui en fait ne consentent pas au sens d'avoir réfléchi leur consentement, mais « suivent ».

Nous comprenons pourquoi l'inaptitude caractérielle universelle des masses humaines à la liberté n'a jamais fait l'objet de débats publics. Cette constatation est trop sombre, trop déprimante, trop impopulaire pour qu'on la fasse en public. Elle exige de la majorité une autocritique rigoureuse et une réforme complète de ses habitudes de vie. Elle exige le transfert de la responsabilité de tous les événements historiques de minorités et de petits groupes sociaux à la grande masse de ceux qui assurent par leur travail la pérennité de la société. Cette majorité laborieuse n'a encore jamais dirigé elle-même les destinées de la société[1].

Là où Reich pourrait être un enfant du marxisme réussi – au sens où la masse prolétarienne réaliserait l'émancipation collective rêvée –, nous savons, nous, aujourd'hui que le « nombre », la foule, la masse, a un rapport réflexif

1. *Ibid.*, p. 295.

particulier à elle-même, qu'il est même improbable qu'elle puisse envisager une réelle émancipation qui ne soit pas celle des individus qui la composent. L'État de droit est sans doute le cadre politique de la combinaison la plus efficiente entre cette constitution des individus en tant qu'entité collective et celle qui se restreint à leur seule émancipation individuelle. Seulement Reich est encore un héritier de cette pensée du xxᵉ siècle qui croyait masse et démocratie compatibles. Nous savons, nous, les désastres de l'Histoire nous ayant rappelé la tyrannie de la majorité, son délire totalitaire, qu'il nous faudra inventer un autre mode d'émancipation collective, qui ne vire pas à la massification, en tout cas, pas sur tous ses enjeux. Le questionnement autour du « bon gouvernement », celui qui aurait toutes les vertus pour la démocratie, doit davantage laisser de place aux questions situées plus en amont de l'instauration dudit gouvernement, lequel doit être le plus limité possible et produire une normalisation et une régulation en *ultima ratio* – ce qui laisse ainsi toujours la possibilité pour ce dernier d'intervenir. Les questions renvoyant à l'éducation et au soin (au sens large, de la santé à la solidarité sociale) sont déterminantes pour produire chez les individus une « aptitude à la liberté », une individuation permettant d'entrer en résonance avec les enjeux de consolidation de l'é/État de droit. « L'aptitude générale à la liberté ne peut être obtenue que par la lutte quotidienne pour l'organisation libérale de la vie[1]. »

Cette lutte quotidienne pour l'organisation libérale de la vie, c'est l'objet même de l'éducation et du soin, de l'enfance à l'âge adulte, et sans discontinuer, tant la

1. *Ibid.*, p. 296.

tâche est harassante et toujours soumise à des pressions nouvelles de réification et de servitude. Ces trois métiers (gouverner, éduquer, soigner), depuis *L'Analyse avec fin et l'Analyse sans fin* de Freud en 1937, quantité d'auteurs ont glosé sur leur interprétation, sachant que Freud n'utilise pas le terme de soigner, mais celui plus technique et plus spécifique d'« analyser[1] ». Dans ce texte presque testamentaire, Freud ouvre son introduction en rappelant que l'analyse est un « travail de longue haleine », et qu'un grand nombre d'analystes, et sans doute d'analysants, ont rêvé de « liquider » la névrose dans son intégralité, et ce en moins de temps qu'il en faut pour le dire. Parangon de ces psychanalystes-là, Otto Rank, dont il rappelle la thèse, qui n'est pas sans lien avec celle du « ci-gît la mère ». En effet, Rank considère dans *Le Traumatisme de la naissance* (1924) que l'acte de naissance est la véritable source de la névrose, « en impliquant la possibilité que la fixation originaire à la mère ne soit pas surmontée et qu'elle persiste en tant que refoulement originaire. Grâce à la liquidation analytique après coup de ce traumatisme originaire, Rank espérait éliminer la névrose entière, de sorte que ce petit morceau d'analyse fasse l'économie de tout le travail analytique restant[2] ». La thèse est audacieuse, écrit Freud, surtout dans son idée, voire son fantasme, de guérir par ce biais l'intégralité

---

1. « Il semble presque, cependant, qu'analyser soit le troisième de ces métiers impossibles dans lesquels on peut d'emblée être sûr d'un succès insuffisant. Les deux autres, connus depuis beaucoup plus longtemps, sont éduquer et gouverner », dans Sigmund Freud, *L'Analyse avec fin et l'Analyse sans fin* (1937).
2. S. Freud, *L'Analyse avec fin et l'Analyse sans fin*, cité dans Joseph Sandler (dir.), *Freud Aujourd'hui. L'Analyse avec fin et l'Analyse sans fin*, Bayard, 1991, p. 23-24.

de la névrose d'un sujet, et cela dans un temps record. Même si Freud désavoue la thèse, il n'en demeure pas moins qu'il y a là une épreuve essentielle pour la constitution d'une subjectivation se dotant d'une aptitude à la liberté. Concernant la guérison de la névrose, Freud utilise d'ailleurs une expression qui paraît plus vraisemblable, et qui pourrait faire écho à ce qu'un Canguilhem écrit à propos d'une nouvelle pédagogie de la guérison, notamment dans le cas des maladies chroniques. Freud explique alors que la « liquidation durable d'une revendication pulsionnelle » ne signifie pas la disparition de cette pulsion mais plus spécifiquement le « domptage[1] » de celle-ci. Il en est de même avec la pulsion ressentimiste : celle-ci peut ne jamais disparaître, du moins les affects de rancœur, de jalousie, d'envie, de peur, de colère, de refus de la frustration, peuvent régulièrement se conjuguer, il n'en demeure pas moins que le sujet qui résiste à son ressentiment n'est pas celui qui ne le connaît pas mais celui qui le dompte. Tel est le travail analytique : apprendre cet art du domptage des pulsions et, d'une certaine manière, utiliser aussi le temps de la séance – bien sûr et au-delà, car l'analyse s'étire en dehors de ce seul moment – pour pratiquer cet apprentissage, en donnant à vivre ce conflit pulsionnel présentement.

Freud, enclin au langage imagé, utilise une formule extrêmement claire pour dire la nécessité d'aller « réveiller » parfois les pulsions du sujet pour précisément l'aider à les dépasser. « Ne pas réveiller les chiens qui dorment, cet avertissement, qu'on oppose si souvent à nos efforts d'investigation du monde psychique souterrain, est tout

---

1. *Ibid.*, p. 33.

particulièrement inapproprié pour ce qui concerne la vie de l'âme. Car si les pulsions causent des troubles, c'est une preuve que les chiens ne dorment pas[1]. » Il est d'ailleurs assez récurrent que les personnes atteintes de ressentiment, certes ressassent, mais refusent aussi d'analyser plus en profondeur ledit ressassement, comme s'il s'agissait de se protéger des « chiens » qui pourraient se retourner contre elles. Dès lors, on voit comment le cercle vicieux fonctionne puisque ce sont ces mêmes personnes, celles qui ont absolument besoin de clarifier les motivations de ce conflit pulsionnel, qui refusent de le faire, de peur de le « réveiller », alors même qu'elles le subissent de plein fouet. Freud explique également que le refus de guérison n'est pas exclusif du sujet ressentimiste, ou plutôt que l'inertie du patient est un fait relativement commun, dans la mesure où les patients se satisfont très vite d'un « mieux » dans la cure analytique. Souvent, ils vont alors expliquer qu'ils n'ont plus rien à dire, qu'ils ne voient plus l'intérêt éminent de venir en analyse, qu'ils s'ennuient, le tout en remerciant leur analyste de ses bons soins. « L'expérience analytique nous a montré, commente Freud, que tout mieux est un ennemi du bien, qu'à chaque phase du rétablissement nous devons combattre l'inertie du patient qui est prête à se satisfaire d'une liquidation incomplète[2]. »

Pour ma part, ne croyant pas à la « liquidation complète », l'interrogation du patient quant au suivi de l'analyse ne me paraît pas nulle et non avenue, de même que la possibilité de s'arrêter, ou de continuer

1. *Ibid.*, p. 39.
2. *Ibid.*, p. 40.

ailleurs et/ou autrement. Il est clair que l'analyse est sans fin mais il est clair aussi qu'il est important de vivre ses différents seuils, de voir comment ils s'intègrent au tissu psychique, le font évoluer. Il faut le temps de cette « digestion », pour reprendre le terme nietzschéen, ce qui n'empêchera nullement, plus tard, si le patient le désire, de revenir ponctuellement, ou de façon plus prolongée et régulière, en analyse. Enfin, Freud va considérer qu'il y a deux thèmes essentiels qui produisent de la résistance dans la cure analytique et qui signent d'une certaine manière le caractère « indéfini » de cette cure, dans la mesure où le sujet n'arrive pas à les dépasser, à proprement parler. Dans les deux cas, il s'agit d'un « refus de la féminité » : tant que le sujet masculin se refuse à dépasser sa « protestation virile », et tant que le sujet féminin continue d'aspirer à la possession d'un organe génital masculin, le sujet dans sa dimension plus universelle et saine ne guérit pas de sa névrose. La thèse est extrêmement intéressante, et j'en propose ici une interprétation toute personnelle, dans la mesure où je la fais dialoguer avec le « ci-gît la mère ». Il est clair que Freud ne dit nullement cela, mais sa réflexion nous aide à définir de façon plus extensive encore le « ci-gît la mère ». En effet, cette expression décrit la séparation nécessaire pour le sujet d'avec les parents, le Père, voire le Nom-du-Père, voire la demande de protection infinie, et aussi le délire, en miroir, du héros dans toute sa caricature viriliste. En somme, le contraire du manque, de l'humilité, le désir de toute-puissance, l'illusion de pouvoir combler et d'être comblé.

Analyser, éduquer, gouverner, voilà donc trois termes qu'il nous faut désormais dialectiser davantage, en considérant que les deux derniers produisent les conditions de possibilité de l'efficacité du troisième. Un des points intéressants du texte, et qui n'est pas sans résonance avec les travaux de Reich, rappelle qu'un des points de butée ultime au progrès de la cure est le déni du féminin chez l'homme ou la femme, à savoir cette volonté caricaturale de ce que peut représenter socialement le phallus. « Vu dans la perspective caractériologique, le fascisme est l'attitude émotionnelle fondamentale de l'homme opprimé par la civilisation machiniste autoritaire et son idéologie mécaniste-mystique. C'est le caractère mécaniste-mystique des hommes de notre temps qui suscite les partis fascistes et non l'inverse[1]. » En filant la métaphore médicale et physiologique, Reich rappelle qu'il est hélas plus aisé de prévenir un mal, et donc de s'orienter vers la prévention (éducation et soin) que de corriger celui-ci (gouverner). Tel devrait être l'objet du gouvernement : œuvrer collectivement aux moyens de se débarrasser du gouvernement, même si, en dernière instance, celui-ci peut garder la puissance souveraine de l'arbitrage.

C'est là précisément la tâche de tout mouvement démocratique et révolutionnaire de diriger (et non de gouverner d'en haut) les masses humaines devenues abouliques, crédules, biopathiques, obséquieuses par la répression de la vie depuis des millénaires, de telle manière qu'elles ressentent vivement toute répression et apprennent à s'en débarrasser à temps, définitivement et irrévocablement. Il est plus facile de prévenir une névrose que de la guérir. Il est plus facile de protéger un organisme d'une infirmité que de l'en débarrasser. Il est plus

1. W. Reich, *op. cit.*, p. 11.

facile d'écarter les institutions dictatoriales de l'organisme social que de supprimer de telles institutions[1].

Reich est encore relativement optimiste, dans la mesure où il parle de névrose, et l'on entend névrose sévère. Mais celle-ci reste un mal avec lequel il est possible de négocier, voire qu'il est à terme possible de sublimer, même s'il est très souvent incurable. En revanche, la psychose n'est pas un terrain où sublimation et négociation sont possibles ; or la psychose, les tendances psychotiques et phobiques des individus se sont démultipliées sous la pression de la réification ambiante, d'abord comme techniques de défense, et par la suite comme signes d'une mutilation quasi définitive, généralement inconsciente, inventant dès lors une nouvelle « norme » psychotique de vie, de manière à éviter les blessures dues aux dynamiques réifiantes de ladite société. Reich a parlé de caractère mécaniste-mystique, ce vocabulaire sied assez bien aux individus psychotiques actuels, schizophrènes, borderline ou pervers narcissiques, tant leur conduite automatique se pare souvent d'un discours des plus tarabiscotés, verbeux, sophistes, ou d'une psychorigidité qui peut rappeler celle des mouvements intégristes religieux.

Chez Reich, il existe une profonde corrélation (voire causalité) entre le consentement à la servitude, l'incapacité d'indépendance psychique et intellectuelle, produisant dès lors une inaptitude à la liberté, et la chape de plomb patriarcale qui s'abat sur nos vies sociale et personnelle, elle-même très vite inséparable d'une tentation religieuse ou mystique. Celle-ci apparaît comme la seule voie pos-

1. *Ibid.*, p. 198.

sible d'une sublimation falsifiée, au sens où « l'expérience mystique met en branle, dans l'appareil autonome de la vie, les mêmes processus qu'un stupéfiant », qui « offre une satisfaction fantasmée se substituant à une satisfaction réelle ». La technique n'est d'ailleurs pas si éloignée, nous l'avons rappelé, de ce processus de délivrer une satisfaction fantasmée en lieu et place d'une bien réelle. Reich est l'enfant de Marx, selon lequel la religion a sur les masses l'effet de l'opium[1], aliénant le système cognitif, neurologique et émotionnel. Il est par ailleurs un véritable humaniste dans la mesure où il ne croit nullement que les masses sont définitivement inaptes à la liberté, mais que le gouvernement démocratique a pour objet d'œuvrer à leur désaliénation, de façon sociale, sachant que le parcours psychique de désaliénation demeure aussi individuel. Reich croit à la responsabilité de l'homme et à sa possibilité de retrouver le chemin de sa « moralité naturelle[2] », ou encore de ce qu'il nomme, « autorégulation biologique naturelle », elle-même liée à la « démocratie au travail » ou encore à l'« orgone cosmique ». Ces différentes notions chez Reich ne se recoupent nullement mais sont totalement interdépendantes.

Rares sont les auteurs chez lesquels il existe une telle imbrication des thèses psychiatriques, psychanalytiques, politiques et physiologiques. Pour Reich, c'est l'alliance de ces différents phénomènes qui pourra seule exterminer l'esclavage humain, ou encore « l'attitude servile à l'égard de l'autorité » (il faut entendre ici autoritarisme), « l'irresponsabilité sociale », ou encore « l'angoisse du

1. *Ibid.*, p. 127.
2. *Ibid.*, p. 302.

plaisir[1] ». À l'inverse, si l'individu renonce à retrouver son énergie vitale originelle, à faire sujet, à résister à la tentation infantile du patriarcat, et substitue à la satisfaction réelle une satisfaction fantasmée, voire mystique et punitive pour celui qui tente l'aventure de l'émancipation, si l'individu cède à son angoisse de néant, alors il finit par « héberger le fascisme dans son propre Moi[2] », lequel très logiquement se tournera, dans sa version plus collective, vers un fascisme politique, incarné par un leader faussement charismatique, lui permettant de vivre au rabais son idéal de toute-puissance refoulé. L'explication reichienne semble d'une simplicité douteuse, pour autant un simple examen clinique montre qu'il est loin d'avoir tort, et que les chemins de la consolidation de l'asservissement consenti ne sont pas irrémédiables, à partir du moment où l'homme combat.

La rigidité biologique de l'homme de la génération vivant aujourd'hui ne peut être abolie, mais les forces libérales agissant dans son sein peuvent être mises en état de mieux se développer. Mais d'autres humains naissent tous les jours et au bout de trente ans il pourrait y avoir un renouvellement biologique de l'humanité à condition que les jeunes naissent sans subir la contamination fasciste. Le tout est de savoir dans quelle ambiance la nouvelle génération voit le jour, ambiance libérale ou ambiance autoritaire[3].

Plus simple donc est de sacrifier une génération plutôt que de s'évertuer à la faire évoluer vers une libération

1. *Ibid.*, p. 305.
2. *Ibid.*, p. 299-300.
3. *Ibid.*, p. 297.

intellectuelle et sexuelle, telle est la triste sentence car, sous couvert de recommencement éternel ouvrant des possibles, elle renvoie de façon imperturbable le succès aux lendemains, libérant ainsi chacun de sa culpabilité d'avoir failli à l'instant. Qu'importe donc puisque demain il sera possible, structurellement possible, de faire émerger une génération non contaminée par ce « fascisme » psychique... qu'importe donc notre faillite actuelle puisque demain, demain. Bien sûr, chacun verra la limite du raisonnement et l'astuce de l'individu pour évacuer une nouvelle fois sa responsabilité vers d'autres humains et d'autres siècles.

8

LECTURES HISTORIENNES
ET PSYCHISMES CONTEMPORAINS

Ce *fascisme en action*[1] a existé. Il existera à nouveau car il dépeint une situation psychique et non historique, un « idéal de rétrogradation[2] » qui peut envenimer toute âme n'ayant pas su transformer les affres de son époque et ayant subrepticement mis en place un délire de persécution, qui a l'ampleur de son impuissance à produire une action transformatrice dans le monde, et qui est d'autant plus détestable qu'il garde au loin cette intuition de la justice sociale, appelée à cor et à cri, pour des raisons uniquement basses. Terrible de voir ces idées magnifiques

1. Robert Paxton, *Le Fascisme en action*, Seuil, 2004.
2. Georges Sorel, *Réflexions sur la violence* (1908), cité dans R. Paxton, *op. cit.*, p. 10.

et si essentielles prises au piège de la petitesse des âmes meurtries qui renoncent à se guérir et choisissent définitivement le côté victimaire de la force. Terrible de voir ce symbole, celui des fagots de tiges enserrant une hache[1], traduisant la grande solidarité des hommes, solidarité apte au combat, servir les intérêts de sujets qui ne veulent plus être sujets et qui sont prêts à une conduite ignoble.

Si le travail de Robert Paxton est intéressant, ce n'est pas seulement parce qu'il a accompagné avec d'autres le dessillement concernant l'histoire française et la sortie de la légende « rose » de la vision gaullo-communiste, avec l'image d'une France héroïque. Les années 1960 ont produit les premiers coups contre cette mystification, celle d'un honneur inventé, le coup de grâce arrivant dans les années 1970 avec Marcel Ophüls (*Le Chagrin et la Pitié*) et bien sûr ledit Paxton (*La France de Vichy*[2]).

De Gaulle n'a jamais porté dans son cœur cette masse française aux comportements ambivalents, même s'il a veillé à toujours préserver l'image de la France éternelle, droite dans ses idéaux et sa résistance à l'ennemi. Ce mot du général de Gaulle donne une idée du peu d'estime qu'il avait pour ses compatriotes : « Ils [les Français] ne sont pas très intéressants, c'est un fait. Car le fait, c'est que chacun d'entre eux a secrètement acquiescé à l'armistice [...]. Un nombre insignifiant d'entre eux s'est joint à

1. Paxton rappelle l'étymologie du mot « fascisme » : *fascio*, littéralement un fagot, renvoyant au latin *fascis*, à savoir la hache prise dans un fagot de tiges, symbole sans cesse repris, de Rome aux révolutionnaires italiens de la fin du XIXe siècle pour évoquer la solidarité des militants, syndicalistes et nationalistes. Voir R. Paxton, *op. cit.*, p. 10-11.
2. Voir, pour les lignes suivantes, C. Fleury, « Les Français dans la guerre », chronique à *L'Humanité*, 2019, reprenant les thèses et controverses des historiens sur la France de Vichy.

moi. Je dis bien : un nombre insignifiant[1]. » Il n'aura de cesse, non pas de ruminer l'insuffisance française, mais de reconnaître que le pays a été en grande partie responsable de son malheur. Bien sûr il n'aura de cesse également de rappeler les mérites d'une élite minoritaire, infime poignée échappant à la « veulerie ». Trois mille Français pour s'engager volontairement dans les rangs de la 2e DB, « voilà le peuple français en 1944 ». Laborie sera plus généreux que Paxton, même si la veine est commune : les années 1980 et 1990 dessinaient une France ternaire au ventre mou, la masse attentiste et les deux extrémités – « les collabos et les résistants » –, Laborie, lui, ira plus loin en décryptant cet attentisme, recouvrant en vérité quantité de comportements différents, car il est un fait que, si les Français n'ont pas été ouvertement courageux, la résistance a pu bénéficier implicitement d'un « non-consentement » très fort des Français vis-à-vis des Allemands. Il est vrai également que la nature des relations entre les Français et Pétain a considérablement retardé les prises de conscience : étonnant de voir comment ont pu coexister des sentiments anglophiles, gaullistes, antiallemands et respectueux du maréchal Pétain. Laborie s'est fait l'historien de ces comportements, extrêmement instructifs pour comprendre les méandres de l'âme humaine quand l'Histoire vacille, et comment il est difficile de penser et de vivre simultanément l'événement historique.

Les historiens ne sont d'ailleurs jamais les historiens de leur seule époque. S'ils sont aussi pertinents, c'est parce qu'en creux la silhouette de l'époque contemporaine se

1. Pierre Laborie, *Penser l'événement 1940-1945*, Gallimard, « Folio », 2019.

dessine. Et l'on comprend ainsi comment modernité et ressentiment peuvent aller de concert, et non pas seulement passé et ressentiment. Paxton, à l'instar de Reich, ne s'est pas laissé duper par l'endoctrinement fasciste qui consiste à faire croire que le leader fasciste est celui qui guide les foules, celui qui convertit des populations tout immaculées, innocentes, promptes à recevoir l'empreinte du chef, et fait advenir l'Histoire. À l'inverse, il a consacré son travail d'historien à décrypter les comportements des individus, leurs vécus, leurs sentiments de déclassement, leurs ressentiments naissants. « Les premiers mouvements fascistes ont exploité les protestations des victimes de l'industrialisation et de la mondialisation rapides – les perdants de la modernisation – mais en utilisant, bien entendu, les styles et techniques les plus modernes de la propagande[1]. » Sentence qui résonne aux oreilles du monde actuel, tant tout est en place pour que se joue une « nouvelle » partition rétrograde, avec juste ce qu'il faut d'inédit pour nous faire croire à l'histoire imprévue, alors qu'elle revêt des oripeaux bien reconnaissables.

En personnalisant le fascisme, l'image du dictateur tout-puissant crée la fausse impression que nous pourrions parfaitement comprendre le phénomène en nous contentant d'étudier en détail celui qui en est le leader. Cette image, dont la puissance agit encore aujourd'hui sur nous, est le triomphe ultime de la propagande fasciste. Elle offre un alibi aux nations qui ont approuvé ou toléré les leaders fascistes et détourne l'attention des personnes, groupes et institutions qui les ont aidés[2].

1. R. Paxton, *Le Fascisme en action*, *op. cit.*, p. 26.
2. *Ibid.*, p. 19.

Paxton a également su bien montrer comment le fascisme n'est nullement le mouvement anticapitaliste qu'il jure être. Il s'édifie ainsi[1], contre le capitalisme, en dénonçant son injustice, ses inégales répartitions, voire son idéal bourgeois égoïste, son illusion méritocratique. Mais, une fois le pouvoir atteint, il se range de son côté, prend le seul chemin de la conservation et non de la révolution, et à l'inverse dirige ses flèches contre tout mouvement socialisant car jugé trop internationaliste. Ce que le fascisme désavoue dans le capitalisme n'est pas la propriété et l'accumulation, mais le libéralisme individualiste au sens où ce dernier permet à l'individu de s'émanciper de la communauté ou de la nation. Le fascisme ne supporte pas cette idée d'un individu pouvant se séparer et jouir de sa seule destinée comme s'il n'était pas en dette par rapport à un enjeu plus collectif, même si ce dernier n'est nullement « socialiste », mais encore une fois strictement communautariste. « Une fois au pouvoir, les régimes fascistes n'ont confisqué que les biens de leurs adversaires politiques, des étrangers ou des Juifs[2]. » Cela n'est pas sans nous rappeler l'alerte posée par Reich concernant l'homme apolitique. Paxton aussi dénonce cet opportunisme très typique des régimes fascistes, qui les autorise à fustiger la bourgeoisie tout en reprenant ses pratiques, et qui leur a permis d'être les « premiers partis attrape-tout d'engagement[3] », ou comment faire de son désengagement la matière d'une politique d'hostilité à l'égard de ce qui n'est pas soi.

1. *Ibid.,*, p. 20-23.
2. *Ibid.*, p. 22.
3. *Ibid.*, p. 104.

La méthode de Paxton[1] a toujours consisté à ne pas se laisser tromper par l'idéal de grandeur du fascisme, ses grands discours, ses grands programmes, mais à revenir imperturbablement à ses actions concrètes, animées toujours par l'intérêt de ses parties prenantes et le court-termisme. On est loin de la philosophie politique magistrale à laquelle le fascisme tente de faire croire. Les mouvements populistes actuels sont d'ailleurs à ce titre plus ouvertement terre à terre, en désavouant d'emblée, le plus souvent, les discours, en se posant ouvertement là encore comme « misologues », eux qui pratiquent la novlangue sans vergogne, celle d'une dénonciation du « politiquement correct », vieille comme le monde, dont la provocation est purement rétrograde, sans nouveauté. Ils disent sans éloquence la médiocrité caractéristique des mouvements fascistes, qui ont été longtemps parés d'une esthétique bien réelle, profondément efficace pour renarcissiser l'homme du ressentiment, ce que Paxton appelle ces « cérémonies de masse de consensus et de conformité[2] », et qui bien sûr donnera lieu à l'ultime expérience sensorielle et esthétique de la guerre. « Le remplacement délibéré, par le fascisme, du débat raisonné par une expérience sensuelle immédiate a transformé la politique en esthétique » ; « l'expérience esthétique ultime, avertissait Benjamin dès 1936, sera la guerre[3] ».

La guerre pousse à l'extrême ce qui est vrai de tout

1. *Ibid.*, p. 33.
2. *Ibid.*, p. 23.
3. *Ibid.*, p. 35-36 citant Walter Benjamin, « L'œuvre d'art à l'époque de sa reproduction mécanisée » : « Benjamin cite notamment Marinetti s'exprimant sur la beauté de la guerre d'Éthiopie qui venait juste de s'achever : "[La guerre] enrichit une prairie fleurie des orchidées de feu des mitrailleuses..." ».

événement politique par nature, à savoir d'être également un instrument de réassurance narcissique pour ceux qui l'utilisent : tel est le moment inaugural du va-t-en-guerre qui s'autoconvainc du rôle déterminant de l'événement et du leader, lui attribuant le pouvoir d'une catharsis, d'un avant et d'un après, soldant enfin la réparation tant attendue, alors même qu'il pénètre dans des temps obscurs à l'issue incertaine et dont la valeur stratégique peine à se lire. Vous voulez connaître le sens de tout cela ? Il n'y en a pas, rétorque Mussolini. Il n'y a pas de programme, pas de raisonnement spécieux, il y a qu'on va en découdre et venger l'honneur de ceux qui se sont sentis humiliés : « Les démocrates d'*Il Mondo* veulent connaître notre programme ? Il est de rompre les os des démocraties d'*Il Mondo*. Et le plus tôt sera le mieux[1]. » On croirait un discours populiste actuel, et non une déclaration de 1920.

Pour autant, ne nous méprenons pas : le fascisme n'est pas le populisme. L'une des vraies différences entre les deux phénomènes renvoie à l'inscription du fascisme dans un idéal « militaire ». L'homme nouveau du fascisme n'est pas l'homme du « pouvoir d'achat » mis à mal. C'est l'homme qui, conscient d'une possible déliquescence de la nation, choisit délibérément de l'instrumentaliser, de la dramatiser pour justifier le recours à la violence contre autrui, jugé complice de cette déliquescence. Et quoi de mieux que le recours à la force légitime, à savoir celle de l'armée. Ce sera en tout cas la stratégie de Mussolini. « La militarisation fasciste de la politique aboli[t] cette

---

1. R. Paxton, *op. cit.*, p. 36. Cité également dans Richard Bosworth, *The Italian Dictatorship. Problems and Perspectives in the Interpretation of Mussolini and Fascism*, Arnold, 1998, p. 39.

distinction dès lors qu'elle affirm[e] l'identité du citoyen et du soldat dans l'idéal proprement fasciste du citoyen soldat, par quoi il ent[end] que toute la vie individuelle et collective [doit] être militairement organisée suivant les principes et valeurs de sa conception intégriste de la politique[1].» Nulle assimilation dans le discours populiste, qui est davantage conciliant avec l'idéal « bourgeois », même s'il pratique, comme le fascisme, son dénigrement. Le populisme n'a pas la même relation avec la violence, et surtout avec ce mythe de la violence régénératrice[2], qui existe dans l'univers fasciste, parce qu'il est sans doute encore plus épris de l'illusion de pureté. Si la violence existe bel et bien dans l'univers populiste, elle sera moins organisée, ou militarisée, et plus le fait d'une débandade pulsionnelle. Croire que l'on doit en passer par « l'expérience de la guerre » pour advenir en tant que nation n'est nullement au programme des sociétés populistes qui, à l'inverse, ne sont belliqueuses qu'à la condition de n'en payer nullement le prix, ni dans leur chair ni dans leur vie matérielle et affective.

Pour autant, quelques similitudes demeurent, même si elles sont plus parodiques encore. Prenons le cas de la rhétorique, qui s'est globalement appauvrie de nos jours, les réseaux sociaux en témoignant, mais le sens demeure assez identique, comme ici, avec cette apostrophe adressée au leader coréen par cet autre des États-Unis : « *North Korean Leader Kim Jong Un just stated that the "Nuclear Button is on his desk at all times."*

---

1. Emilio Gentile, *Qu'est-ce que le fascisme ? Histoire et émancipation* (2002), Gallimard, « Folio », 2004, p. 361.
2. *Ibid.*, p. 445.

Will someone from his depleted and food starved regime please inform him that I too have a Nuclear Button, but it is a much bigger & more powerful one than his, and my Button works[1] ! » Tout y est : vindicte, allusion sexuelle ou style viriliste, absence d'hésitation à convoquer l'argument massif en utilisation préventive, minimalisme caricatural de la formule ; tout pour flatter le besoin de réparation et de réassurance de l'homme moyen en perte de reconnaissance symbolique et matérielle.

L'époque actuelle n'est, par ailleurs, nullement à l'abri d'envisager de nouveau la guerre comme expérience esthétique, spectaculaire. Ce fut le cas de la première guerre en Irak, destinée à prouver la maestria de la puissance américaine, son implacable capacité chirurgicale à cibler l'atteinte létale, et ce grâce aux journaux télévisés diffusant de manière ininterrompue les « frappes aériennes », et créant ce nouveau genre informationnel continu qui est structurellement spectaculaire, marchand, indissociable de l'impérialisme culturel et économique.

Le phénomène se poursuit aujourd'hui d'autant plus qu'il est indissociable des réseaux sociaux qui permettent à chacun d'exprimer son ressentiment sans en payer le prix (l'anonymat et la faible régulation des réseaux autorisent cela, du moins provisoirement), le tout avec la légitimation des leaders populistes qui font de même, tout aussi caricaturaux que les ressortissants de leur pays. Ce nouveau panoptique donne une caisse de résonance

---

1. Tweet de Donald Trump, 3 janvier 2018. « Le leader nord-coréen Kim Jong-un vient d'affirmer que "le bouton nucléaire est sur son bureau à tout moment". Quelqu'un issu de ce régime de désolation et de famine voudrait-il bien l'informer que moi aussi j'ai un bouton nucléaire, et qu'il est bien plus gros et puissant que le sien, et que le mien fonctionne, lui ! »

extraordinaire à la médiocrité potentiellement meurtrière de ceux qui ont mis leur haine en bandoulière. La prolifération des propos haineux n'est pas un phénomène nouveau et chaque heure sombre de l'Histoire a connu son flot de délations nauséabondes et mortifères, mais leur démultiplication actuelle ne peut néanmoins être passée sous silence, sous prétexte qu'il n'y aurait là rien d'inédit dans le fond. La forme est différente, tant elle est non discontinue ; elle se prononce sur tous les sujets, des plus graves aux plus ineptes.

Ce sont là les « Deux Minutes de la Haine » pronostiquées par Orwell[1], mais qui elles aussi se sont décentralisées pour permettre à chacun de vomir son fiel et de retourner sagement à son inaction et son inaptitude, le temps d'attendre – sans doute – une forme d'autorisation plus « institutionnelle », celle-là même que pourrait porter un nouveau leader populiste. On est bien loin de l'esthétique spectaculaire de la guerre, mais dans ce fiel permanent se joue la vérité barbare de la guerre, celle de la libération de la pulsion de ressentiment, celle non réglementée des pillages et des exactions sur les civils. Bien sûr, physiquement, il n'en est rien, mais le déversement haineux distille le même empoisonnement, celui qui cherche à souiller et que les crimes de guerre connaissent parfaitement.

La dose est ici homéopathique et donc jugée insignifiante, comme s'il s'agissait de fêtes dionysiaques peu reluisantes mais relativement irréductibles : il faut bien que médiocrité se passe, comme jeunesse se passe. Il faut bien que le ressentiment exulte quelque part, comme si cela pouvait nous préserver de son pouvoir d'envahisse-

1. George Orwell, *1984*, Secker and Warburg, 1949.

183

ment. Mais cela ne nous protège en rien. C'est à l'inverse un marqueur sûr de son progrès. L'interdire ne suffira pas, même s'il le faut car il ne peut souiller à ce point l'espace public sans conséquences néfastes sur ce dernier. Le ressentiment est en marche, bien ancré dans les cœurs et les discours, prêt à la revendication. L'esthétique de la violence continue d'impressionner les esprits aliénés et soumis, précisément parce qu'elle leur donne l'illusion d'un retour à la puissance, parce qu'elle leur promet que le refoulement ne sera pas définitif. La technique est bien connue des régimes fascistes et a toujours été utilisée de façon efficace et parcimonieuse. Nul besoin de la démultiplier, car elle pourrait être rendue illisible et révéler la véritable nature du fascisme, à savoir son aspect conservateur et non révolutionnaire. Il faut pouvoir lire la violence et la justifier, il faut donc pouvoir la cibler et la rendre très symbolique, pour mieux faire croire à sa justice. « Tel fut le pari génial du fascisme : comprendre que nombre de bourgeois bien paisibles (voire de bourgeoises) ressentiraient une satisfaction par procuration devant ces actes de violence soigneusement sélectifs, dirigés seulement contre les *terroristes* et les *ennemis du peuple*[1]. »

Aujourd'hui, les cibles ont changé mais les procédures sont restées assez similaires. Ce sont des vagues constantes qui affluent sur les réseaux sociaux, pour harceler de façon très spécifique tel ou tel, et parfois pendant des mois et des mois, là encore sans discontinuer, forçant la cible à fuir ledit réseau si elle veut garder un peu de santé psychique et ne pas totalement sombrer devant ce déferlement accablant. Une nouvelle fois, il ne s'agit pas

1. R. Paxton, *op. cit.*, p. 147.

ici de comparer l'incomparable, à savoir une situation des années 1940 avec celle d'aujourd'hui. Tout a changé, les États comme les individus. Il n'en demeure pas moins que la manière dont les réflexes conditionnés s'opèrent garde un nombre certain de similitudes, le fonctionnement psychique ayant ses vieilles lois qui continuent de le structurer.

9
LA VIE COMME CRÉATION :
L'OUVERT EST LE SALUT

Le psychisme n'est heureusement pas la loi exclusive pour expliquer l'univers humain. Il ne détient pas les clés des secrets de l'individu et de l'Histoire. Gageons que le déterminisme social, économique, culturel et/ou psychique ne gagnera jamais la partie de la compréhension d'un être et d'une société. Il est néanmoins certain qu'un psychisme « malade », autrement dit une névrose trop forte ou une psychose, explique quantité de phénomènes qui ont tous une incidence immense sur le sujet et son environnement. C'est là un biais qui ne peut être nié, qui ne dit aucunement la vérité du sujet – qui dit même précisément l'inverse, comment le sujet se laisse déborder par ce qui n'est pas lui et s'y complaît, comment il se laisse duper, ce qui peut devenir à terme hélas la vérité de ce sujet-là. La manière dont un sujet ne renonce pas à se comprendre est déterminante pour saisir la façon dont il envisage sa liberté, et élabore une « vérité » dynamique, existentialiste et humaniste.

J'ai toujours considéré que la vérité, dans sa part non dynamique, était essentiellement mortifère ; c'est la part de la finitude de l'homme et du caractère poussiéreux de son existence. Je ne suis pas sûre de savoir vivre avec cette vérité-là, qui m'ennuie et me désespère. Dès lors, la part de vérité qui m'intéresse se situe du seul côté de l'œuvre, qu'elle soit artistique ou qu'elle relève plus généralement de l'ordre de la subjectivation (enfantement, amour, partage, découverte du monde et des autres, engagement, contemplation, spiritualité, etc.). Cet axiome, qui consiste à poser la vérité là et nulle part ailleurs, dans son infinitésimale part éternelle, fait de moi une platonicienne ou une plotinienne à vie. C'est la seule durabilité qui me parle et qui peut dès lors se parer de cette idée de « vérité », au sens de quelque chose qui se maintient au-delà de son énonciation, et qui fera sens pour des temps futurs. Il faut se souvenir du futur pour donner un sens à notre humanisme. Le reste est écume, sans être faux, et fait à coup sûr la vérité pour d'autres, les historiens par exemple. Cette vérité des manquements, de notre maladie qui se maintient, de notre incapacité à ne pas répéter, est une vérité essentielle, narrée par les événements historiques ; cette Histoire qui nous raconte à quel point les leçons de l'Histoire ne s'apprennent pas. Face à ce soleil mort, il faut bien la clarté d'une vérité autre qui sait qu'il existe une autre part, enfin inédite.

Le travail analytique est là pour aider à saisir la part de création que doit comporter la vérité d'un sujet, son pacte avec l'Ouvert, notion rilkéenne qui n'a cessé de me suivre depuis mes premières publications. Quand je l'ai découverte, j'ai cru enfin respirer. Pourtant, elle était plus puissante, dans la sensitivité qu'elle invoquait, que mes façons de penser, plus abstraites, plus théoriques, plus tranquillement platoniciennes. Il y avait dans cet Ouvert la présence de l'animal, de la nature, du vivant, du ciel, des montagnes, de la mort bien sûr. Il y avait la poésie douloureuse de Rilke, ses élégies, il y avait tout ce grand siècle de malheur et de romantisme bientôt contemporain des deux guerres mondiales, l'avant-catastrophe et sa première sidération, comme si cela grondait aussi dans l'inaptitude à l'Ouvert, celle qui régit les êtres humains et qui les conduit à leur perte. « De tous ses yeux la créature voit l'Ouvert[1]. » J'y ai consacré un chapitre entier et sans doute l'un des chemins les plus importants, dans *Métaphysique de l'imagination*[2], pour tenter de comprendre ce qu'est l'individuation, quelle est sa rencontre avec le Réel, avec l'au-delà de la synthèse kantienne. Le chapitre suivant se nomme, comme une sorte de sentence explicative du vers rilkéen : « L'imagination de la mort et le calme regard de l'animal ».

S'il fallait faire lien aujourd'hui, avec ce « ci-gît l'amer », il s'agirait de faire écho à cet Ouvert du grand poète. Plus haut que tout, la littérature, la poésie, qui s'abandonnent au monde, à l'évanescence éternelle du monde, celle du sublime, du temps long, plus long que soi, de la nature qui n'existe pas sans la main de l'homme, mais qui pourtant le dépasse. Moi, qui ne suis pas poète, je reste à l'écart de cette violence magnifique, que je per-

---

1. Rainer Maria Rilke, *Les Élégies de Duino*, Huitième Élégie.
2. C. Fleury, *Métaphysique de l'imagination*, *op. cit.*, p. 710, voir index sur l'Ouvert, p. 92.

çois comme trop ardente pour ce corps ridicule qui est le mien, je me tiens à distance, incapable de vivre tant d'émotions sans en avoir la nausée, je me tiens à l'écart pour écrire, certes des choses plus insuffisantes, mais qui tentent d'expliquer, à ceux qui ressentent l'écart entre soi et le monde et le vivent comme une atteinte à leur être, comment malgré tout on peut tenir dans ce monde, hors du ressentiment et même de l'amertume, hors de l'échine courbée devant l'absence de sens. L'Ouvert. L'Ouvert. Quand j'ai lu cela, à la fin de l'adolescence, j'ai compris qu'était là un salut, peut-être le mien. Certains s'étonneront sans doute qu'une personne ne croyant pas en Dieu puisse se soucier du salut de l'âme. Qu'est-ce, l'âme, si ce n'est une magnifique fiction, celle inversée de Dieu peut-être, une idée que l'homme se fait de lui-même, de n'être pas uniquement matière. Je l'ai souvent écrit, l'âme, il n'y a que la vie des autres et ce qu'ils retiennent de nous pour tenter de prouver quelque chose de cette histoire-là. Le salut de cette affaire-là me taraudait tôt, alors que je n'ai aucun goût pour la réalité humaine. Je suis née homme malgré moi ; si j'avais pu choisir, j'aurais pris la tangente d'emblée, serai restée poussière ou alors quelque chose qui vole, même peu... non rien, j'aurais préféré le rien qui peut se donner l'illusion du tout, cela aurait eu un panache plus gracieux. Savoir que Rilke est passé par là, et tant d'autres, a quelque chose de rassérénant, comme une trace d'humanité partagée, une faiblesse commune mais qui n'est pas honteuse.

L'HYDRE

Revenons audit « nombre insignifiant » – car il suffira d'un seul pour sauver tous les autres, un seul homme, un seul et unique homme, tel est le rêve proposé par les religions comme si c'était un rêve souhaitable. L'idée d'homme, déjà, suffit à sauver les hommes et les maintenir droits dans l'espérance, et surtout droits devant l'assaut du ressentiment. « Pourvu qu'on ne se demande pas : l'espérance de quoi ? L'espérance en quoi ? J'espère... à condition de ne pas peser trop lourdement sur le complément d'objet direct ou indirect[1]. » L'espérance doit avoir une certaine dose de désintéressement pour être opérationnelle. L'Ouvert contre le ressentiment, définitivement. Mais au jour le jour, la chose n'est pas aisée, et il faut s'obliger souvent à dépasser le seul niveau de l'idée, ce « nombre insignifiant », il le faut bien, il est nécessaire, et si l'on pouvait l'augmenter, ce serait un pas de plus dans la civilisation digne. L'envers de l'Ouvert, de façon très concrète et non moins imagée, c'est bien cette « colle » de la détestation[2], faite de deux produits, comme le souligne Paxton, « d'une part une résine et d'autre part un durcisseur qu'il faut mélanger » pour obtenir ce « dynamisme fasciste et l'ordre conservateur, soudés par une détestation commune pour le libéralisme et la

---

1. V. Jankélévitch, *L'Enchantement musical. Écrits 1929-1983*, Albin Michel, 2017.
2. *La Fin du courage* s'ouvre d'ailleurs sur la notion de « glu », pas si éloignée non plus.

gauche[1] ». Pour expliquer le fascisme, Paxton convoque plusieurs thèses[2], conflictuelles : l'argument économique, l'argument psychanalytique, ou encore une forme d'argument métaphysique, qui ne me semble pas de mon point de vue problématique, sauf encore à coexister avec une angoisse qui ne saurait pas se calmer grâce au travail sur soi.

Prenons l'argument économique. Traditionnel, il renvoie au contexte de crise et d'humiliation des « petits » ou encore à la fragmentation et à l'atomisation qui peuvent grandir dans une société lorsqu'elle devient le lieu d'une croissance à plusieurs vitesses, qui finit par briser l'idée même de monde commun. L'argument psychanalytique se concentre sur la personnalité du Führer pour très vite, néanmoins, se tourner vers celle plus intéressante de l'opinion publique, autrement dit le fait que les Allemands (et consorts) aient projeté sur lui un rôle qu'il réussit à remplir avec succès. Enfin, Paxton invoque Bloch et sa théorie splendide de la « non-contemporanéité » des âmes, au sens où chacun ne vit pas nécessairement le même maintenant. Mais là encore, en quoi cela est-ce dommageable ? C'est là une vérité métaphysique, éthique et psychanalytique que nous ne vivons pas dans le même maintenant, et que nous découvrirons aussi au fil de notre vie des manières d'habiter le temps du monde de façon très inédite. Alors, oui, éventuellement, de cette incapacité à habiter le même maintenant peut surgir une angoisse forte, un sentiment abandonnique, mais de là à basculer dans le fascisme, la

1. R. Paxton, *op. cit.*, p. 250-251.
2. *Ibid.*, p. 350-368.

chose n'est nullement évidente, et finalement plutôt rare. Il n'y a pas dans le fascisme l'expérience grandiose du vide métaphysique, il y a la panique complaisante devant le petit présent, le « maintenant » non métaphysique, le maintenant bien quantitatif, celui d'un confort que l'on croit avoir comme dû.

Cette tentation à laquelle la plupart d'entre nous s'agrippent est terrible, du moins si elle a toujours le dernier mot, car elle nous maintient dans une incapacité à nous extraire du temps présent et de la réification. Il faut toujours un pied en dehors du maintenant quantitatif si l'on ne veut pas prendre le risque de voir ses deux pieds enlisés dans le ressentiment. Cet enlisement dans le maintenant quantitatif va produire le contexte nécessaire à l'acceptation de l'inacceptable, car se met dès lors en place une sorte de « cécité hystérique[1] », concentrée uniquement sur soi, sa survie, et qui rend impossible le décentrement vers autrui ; il est logique que l'individu qui perd son acuité visuelle, au sens de savoir regarder, de porter un regard sur, comme d'autres portent un soin, cet individu-là devient incapable de reconnaître le visage de l'autre. Celui-ci s'efface. Un être « réifié » ne peut produire que de la réification ; la vision d'autre chose lui est d'ailleurs insupportable, soit du côté du passage à l'acte contre autrui et d'une réactivation barbare de la haine, soit comme détestation de soi, proprement invivable. Car il est vrai que le ressentiment reste un rempart, immonde, devant sa propre dépression : l'homme du ressentiment est déprimé, découragé, mais cette déprime se nourrit de la vengeance sur autrui et trouve des moyens de compen-

1. *Ibid.*, p. 52.

sation journaliers, ponctuels, nullement durables, qu'il consomme avec jouissance à défaut de les critiquer. Le ressentiment, tout en pourrissant l'être, maintient en forme physique, conserve dans son jus amer l'individu rongé. Il a le pouvoir du formol. Le ressentiment est ainsi un principe d'autoconservation, à moindre coût : la « faiblesse d'âme » sur laquelle il repose demande au sujet peu d'efforts, une complaisance victimaire. Le ressentiment se combine aisément avec ce que Christophe Dejours nomme « l'acrasie paresseuse », et lorsqu'il est plus virulent l'« acrasie sthénique ». La première témoigne de ce clivage du moi, assez banal, proche de la lâcheté et de l'égoïsme, la seconde d'un zèle plus détestable et vindicatif. L'« acrasie paresseuse » préfère le silence à la polémique, l'absence d'engagement à la responsabilité.

Prenons le cas extrême de la solution finale. Les nazis se sont très vite rendu compte que le problème majeur du processus de destruction « n'était pas d'ordre administratif, mais psychologique[1] ».

La conception même d'une Solution finale radicale dépendait de la faculté de ses auteurs à assumer les puissants freins et blocages psychologiques qui l'accompagnaient. Ces blocages présentaient une différence importante avec les difficultés administratives. On pouvait toujours résoudre et éliminer un problème administratif mais il fallait sans cesse traiter le problème des difficultés d'ordre psychologique. [...] Les commandants à pied d'œuvre restaient attentifs aux symptômes de désintégration psychologique parmi le personnel. À l'automne de 1941, le chef suprême des SS et de la Police de

---

1. Raul Hilberg, *La Destruction des Juifs d'Europe* (1961), II, Gallimard, « Folio », 1991, p. 868-869.

Russie centrale, von dem Bach, ébranla Himmler en lui déclarant : « Regardez les yeux des hommes de ce Kommando, voyez à quel point ils sont perturbés. Ce sont des hommes finis [...] pour le restant de leur vie. Quelle relève formons-nous là ! Des névrosés ou des brutes[1]. »

On voit bien ici comment le ressentiment peut être une stratégie de défense à moindre mal pour éviter la désintégration psychologique, et permettre de continuer les actes infâmes sans en porter psychiquement le prix, et sans entreprendre non plus la difficile tâche de résister par l'action alternative[2]. Dès lors, le ressentiment devient le plus sûr allié du fascisme ou de tout autre grand moment de réification totalitaire, en faisant de la lâcheté

1. *Von dem Bach in Aufbau*, New York, 23 août 1946, p. 1-2 ; dans R. Hilberg, *op. cit.*, p. 868-869.
2. Frantz Fanon a parfaitement décrit ce phénomène dans *Les Damnés de la terre* au sujet des actes de torture lors de la guerre d'Algérie. Il s'agit notamment du cas d'un inspecteur européen s'emportant contre sa femme et ses enfants, depuis les « événements ». Très intéressant de voir que l'inspecteur ne vient pas se plaindre directement de l'obligation de torturer, il reconnaît même qu'il faut faire cela rigoureusement et qu'il n'est pas question de le faire faire par quelqu'un d'autre que soi, qui finirait par tirer la gloire d'avoir fait parler. Il rappelle que cela demande du « flair », de savoir quand torturer et quand cesser de le faire, et surtout de laisser croire à la victime qu'il existe un espoir d'en réchapper : « C'est l'espoir qui fait parler. » Une fois dit cela, il fait vaguement le lien avec le fait qu'il devient fou depuis qu'il torture de façon régulière les « ennemis », et qu'il porte des coups à sa femme et ses enfants. Au lieu de remettre en cause la torture, auprès des soldats ennemis et de sa famille, il demande au docteur d'« arranger » tout cela. Et Fanon de commenter : « Cet homme savait parfaitement que tous ses troubles étaient causés directement par le type d'activité déployée dans les salles d'interrogatoire, encore qu'il ait tenté d'en rejeter globalement la responsabilité sur les événements. Comme il n'envisageait pas (ce serait un non-sens) d'arrêter de torturer (alors il faudrait démissionner), il me demandait sans ambages de l'aider à torturer les patriotes algériens sans remords de conscience, sans troubles de comportement, avec sérénité. » *Les Damnés de la terre* (1961), dans F. Fanon, *Œuvres*, La Découverte, 2011, rassemblant les ouvrages de Fanon de 1952 à 1964, p. 640.

des hommes une mécanique très efficace et régulière, nullement « intentionnée », imperturbable et indigne. Il existe bien sûr des individus résolus idéologiquement, des intégristes, mais ils sont extrêmement peu nombreux et ne seraient pas si difficiles à contrer si la masse lâche n'était absente. Ils pourraient donner l'impression d'ailleurs de sublimer leur ressentiment, ce qui est théoriquement impossible. Mais ce qu'une certaine forme de psychose est peut-être finalement capable de faire, tant le déni est grand. Ou alors, ils sont habiles à mentir quasi parfaitement, ils ont atteint un tel faux self qu'ils ne savent plus distinguer la vérité de la mauvaise foi. Ils se parent de vertu, donnant au mal l'allure d'un bien supérieur.

Prenons Himmler, qui déclare en 1943 « avoir pris aux Juifs ce qu'ils avaient comme richesses » :

> J'ai donné l'ordre strict, exécuté par le SS-Obergruppenführer Pohl, que ces richesses, ce qui est naturel, soient remises au Reich sans aucune réserve. Nous n'avons rien pris pour nous-mêmes. Ceux qui, individuellement, ont failli seront punis en vertu de l'ordonnance que j'ai édictée [...] Un nombre de SS – il n'y en a pas beaucoup – ont failli et ils mourront, sans être graciés. [...] Ce n'est pas parce que nous avons exterminé des microbes que nous voulons finalement être infestés par ces microbes [...] Notre esprit, notre âme, notre caractère n'ont pas été atteints[1].

Par cette revendication de n'être rien soi-même, de ne prendre rien pour soi, de se présenter comme incorruptible, Himmler reste, du moins dans sa déclaration, un

---

1. Discours d'Himmler à la conférence des Gruppenführer de Poznań du 4 octobre 1943, PS-1919 dans R. Hilberg, *op. cit.*, II, p. 869-870.

vestige de l'individuation, et étudier sa personnalité ne suffit pas à saisir la vacuité et la banalité du processus du ressentiment. Mais rappelons-nous la méthode de Paxton : laissons les discours de côté, concentrons-nous sur les actes. Les carnets intimes d'Himmler, retrouvés dans les archives militaires en Russie, dépeignent un être résolument psychotique, cruel, jouissant de cette cruauté, tout affairé à participer aux exactions[1], sans payer néanmoins le prix plus laborieux d'une assignation systématique aux exactions. Non, cela restera une sorte de divertissement, calé entre des dîners et des réunions, innombrables[2], montrant l'aliénation « sociale » totale d'Himmler, et son aliénation psychique avec la jouissance non cachée de la cruauté, du moment en effet qu'elle ne lui fait pas tourner de l'œil, le psychopathe ayant aussi sa sensibilité. La dérive psychopathe signe définitivement l'arrêt d'une quelconque individuation possible.

Hannah Arendt, avec d'autres, a parfaitement signalé le mécanisme de déresponsabilisation et de désindividuation qui a permis l'avènement, par étapes successives, de la solution finale. En montrant cela, la philosophe n'a nullement dédouané les individus de leur responsabilité, mais montré le simulacre de déresponsabilisation qu'ils avaient opéré, cela faisant déjà partie du processus négationniste. « La destruction des Juifs ne fut pas une opération centralisée, écrit Hilberg. On ne créa aucun

---

1. « Autre anecdote terrifiante, mais non moins surprenante du journal intime d'Himmler : il semblerait que ce dernier, aussi surprenant que cela puisse paraître, était sensible à la vue du sang. Il raconte alors comment il a failli tourner de l'œil lorsque, au cours d'une exécution de Juifs en Biélorussie, il a reçu un morceau de cervelle sur la veste. » (*Atlantico*, 3 août 2016.)
2. « Mille six cents rendez-vous seraient inscrits dans les carnets intimes d'Himmler », *Mashable*, 2016 ; *Midi-Libre*, 2016.

service particulier pour traiter des affaires juives et on ne débloqua aucun budget pour financer le processus. L'entreprise antijuive fut menée à bien par les services publics, l'armée et le parti. Tous les éléments qui réglaient la vie organisée de l'Allemagne furent conduits à y participer ; tous les organismes fournirent leur contribution ; toutes les compétences furent employées ; toutes les couches de la société se trouvèrent représentées dans le mouvement qui enveloppa progressivement les victimes[1]. »

Telle est bien la définition du ressentiment : un mouvement qui enveloppe progressivement les victimes, une plasticité informe d'autant plus efficace qu'elle donne l'illusion de n'avoir plus ni corps ni tête, alors même qu'elle est une hydre à des centaines de milliers de têtes. L'hydre est un monstre pertinent car elle manie ensemble ce qu'on croit opposer, les individualités et la masse. Elle constitue une incarnation assez efficace de la dialectique entre le quantitatif et le qualitatif, au départ profondément séparés puis, au fil du processus, possiblement poreux. Supprimer l'hydre nécessite alors de supprimer une partie des têtes, et personne ne sait à l'avance quand la dialectique entre le quantitatif et le qualitatif s'interrompra. Couper l'intégralité ou même seulement la majorité des têtes ne sera pas nécessaire, mais une savante combinaison entre elles, entre celles qui sont jugées prescriptives et d'autres. Une combinaison qu'il serait heureux de parvenir à connaître pour se protéger de la dérive mortifère de ces grands ensembles.

---

1. R. Hilberg, *Exécuteurs, victimes, témoins* (1992), Gallimard, « Folio », 1994, p. 46.

III

LA MER

Un monde ouvert à l'homme

I

LA DÉCLOSION SELON FANON

L'antidote au ressentiment, quel est-il ?

Il y aura quantité de chemins, tous possibles du moment que le sujet s'en saisit et y fait vivre son engagement, son implication intime, son for intérieur. Quand j'ai découvert l'Ouvert rilkéen et la manière possible de le tisser avec une écriture personnelle, cela a été un « possible » pour résister à l'amertume, ou plus simplement à la mélancolie déjà bien en place ; Mallarmé, bien sûr, tout autant, ses fragments sur Anatole[1], ce souffle quasi coupé alors qu'il est le maître des sons et d'une syntaxe vertigineuse dans ses vers ; là impossible de ne pas entendre dans son « tom-

---

1. C. Fleury, *Mallarmé et la parole de l'imâm* (2001), *op. cit.*, en particulier le chapitre « Le tombeau d'Anatole », consacré à la mort de son fils. La mort de l'enfant reste un deuil impossible. L'œuvre mallarméenne a la résonance de ce cri silencieux, cette larme infinie. Le « désenfantement » est une notion développée par la grâce de la cure analytique (voir *Le soin est un humanisme*, Gallimard, 2019), qui décrit non seulement le deuil de l'enfant ayant vécu mais aussi celui de l'enfant jamais né, tant espéré et à jamais inatteignable.

beau » le souffle court, épuisé, et, malgré tout, la force d'autre chose pour celui qui le lit. Les écrivains portent en eux cette force pour les autres. Ils portent notre renouveau alors qu'ils s'échinent à faire face à leur asthénie.

Autre illustration de ce coup de pied forgé par le style, le style philosophique cette fois, avec cette même phrase de Jankélévitch qui résonne encore : « Inutile d'être tragique, il suffit d'être sérieux. » Inutile d'en rajouter, de croire la chose plus difficile qu'elle n'est. Elle l'est, difficile, et d'autant plus que nos parcours sont porteurs d'une histoire collective douloureuse, défaillante : il faut porter en plus de son insuffisance celle à laquelle les autres nous assignent. Les femmes connaissent. Tout le monde connaît, mais ne relativisons pas : les femmes et tous ceux que la société a considérés comme « inférieurs », « intouchables », « impurs », ceux qui ont toutes les raisons d'avoir du ressentiment, car ils ont une part de la justice de leur côté. Pour tous ceux-là, il va falloir lutter contre ce ressentiment et aller au-delà, pour soi et ceux qui suivent, pour inverser le cours de l'Histoire, pour ne pas baisser la tête à nouveau, cette fois-ci devant sa propre aliénation et son propre délire de persécution.

Ces auteurs, qui ont fait ce chemin combatif et créatif, il y en a tant. Je choisis de me mettre dans les pas de Frantz Fanon, mais d'autres seraient tout aussi pertinents. Fanon, l'immense Fanon. Psychiatre et penseur de l'après-colonialisme, si génial et si terriblement jeune, jeune pour l'éternité, tant il est parti tôt. Dans la préface qu'il donne à ses *Œuvres*[1], Achille Mbembe revient sur les

---

1. « L'universalité de Frantz Fanon », préface d'Achille Mbembe, dans F. Fanon, *Œuvres*, *op.cit.*, p. 9.

« trois cliniques du réel » qui ont fondé non seulement la pensée de Fanon, mais son existence et l'exemplarité qu'il a constituée pour les autres et leurs œuvres. Trois cliniques du réel – le nazisme, le colonialisme, la rencontre avec la France métropolitaine – qui paraissent inassimilables tant les contextes historiques sont différents, mais qui tissent chez Fanon un être, lui, sa résistance et sa sublimation. Mbembe a raison de dire qu'il y a chez Fanon une « injonction de soigner », notamment ceux qui comme lui se sont retrouvés enserrés dans les diktats de ces trois ordres majoritaires, imbus et meurtriers. L'injonction au soin peut fonder une morale, cette éthique destituant la réification, luttant certes contre, mais petit à petit produisant son invalidation théorique et juridique, ce pas de plus dans la clinique du réel. Soigner, c'est soigner jusqu'au bout, du moins le tenter, c'est créer un nouvel ordre des choses pour l'individu. Ici, soigner, c'est dénoncer les blessures du colonialisme et du nazisme, démontrer leur violence absolue, les faire basculer du côté des crimes, des crimes contre l'humanité et leur imprescriptible, la Shoah et l'esclavage. C'est ouvrir le futur par l'imprescriptible.

Jankélévitch a bien montré comment cet « imprescriptible » est essentiel pour fonder l'é/État de droit, au sens où ce dernier forme une idée régulatrice pour la justice démocratique stipulant qu'elle sera responsable là où les autres régimes ne le sont pas. À l'inverse, elle assumera la continuité de l'Histoire et pourra « réparer », ou plus aisément faire un travail historiographique et critique sur sa propre chronologie et les événements qui la parcourent, comme celle qui a précédé son avènement constitutionnel. Être un é/État de droit, c'est assumer un autre rapport à la vérité historique, affronter les trous noirs de l'Histoire, ne plus se contenter d'une Histoire officielle. C'est choisir le dur enseignement de l'histoire « scientifique », basée sur les faits, déconstruisant sans cesse leur réécriture par les parties prenantes. Cette « querelle des historiens » est au cœur du processus démocratique. Chez Fanon, il est question « de la lutte et du futur qu'il faut ouvrir coûte que coûte. Cette lutte a pour but de produire la vie, de renverser les hiérarchies instituées par ceux qui se sont accoutumés à vaincre sans avoir raison, la violence abso-lue jouant, dans ce travail, une fonction désintoxicatrice et instituante. Cette lutte [...] vise d'abord à détruire ce qui détruit, ampute, démembre, aveugle et provoque peur et colère – le devenir chose[1] ». Fanon combat vaillam-ment le ressentiment parce qu'il sait *accueillir la plainte*[2] sans s'y résoudre. Il n'en fera pas une double peine, il *soignera*, optera pour ce soin capacitaire qui produit la résilience après la blessure, pour faire jaillir « un sujet humain inédit », tout droit sorti du « mortier du sang et de la colère[3] ».

La lutte contre le ressentiment n'est pas une partie de plaisir, elle fait mal alors même qu'on lutte contre un autre mal. Lutter contre le mal ne protège pas d'emblée. Le temps sera nécessaire pour ne plus avoir le sentiment de trahir sa propre cause en s'émancipant de sa propre souffrance. Le chemin de l'émancipation passe aussi par là : reconnaître certes sa souffrance, mais surtout s'en séparer, la laisser derrière soi, non pour l'oublier sans

1. *Ibid.*, p. 10.
2. *Ibid.*
3. *Ibid.*

produire d'efficace, mais pour construire, car il faut apprendre – c'est le prix d'une névrose relativement saine – à ne plus répéter, à ne pas s'installer comme chez soi dans la répétition de la douleur ; il faut renoncer ainsi à ce qui a été en partie soi, mais en partie seulement. Il faut se convaincre que là n'était pas le soi, lequel est destiné à l'ouverture, au futur. « Libre du fardeau de la race et débarrassé des attributs de la chose », écrit encore Mbembe de Fanon, où l'on voit d'ailleurs que le fin fond de l'histoire de la racialisation demeure la réification.

Fanon n'aura de cesse de traquer les aliénations sociales et psychiques du colonialisme, produisant la folie chez le sujet réifié, le transformant en otage de sa propre souffrance : « en situation coloniale, le travail du racisme vise, en premier lieu, à abolir toute séparation entre le moi intérieur et le regard extérieur. Il s'agit d'anesthésier les sens et de transformer le corps du colonisé en chose dont la raideur rappelle celle du cadavre[1] ». Ce travail conjoint, historiographique et de soin, philosophique et psychanalytique, qui amène un peuple et un individu à forger leurs propres sillages dans le monde, à s'extraire de la tutelle et de la chosification, de manière articulée, Fanon l'appelle « déclosion[2] » du monde, comme s'il faisait écho à son contraire, la forclusion : ce qui enferme le sujet et qui le transforme par la suite en parfait geôlier de lui-même. La déclosion est, à l'inverse, la sortie de ce magma émotionnel dramatique qui produit des identités captives de leurs « cultures ». Terme

1. *Ibid.*, p. 11.
2. *Ibid.*, p. 12.

parfait pour dire l'entrelacement des histoires collectives et individuelles, pour cerner comment les pathologies des sujets sont nécessairement intriquées dans l'Histoire qu'elles traversent ; la psychodynamique reste la vérité de la pathologie individuelle, au sens où même si celle-ci peut avoir des dispositions génétiques propres, il n'en demeure pas moins que le contexte socioculturel, économique, institutionnel, familial, sera déterminant pour orienter celles-ci et, bien sûr, pour les corriger. À ce titre, la clinique contemporaine montre bien comment l'immigration, l'exil forcé, les déplacements massifs des populations précaires, déplacements non souhaités, comment ces différents événements consolident un certain type de pathologies et de psychoses, inhérentes à l'exil, nécessairement post-traumatiques, auxquelles il est possible d'ajouter les pathologies spécifiques de certaines cultures encore influencées par la religion, les délires hallucinatoires, la superstition.

« Déclosion » fait écho, pour la destituer là encore, à la « logique de l'enclos[1] », selon laquelle les individus des groupes minoritaires seront triés, regroupés, scindés, relevant d'une citoyenneté de seconde zone. Devenir « sain », tel est l'enjeu pour l'homme, pour tout homme et, ici, pour tout homme noir. Un seul enjeu : « se libérer de lui-même ». Fanon ouvre ainsi son texte *Peau noire, masques blancs* (1952) en faisant référence à Aimé Césaire, un autre grand homme de la libération humaniste, coloniale et post-coloniale, qui porte un enseignement universel : « Je parle de millions d'hommes à qui on a inculqué savamment la peur, le complexe d'infériorité, le trem-

1. *Ibid.*, p. 19.

blement, l'agenouillement, le désespoir, le larbinisme[1]. »
C'est bien à eux que Césaire et Fanon s'adressent, à ceux
qui ont subi l'obligation du « larbinisme », à cause de
la couleur de leur peau, de leurs origines culturelles ou
sociales, de leur sexe, tous ceux à qui l'on a enseigné
l'agenouillement, soit le contraire même de l'apprentissage, au sens où l'on a cherché à transmettre le contraire
même de l'esprit critique, de cet aiguillon qui tient l'esprit alerte et le corps debout. Et cette sentence qui ouvre
l'introduction, et qui peut meurtrir ceux qui le sont déjà
parce qu'on refuse de les « ontologiser » en tant que
Noirs : « Dussé-je encourir le ressentiment de mes frères
de couleur, je dirai que le Noir n'est pas un homme. »
Toute personne est un être humain, quelle que soit sa
couleur ; en revanche, celui qui se laisse définir par sa
seule couleur, celui-là peut prêter le flanc, sans nécessairement en prendre conscience, à la réification. C'est là
une visée très universaliste, qui a été beaucoup critiquée
par les études coloniales et post-coloniales ; et le débat
continuera à l'infini, car la revendication noire et la revendication universaliste peuvent marcher de concert ou à
l'inverse s'opposer. Ce que dit Fanon peut blesser car il
ne flatte pas l'individu dans son complexe identitaire. Il
l'invite au contraire à sublimer d'emblée cette origine,
non pas à la nier ni même à la refouler, mais à la sublimer, à immédiatement se situer au-delà et ailleurs pour
être au monde et le construire. « Nous ne tendons à rien
de moins qu'à libérer l'homme de couleur de lui-même[2]. »

---

1. Aimé Césaire, *Discours sur le colonialisme*, 1950.
2. F. Fanon, *Peau noire, masques blancs* (1952) dans F. Fanon, *Œuvres*,
op. cit., p. 64.

L'homme noir n'a pas à se soucier de l'homme noir, il a à se soucier de l'homme. « Le Blanc est enfermé dans sa blancheur. Le Noir dans sa noirceur[1]. »

C'est à cette libération de sa propre communauté que Fanon invite. Il veut saisir derrière la spécificité d'une culture, d'un sexe, d'une histoire, le point saillant de l'universalité, non pour glorifier le désincarné, mais pour ouvrir le destin du monde à tout individu : « Nous n'aurons aucune pitié pour les anciens gouverneurs, pour les anciens missionnaires. Pour nous, celui qui adore les nègres est aussi malade que celui qui les exècre. Inversement, le Noir qui veut blanchir sa race est aussi malheureux que celui qui prêche la haine du Blanc[2]. » Le Noir et le Blanc sont des « esclaves », le premier de sa prétendue « infériorité », le second, de sa prétendue « supériorité[3] », tous deux esclaves d'une « névrose », transmise de génération en génération, et validée par les manquements individuels de chaque sujet renonçant à produire une subjectivation digne de ce nom. Une forme de névrose en miroir se dessine alors, pour tous ceux qui sont incapables de « s'évader de [leur] race[4] », chacun tissant avec la névrose de l'autre pour maintenir la sienne.

Chez Fanon, la description du ressentiment se fait plus clinique, dans le sillage de Minkowski[5], rappelant ce qu'il a de commun avec le type « négatif-agressif », voire passif-agressif, celui qui peut avoir l'obsession du passé, de ses frustrations, de ses échecs, le tout paralysant

1. *Ibid.*, p. 65.
2. *Ibid.*, p. 64.
3. *Ibid.*, p. 105.
4. *Ibid.*, p. 114.
5. *Ibid.*, p. 118-119.

« l'élan vers la vie[1] ». Avant la traduction politique du ressentiment au niveau plus collectif, lorsque le nombre va venir rassurer le faux sujet et l'inciter à devenir plus vindicatif, précisément parce qu'il peut disparaître derrière le nombre et ne pas porter seul les conséquences de sa vindicte, l'homme du ressentiment pratique une forme d'introversion, de dissimulation, d'hypocrisie typique des soumis – non que l'hypocrisie soit nécessairement le corollaire d'une soumission – et s'enferme dans ses contradictions : honnir les autres, et en même temps s'en remettre à eux pour changer sa situation. « Son repliement sur lui-même ne lui permet de faire aucune expérience positive qui compenserait son passé. Aussi l'absence de valorisation et, partant, de sécurité affective est chez lui presque complète ; de là un très fort sentiment d'impuissance en face de la vie et des êtres, et le rejet total du sentiment de la responsabilité. Les autres l'ont trahi et frustré, et c'est pourtant des autres seuls qu'il attend une amélioration de son sort[2]. » Et Fanon de citer Germaine Guex, pour clore le portrait de cet homme rongé par la « non-valorisation » de lui-même qui agit telle une obsession produisant précisément chez lui un sentiment « pénible et obsédant d'exclusion », le vouant à l'insécurité affective définitive et donc abandonnique, le maintenant dans la répétition, « faisant inconsciemment tout ce qu'il faut pour que la catastrophe prévue se produise[3] ».
Le diagnostic de Guex fait écho au besoin insatiable

1. Eugène Minkowski, *La Schizophrénie* (1927), cité dans F. Fanon, *Peau noire, masques blancs, op. cit.*, p. 118.
2. *Ibid.*, p. 119.
3. Germaine Guex, *La Névrose d'abandon*, PUF, 1950, p. 35-36 ; cité dans F. Fanon, *Peau noire, masques blancs, op. cit.*, p. 118.

de réparation, inassouvissable, bien vu également par Scheler, qui rend l'homme du ressentiment prisonnier de son mal, et qui nous oblige, en soin préventif, à faire tout ce qui est en notre pouvoir, individuellement, collectivement, institutionnellement, pour empêcher qu'il ne bascule dans un état quasi irrécupérable, et notamment parce que la réparation ne sera jamais considérée comme close. Le sujet produit alors le maintien de l'insuccès : il n'est capable de produire que les conditions de son échec, tout empêtré qu'il est dans sa névrose sévère (dans le meilleur des cas) et plus souvent déjà piégé par la psychose ressentimiste. C'est là que le travail de l'écrivain et du poète est si déterminant, car il nous permet par le style de nous échapper, de reconnaître l'ampleur de la mutilation et d'aller vers la cicatrisation par le biais de cette stylisation pleine de génie.

« Il n'y a pas dans le monde un pauvre type lynché, un pauvre homme torturé, en qui je ne sois assassiné et humilié. » Ces lignes sont encore celles de Césaire et elles ouvrent le quatrième chapitre de *Peau noire*. Césaire est sans ambages : il est l'humilié, l'assassiné. Il porte en lui cette flétrissure qui s'abat sur les hommes nés dans « telle » culture que l'Histoire va juger arbitrairement « inférieure ». Non que tout ce qui traverse les cultures soit à relativiser et à non-hiérarchiser. Bien au contraire, chaque culture a cette obligation de faire lien avec l'universel et le sens critique, et de faire évoluer la liberté de penser, en lien étroit avec l'esprit scientifique. Chaque culture a des pans entiers honteux, qu'il faut passer au crible de la critique et réformer. Mais il ne s'agit pas ici de cela. Il s'agit de l'universelle condition de l'homme malmené par les autres, pour aucune raison valable si ce ne sont les névroses délirantes de chacun, ce qu'on projette sur l'autre, en bien ou en mal, et voilà que cela fait des destinées collectives. Alors Césaire prend sur lui ce fardeau et devient cet homme malmené, ce « pauvre homme ». Mais à l'instant même où il écrit ce « pauvre homme », cela n'a plus aucune prise sur lui. Telle est la force du style : dire et s'échapper, dire et ne pas être dit par l'autre, mais à l'inverse prendre la main sur la vie, l'existence, sa propre existence et celle des autres, au sens où elle inspirera la vie des autres, au sens où elle la portera, prendre la main sur le langage, alors même que le colonialisme est une entreprise de spoliation de la langue. C'est Césaire, l'écrivain splendide, qui prend la langue de l'autre, et qui en fait une langue universelle, pour dire le mal et son dépassement. Par son écriture, il reconnaît l'homme « humilié », l'adoube, le légitime, le répare, le libère. Bien sûr la poésie ne suffira pas, et l'action soldera ce qui a été initié, là, d'abord, comme événement poétique.

Dans le chapitre « Le noir et le langage », Fanon revient sur la condescendance des colons lorsqu'ils croisent le « Noir », lui parlant immédiatement « petit-nègre », faisant mine d'oublier que celui-ci a une langue, une culture, un pays, une dignité. « On me traitera d'idéaliste, déclare Fanon, mais non, ce sont les autres qui sont des salauds[1] » : « Vous êtes au café, à Rouen ou à Strasbourg, un vieil ivrogne par malheur vous aperçoit. Vite, il s'assied à votre table : "Toi Africain ? Dakar, Rufisque, bordels, femmes, café, mangues, bananes..." Vous vous levez et vous partez ; vous êtes salué d'une bordée de

---

1. F. Fanon, *Peau noire, masques blancs*, *op. cit.*, p. 83.

jurons : "Sale nègre, tu ne faisais pas tant l'important dans ta brousse."[1] » Alors quand Fanon écrit simplement que *l'homme est mouvement vers le monde et vers son semblable*, c'est une immense claque invisible mais éternelle qu'il balance dans la tête de l'abruti, une claque magistrale sans bruit, celle du style et de l'émancipation par le style. Où est le ressentiment ici ? Nul doute qu'il se situe chez celui qui se croit « supérieur » et dont la réalité fait peine à voir.

2

L'UNIVERSEL AU RISQUE
DE L'IMPERSONNALITÉ

Ce sont les années 1950 mais ce sont aussi nos années. Fanon arrive en métropole et se découvre « objet au milieu d'autres objets[2] », sans cesse réifié par le regard et les comportements des autres. Mais il refuse « toute tétanisation affective[3] ». Il entre en lutte non contre les autres mais contre lui-même et sa propension victimaire : non, ils n'auront pas sa peau une deuxième fois, et le combat ne fera que commencer. Fanon a pris la tangente de l'écriture et de l'action militante : « Je voulais être homme, rien qu'homme. D'autres me reliaient aux ancêtres miens, esclavagisés, lynchés : je décidai d'assumer. C'est à travers le plan universel de l'intellect que je comprenais cette parenté interne – j'étais petit-fils d'esclaves au même titre

1. *Ibid.*
2. *Ibid.*, p. 153.
3. *Ibid.*, p. 155.

que le président Lebrun l'était de paysans corvéables et taillables[1]. » *Assumer à travers le plan universel de l'intellect*, tout est dit pour comprendre un cheminement possible de la sortie du ressentiment, une victoire sur soi et les autres ; voilà comment on fait, on se déplace sur le plan universel, précisément sur ce plan qu'on vous dénie. Mais ne soyons pas dupes de ce déni, il est rarement conscient ; souvent, en face, c'est seulement l'ivrognerie. Le vrai adversaire est rare et son mépris est toujours plus délicat à contrer. Mais même ce mépris-là n'est rien face à celui qui prend sur soi la charge d'assumer *les parentés internes* qui nous lient les uns aux autres, nous tous humiliés, nous tous renaissants.

Souvent l'on m'a accusée de n'être pas « féministe », de ne pas avoir assez mêlé à mes travaux ceux des *gender studies*, de ne pas pratiquer l'écriture inclusive, d'avoir le réflexe de féminisation des noms très faible, disons inexistant. Pourtant, le féminisme est inséparable chez moi de l'humanisme. Je comprends très bien les chemins des femmes qui ont produit un féminisme de conquête, il est essentiel, j'ai même le sentiment de le porter haut, en héritage, et d'en assumer la charge. Il n'y a pas de petit objet dans la lutte, même si chacun a le droit de choisir ses combats. Je ne méprise ni l'écriture inclusive ni la féminisation des noms, mais je viens d'un autre monde, celui de l'universalisme enseigné. C'est ainsi. Et les penseurs des *gender studies* ont été aussi importants dans mon parcours, tant je sais que l'identité est en grande partie une fiction sociale, et comment la société nous assigne à résidence. Être noir,

1. *Ibid.*, p. 155-156.

juif, musulman, être femme. Toi, là. Toi, ça. Soyons honnêtes un instant. Être femme, je ne sais sincèrement pas ce que cela signifie et l'Histoire m'enseigne que c'est loin d'être une panacée dans ce monde-ci, que c'est au mieux une erreur, une insuffisance, au pire un drame et quelque chose qu'il faut faire disparaître ou posséder, comme un gros caillou d'or qu'on s'échange entre hommes. Ces hommes-là, pris au piège de ce délire, je n'ai pas de compassion pour eux. Je me tiens à distance pour éviter comme je peux leur furie abrutie, leur dangerosité. Heureusement, ils sont assez nombreux, les autres, hommes et femmes par accident, avec lesquels je chemine sur ce terrain de l'humanisme, ceux qui acceptent de m'enseigner quantité de choses sans condescendance, qui me gratifient même de leur amour ou de leur amitié, de leur respect, qui ont peut-être vu en moi une femme, mais qui ont fini par l'oublier, du moins pour qui ce n'est pas si important. Moi, en tout cas, je ne sais pas bien ce que c'est, et cela reste un sujet bien faible par rapport à quantité d'autres, par rapport à ce que Mallarmé nomme *l'aptitude qu'a l'Univers à se voir*, ou encore ce qu'il désigne comme *l'impersonnel*. Quand on lit les poètes, on découvre à quel point le respect pour la personne, homme ou femme, noir ou blanc, ou x, peut être aussi le lieu de la grande reconnaissance de l'impersonnel, comment cette grande histoire de l'individuation a quelque chose à voir avec celle de la disparition. Le 14 mai 1867, Mallarmé écrit à Cazalis : « Je suis maintenant impersonnel et non plus Stéphane que tu as connu, mais une aptitude qu'a l'Univers Spirituel à se voir et à se développer, à travers ce qui fut moi. » Déclaration de dépersonnalisation, avais-je écrit dans

Mallarmé et la parole de l'imâm. Une déclaration que Fanon aurait pu revendiquer, j'en suis sûre.

Cette liberté de l'impersonnalité, je l'ai goûtée jeune, comme la lumière sur soi, comme le soleil chaud sur soi. J'ai vu comment « être femme » n'aurait aucun sens, tout comme « être homme » – certes, sans doute plus simple, car l'homme peut être plus facilement dupe de la fausse équivalence entre homme et être humain. Mais sincèrement, le leurre tombe vite pour celui qui est un brin plus raisonnable que ses comparses. En revanche, il est vrai que l'idiotie des autres fait plus aisément « monde », que la caverne est grande pour accueillir tout ce petit monde qui croit être d'emblée au rendez-vous de l'universel et de l'humanité. Le problème d'ailleurs n'est pas qu'ils le croient mais qu'ils revendiquent d'être les seuls à pouvoir se leurrer ainsi, et qu'ils appellent cela vérité. Après tout, le droit à la grande illusion pourrait être plus généreux.

Ne croyons pas qu'il soit aisé, même pour Fanon, si talentueux, d'aller vers l'au-delà du ressentiment. Les envies de perdre espérance sont là. Les fatigues devant le monde sont là. Les atermoiements sont là. « Pourtant, de tout mon être, je refuse cette amputation[1] », écrit-il, alors qu'il conte *l'expérience vécue du Noir*. « Je me sens une âme aussi vaste que le monde, véritablement une âme profonde comme la plus profonde des rivières, ma poitrine a une puissance d'expansion infinie. » Ils sont nombreux ces individus qui ont mal à leur être, mal de ressentir la profondeur du monde et d'être déconsidérés par leurs congénères. Oui, l'on pourrait s'apitoyer sur leur sort, on pourrait même leur donner raison, mais ce serait

1. *Ibid.*, p. 176

213

oublier les ruses dont use le ressentiment pour propager son mal. En dernière instance, l'individu est responsable, du moins doit-il le croire, faire comme s'il était responsable ; c'est là une fiction plus régulatrice que celle de la déresponsabilisation. Il ne s'agit pas de se poser comme coupable ou d'accepter la non-valorisation de soi-même par les autres. Il s'agit de comprendre qu'en dernière instance le sujet demeure sujet en refusant l'« amputation », la déconsidération incessante, sûre d'elle et si bête, mais de cette bêtise mécanique, très efficace, systémique, qui peut parfois être aussi institutionnelle. Une fois posé le pied dans l'universel, ce n'est pas fuir ce que l'on est. La dépersonnalisation est personnalisation. Contradiction ? Non, simple paradoxe, comme nous l'enseigne la philosophie morale de Jankélévitch. Car si l'universel était effacement délibéré de la personne, il serait refoulement, voire déni, et finalement l'ombre de lui-même, un outil à la solde de l'impérialisme culturel. L'universel accueille en son sein toutes les singularités, du moment qu'elles sont prêtes à tenter l'aventure de la sublimation.

> J'ai à peine ouvert les yeux qu'on avait bâillonnés, et déjà l'on veut me noyer dans l'universel ? [...] J'ai besoin de me perdre dans ma négritude, de voir les cendres, les ségrégations, les répressions, les viols, les discriminations, les boycottages. Nous avons besoin de toucher du doigt toutes les plaies qui zèbrent la livrée noire.

Dans l'analyse, il y a souvent ces différents moments de verbalisation, sans ordre prédéfini. Et parfois le cycle recommence, car la réminiscence de la douleur existe. Aucune séance n'est jamais close ; il y a bien un parcours selon lequel il est possible de parler d'une évolution, mais il y aura toujours de l'incurable et, avec lui, des moments de butée, des arrêts, des meurtrissures, des relents, et là, l'analysant devra de nouveau reprendre le métier de tissage, ne pas céder à l'aigreur qui l'accapare, à l'amertume bien réelle et justifiée.

Nous avons tous des raisons de souffrir de nos insuffisances et des injustices subies. Fanon aspire à l'universel, à être simplement un homme, mais il voudrait aussi se jeter à corps perdu dans sa « négritude » comme s'il s'agissait là d'un océan des plus élémentaires, un océan pour tous, un universel précisément. Et c'en est un également. Moi aussi j'aimerais me perdre dans la négritude comme si c'était la mienne, et d'ailleurs le compagnonnage avec Fanon permet aussi cela, de voir combien les *parentés internes* sont grandes entre nous tous.

Si la littérature porte en elle la vérité de l'humanité, c'est parce que à travers le style nous pouvons tous expérimenter cette négritude, la nôtre ensevelie, ou bien visible, cette réalité de l'homme et de la femme, la grande douleur océanique du manque, de n'être rien, d'être *la dernière des damnées*. Comme Fanon, j'ai fait ce chemin, « continuant à inventorier le réel, m'efforçant de déterminer le moment de la cristallisation symbolique, je me suis trouvé tout naturellement aux portes de la psychologie jungienne[1] ». Ces portes m'avaient inspiré la notion d'individuation, et par extension celle d'irremplaçabilité, d'y revenir pour faire un sort à celle d'individualisme bien insuffisante pour comprendre la richesse du processus et surtout sa possible connivence avec la création

1. *Ibid.*, p. 213.

d'un monde commun, au sens arendtien, à savoir l'état de droit.

En analyse, parfois, certains patients trépignent ; ils ont le sentiment de faire du surplace, d'avoir compris tant de choses mais d'être pourtant pris au piège de la roue du ressentiment. Là, dans la séance, ils viennent déposer l'aigreur, la jalousie ou l'envie qui peuvent les étreindre, dire qu'ils n'en veulent pas, mais que c'est là, et qu'il faut bien le déposer quelque part, s'en excuser et s'énerver contre leur analyste, l'apostropher personnellement, irrités par ce miroir qui peut garder le silence et dont ils scrutent le moindre regard ou soupir.

Fanon, parce qu'il est psychiatre, et qu'il aurait été un parfait psychanalyste si le temps lui en avait laissé l'opportunité, sait bien décrire ces individus dans la séance, et notamment quelques spécificités concernant ceux qui se vivent comme « noirs », et comment cela reste une aliénation au sens où ils vont toujours chercher à se comparer, à se dévaloriser ou à se revaloriser. Épuisant qu'au sein même de la séance la comparaison ne puisse pas s'arrêter. Elle s'arrêtera plus tard si la cure opère son travail salvateur. Mais dans les premiers moments, l'individu qui se ressent noir n'a même pas l'inconscient pour le sortir de là, au sens où l'inconscient collectif dans lequel il baigne, lui le colonisé, lui l'Antillais, rappelle Fanon, cet inconscient collectif n'est pas solidaire de la structure cérébrale personnelle dudit Antillais, mais relève de « l'imposition culturelle irréfléchie », selon laquelle « être noir », c'est forcément être du côté obscur, étranger, du côté du mal, du côté de la non-lumière. Il faut être noir pour penser cela, pour oser se faire mal à ce point, et croire que parce que l'on est noir alors on n'est pas lumineux. C'est si irréel, si faux, que cela paraît être une sottise. Comment un être peut-il penser cela de lui-même, cela n'a pas de sens, dirons-nous, tous ceux qui ne sont pas noirs physiquement. Mais l'évidence tombe lorsqu'on fait un tour du côté des inconscients collectifs et individuels qui viennent livrer quelques secrets des névroses collectives et individuelles. Là, la bêtise humaine, globale, celle des hommes entre eux, jouant à se haïr, se révèle : « Dans l'inconscient collectif de l'homo occidentalis, le nègre, ou, si l'on préfère, la couleur noire, symbolise le mal, le péché, la misère, la mort, la guerre, la famine. Tous les oiseaux de proie sont noirs. En Martinique, qui est un pays européen par son inconscient collectif, on dit, quand un nègre *bleu* vous fait une visite : *"quel malheur amène-t-il*[1] *?"*. »

Ces êtres qui portent sur eux le fardeau de la « mauvaise » naissance, de ce qu'ils croient être la mauvaise naissance ou auxquels on explique qu'elle est en effet bien mauvaise, sont innombrables, et le nombre ne faiblit pas. Il faut réparer ensuite ce mal qu'ils se font à eux-mêmes, qu'ils ont intériorisé jusqu'à le parer des meilleures justifications ; le réparer est tout sauf simple, voire improbable ; là encore, le chemin que j'expérimente le plus, en tant qu'analyste, reste celui de la création d'autre chose, d'une vérité future possible qui ne soit pas confisquée par la réalité de l'aliénation. Ce mal qu'ils se font à eux-mêmes, tous ceux qui ont été jugés par la société en dehors des clous de la respectabilité l'ont ressenti, un instant au moins, et parfois celui-ci dure depuis toujours : ce sont des femmes, des étrangers, des hommes qui

1. *Ibid.*, p. 216.

aiment les hommes, des femmes qui aiment les femmes, des hommes qui se vivent seulement comme « fils », non reconnus par leur père, non aimés par leur mère, la liste est infinie, et leur dignité est immense, et leur travail analytique si respectable qu'on voudrait pouvoir être bien plus douée qu'on ne l'est pour les servir dans cette entreprise grandiose de la sublimation. Cette histoire des singularités abîmées, à côté de la grande Histoire, est aussi la vraie histoire, celle des individualités en marche, qui construisent la liberté et la désaliénation, seuls, avec des alliés qu'ils se sont choisis.

> Les nègres sont comparaison [...], ils sont toujours tributaires de l'apparition de l'Autre. Il est toujours question de moins intelligent que moi, de plus noir que moi, de moins bien que moi. Toute position de soi, tout ancrage de soi entretient des rapports de dépendance avec l'effondrement de l'autre[1].

La sentence est vraie pour tout homme du ressentiment : il faut bien comprendre le mécanisme tortueux, régulier, panoptique ; le sujet ne prend connaissance de soi qu'à travers la rivalité mimétique (René Girard), sous l'œil de l'autre, par rapport à l'autre, et surtout il attache sa valeur à celle de l'autre, et sa réassurance à la dévalorisation de l'autre. S'il n'y a pas « effondrement » de l'autre, vécu seulement comme partie adverse, rivale, concurrente, il y a risque d'effondrement de soi-même, car l'homme du ressentiment est un « moi » inexistant, très infantile, à l'intelligence émotionnelle fébrile : il ne peut envisager un monde où les singularités peuvent coexister.

1. *Ibid.*, p. 233-234.

Si quelque chose est donné à l'un, c'est que forcément cela lui est ôté, à lui, qu'il est victime de cet ordre-là. Il ne peut pas admirer autrui. Il peut seulement jalouser ou envier ; et cela provoque en retour son propre effondrement psychique. Mais il n'en a cure, car le mal allant, il devient de plus en plus imperméable à sa maladie. « Être dépendant de l'effondrement de l'autre » – voilà ce que provoque le mal du ressentiment, et nous pouvons ouvrir la sanction, la généraliser à l'environnement historico-social de l'individu –, c'est être dépendant de l'effondrement du monde, du déclin. Il faut se persuader du déclin du monde pour enfin faire s'épanouir sans honte aucune son propre ressentiment et jouir de sa victimisation.

À l'inverse de cette dépendance à l'effondrement de l'autre, Fanon déploie un plaidoyer pour l'homme, simplement l'homme, ni blanc ni noir, et cet homme, c'est lui, lui aussi, lui avec, lui malgré. « Je suis un homme, et c'est tout le passé du monde que j'ai à reprendre[1]. » L'Histoire qui nous précède, l'Histoire des peuples, celle de la liberté au combat, partout dans le monde, tentant d'élaborer une histoire plus commune, celle de la civilisation humaniste, du perfectionnement humain dirait Condorcet, ce récit qui relève autant de la littérature que du réel, autant du désir, de la volonté que de certains faits, oui cette histoire est « écrite », voulue, désirée, orientée ; elle est « vraie » dans ce sens, parce qu'elle est construite, qu'elle tente d'être plus que ce qu'elle n'est, qu'elle tente d'être féconde d'un futur plus grand, de ne pas trop faire honte à l'état de droit prochain. Fanon refuse d'être assigné à sa seule mémoire collective, celle-ci

1. *Ibid.*, p. 247.

et pas celle-là, comme si les mémoires des hommes pouvaient être scindées et réparties comme les terres. Fanon invente la seule morale viable pour les Noirs, une morale à destination de tous, une morale qui ne « veut pas être la victime de la Ruse d'un monde noir[1] ».

Je sais bien qu'il y a d'autres façons de faire pour restaurer un orgueil blessé. Mais, si légitimes soient-elles, elles n'ont pas la durabilité de la méthode universaliste. Les *post-colonial studies*, les *cultural studies*, les *subaltern studies* sont essentielles, car elles nous apprennent souvent à déconstruire l'histoire dans sa version majoritaire. Nous devrions savoir le faire sans elles, mais ce n'est que rarement le cas. Leur apport est donc décisif. Cependant, comme tout courant, elles doivent veiller à rester critiques d'elles-mêmes, à ne pas se laisser aller à la binarité, à l'essentialisation qu'elles combattent souvent par ailleurs ; dès lors, le pacte avec la notion d'universel est nécessaire et reprend ses droits. La diversité, test de crédibilité de l'universalité, mais l'universalité, test de crédibilité de la diversité.

3

SOIGNER LE COLONISÉ

« Je dois me rappeler à tout instant que le véritable saut consiste à introduire l'invention dans l'existence[2]. » Cette citation, chacun devrait la chérir car elle est une

---

1. *Ibid.*, p. 249.
2. *Ibid.*, p. 250.

porte sur un coin d'horizon, une ligne à investir pour se sortir de la nasse ressentimiste. « Dans le monde où je m'achemine, je me crée interminablement[1]. »

Cette création vitaliste de soi par soi, on la trouve chez Bergson, et plus inauguralement, même si le sens diffère grandement car la place du « moi » est encore assez inexistante dans l'Antiquité, avec cette sculpture de soi, très liée alors – et avec raison – au monde environnement, à la cité et au cosmos. Le paradoxe qu'il faut saisir ici, c'est comment l'idée d'invention est compatible avec celle d'héritage. Nous sommes dépositaires de l'avant, de ce passé interminable tant il structure nos névroses ; nous sommes les héritiers de ces vies autres, multiples, et nous cherchons ce qu'elles pourraient bien nous transmettre, parfois malgré elles. « Je ne suis pas esclave de l'Esclavage qui déshumanisa mes pères[2]. » S'il fallait poser une seule vérité humaniste, ce serait celle-ci : rien ne doit enfermer un être, certainement pas les autres, mais certainement pas lui-même, par son inaptitude à la liberté (Wilhelm Reich) ; ni le passé ni l'avenir bouché. Il faut protéger l'humanisme qui protège les hommes de leurs insuffisances et leur « complaisance dans le morbide[3] » ; il faut les « soigner » pour qu'ils aient envie de continuer à « chercher ». « Il y a de part et d'autre du monde des hommes qui cherchent[4]. » Certains s'étonneront peut-être que « chercher » soit un enjeu, et encore plus que « chercher » soit d'une certaine manière un résultat du

---

1. *Ibid.*, p. 250.
2. *Ibid.*, p. 250.
3. F. Fanon, *L'An V de la révolution algérienne* (1959), dans F. Fanon, *Œuvres, op. cit.*, p. 265.
4. F. Fanon, *Peau noire, masques blancs, op. cit.*, p. 249.

soin porté aux êtres. Pourtant, « chercher » reste un défi majeur de l'existence, une façon d'articuler le désir et l'action. « Chercher » décrit cela : la mise en mouvement d'une intelligence, d'une volonté, et puis sa tentative d'expérimentation, de ne pas en rester à la seule théorisation. Ainsi, pour l'analyste que je suis, prodiguer un soin, c'est permettre aussi à l'analysant de se remettre en quête de, lui qui a souvent perdu le désir des choses ou de la vie, le rendre capacitaire au sens où il pense pouvoir déployer de nouveaux possibles et écrire un nouveau pan de sa vie, sans être l'esclave de la névrose collective. Ronald Laing[1] parle des « nexus » dans lesquels nous sommes empêtrés : nexus familial en premier lieu, ce nœud fait des névroses des autres, de ceux qui nous ont précédés ; mais également nexus culturel, le grand nœud de la névrose collective, mais aussi le nœud des névroses bilatérales (si je peux m'exprimer ainsi) car nous sommes imbriqués dans des grands cercles mais aussi dans des face-à-face plus intimistes et générateurs de conflits. Le « moi » est souvent fils ou fille de, conjoint ou conjointe de, frère ou sœur de, etc. Et voilà que les névroses se divisent, se doublent, et les nexus deviennent des sortes de fractales qui forment des plis dont Deleuze et Leibniz ont peut-être le génie, mais que souvent les individus peinent à interpréter. Soigner les individus : leur donner accès aux plis et surtout à leur herméneutique créatrice. La fin de la répétition commence ici, dans cette possibilité

---

1. Ronald Laing, dont j'aime l'écriture et même la pratique du soin – alors qu'il a été, à juste titre parfois, fortement critiqué sur ladite pratique : tous ceux qui tentent peuvent heurter, se tromper, et précisément produire grâce à leurs erreurs des avancées importantes, portées par d'autres qui leur sont redevables.

de desserrer les nœuds, voire de les laisser derrière soi car ils sont indénouables, les couper.

Il y a des failles auprès desquelles il n'est pas bon de rester car, tel un abîme, elles aspirent, attirent par l'ampleur de leur vertige. Il ne faut pas se croire plus fort que l'on est. Devant ses névroses, il faut rester humble, courageux, certes, mais humble. Il y a des combats qu'il est préférable de ne pas mener, non pour s'agenouiller, mais pour en mener d'autres, avec une chance de victoire plus forte. Bien sûr, il ne s'agit nullement d'abandonner les combats qui s'annoncent trop compliqués, ou perdus d'avance ; si tel était le cas, il n'y aurait pas d'Histoire, pas de commencement, et précisément rien d'autre que la répétition. Ce savant mélange du combat mené et du combat laissé de côté, mais pas définitivement, est celui de l'homme libre s'essayant à l'individuation, ménageant sa peine tout en ne la ménageant pas. Rien n'est écrit à l'avance ; et trouver celui avec lequel on va élaborer une issue n'est pas aisé. Il y a les amours, les amitiés, et ceux qui soignent professionnellement.

Il faudrait dérouler quantité de critères pour expliquer l'éthique du soignant, l'éthique de la psychanalyse, aurait dit Lacan, ses limites, la juste distance à trouver, la juste empathie à prodiguer, le niveau d'implication de soi, et plus globalement l'éthique institutionnelle dans laquelle le soignant est inséré, l'organisation institutionnelle aussi, qui permet ou entrave ladite éthique. Le soin se prouve plus qu'il ne se décrète. En prenant exemple sur l'Algérie, Fanon revient sur les liens impossibles entre médecine – si elle est pratiquée par des colons, qu'ils soient ou non compétents – et population locale. On aimerait que la médecine dresse un territoire autonome, à l'abri des aliénations sociales et culturelles et surtout des violences et des préjugés, mais un tel *cercle à l'abri de* n'existe pas. « À aucun moment, dans une société homogène, le malade ne se méfie de son médecin[1].» Sentence qui rappelle ce qu'on oublie trop parfois, que toute médecine est politique, au sens où elle dépend des conditions de possibilité délivrées par le régime politique pour s'exercer de façon rigoureuse. Cela ne signifie pas qu'il n'existe pas des individus médecins dignes de ce nom, pratiquant une médecine scientifiquement et éthiquement respectable, mais que la médecine en tant que telle, en tant que politique publique de soin, n'existe pas sans l'é/État de droit. Prodiguer du soin nécessite, si l'on veut ce soin durable et efficace, d'aller au-delà de la seule technique individuelle de tel ou tel soignant, et surtout de décrypter dans quel cercle « institutionnel[2] » ce soin est inscrit. Car le consentement au soin dépendra aussi dudit consentement global institutionnel. Il est clair qu'aucun colonisé ne peut accepter un soin, si technique et pertinent soit-il, d'un médecin qui s'inscrit dans la domination coloniale, même malgré lui. Fanon raconte très bien cela, comment soigner et gouverner sont indivisibles, d'une certaine manière, au sens où l'absence d'un gouvernement démocratique respectant le droit des individus rend impossible la déli-

---

1. F. Fanon, *L'An V de la révolution algérienne, op. cit.*, p. 357.
2. « La visite obligatoire du médecin au *douar* ou au village est précédée du rassemblement de la population par les soins des autorités de police. Le médecin qui arrive dans cette atmosphère de contrainte globale, ce n'est jamais un médecin indigène mais toujours un médecin appartenant à la société dominante et très souvent à l'armée », dans F. Fanon, *L'An V de la révolution algérienne* (1959), *op. cit.*, p. 355. Le fait que le médecin soit indigène ne changerait rien à l'affaire. Il pourrait lui aussi être soupçonné d'une quelconque allégeance à l'ordre autoritaire, ce qui rendrait de nouveau le soin inopérant.

vrance d'un soin dont la nature bénéfique serait insoup-çonnable. Or le soin ne supporte pas le soupçon. La base du soin est bel et bien la confiance dans la personne et dans le système institutionnel qui vous soignent, et pas seulement dans la compétence technique.

C'est là une donnée complexe à déconstruire, car l'homme du ressentiment, du moins celui qui est sur le bord du ressentiment, encore un pied ailleurs, possible-ment guérissable, cet homme-là a besoin de soin. Or, comme tout être atteint de psychose ou de névrose sévère, il ne consent pas à ce soin, arguant déjà qu'il n'en a pas besoin, ou que le médecin est indigne de sa confiance. Dès lors, le transfert n'opère pas, la confiance n'est pas donnée, le consentement n'est pas clarifié, et tout se verrouille. Fanon appelle cela les « amoindrissements actifs », ou encore « les entailles dans l'existence du colo-nisé », autrement dit tout ce qui donne à la vie dudit colonisé « une allure de mort incomplète[1] ». Le colonisé refusant le soin dont il a absolument besoin se condamne. C'est le même mécanisme qui s'abat sur l'homme du res-sentiment. La domination coloniale a pour incidence de bouleverser tous les rapports du colonisé avec sa propre culture[2], dit Fanon, mais nous pourrions ajouter avec son propre corps ; le rapport que nous avons avec nous-mêmes étant lui-même médié par cette culture.

On se souvient de la problématique du nosoco-mial qui inquiète quantité de lieux institutionnels du soin, tant l'insuffisance d'hygiène est dangereuse pour les malades. Il existe un nosocomial psychique, celui

1. *Ibid.*, p. 361.
2. *Ibid.*, p. 363.

qui détruit la bonne ambiance d'un collectif de soin, explique Jean Oury – le harcèlement managérial, par exemple. Mais au-delà des dysfonctionnements institutionnels, il y a le dysfonctionnement plus culturel, à savoir celui du régime politique et socio-économique dans lequel le soin s'insère. Il est évident que le colonialisme produit du nosocomial, psychique et physique, indéniable qu'il empêche structurellement la délivrance d'un soin. Dès lors, soigner, c'est entrer en résistance, de façon officielle ou officieuse, c'est prouver la séparation qui est la sienne avec cette contamination plus globale, la frontière que l'on devient soi-même pour protéger le patient d'une aggravation de son état. Fanon n'est certes pas le premier à avoir conté l'histoire tragique du mariage entre totalitarisme et médecine, ou comment celle-ci détruit les corps des individus pour que le premier soit encore plus efficace. L'avènement de l'État de droit, après la Seconde Guerre mondiale, va précisément imbriquer le régime de droit et le droit à la santé, certes du côté de l'universalité de la sécurité sociale (en France), mais va produire un seuil qualitatif et protecteur des valeurs médicales notamment, posant les règles de l'intégrité scientifique médicale. En ce sens, théoriquement, les valeurs et les principes de l'État de droit sont protecteurs du corps des individus.

C'est là un point très concret et qui d'ailleurs montre, dans son côté positif, que tout État de droit se présente comme un régime biopolitique. En revanche, ce régime biopolitique doit être au service du corps des individus et de leur liberté ; et c'est bien là tout le problème, car derrière les bonnes intentions sommeillent et virevoltent des intentions plus conservatrices et liberticides. Résultat, beaucoup militent à juste titre, dans la tradition libérale, pour produire une théorie du gouvernement limité, qui laisse le corps des citoyens en dehors de ses prérogatives. C'est sur le papier la bonne solution, mais seulement sur le papier car, encore une fois, l'absence étatique ou institutionnelle de régulation ne veut pas dire absence d'interférences sur le corps des hommes et des femmes. Dès lors, il vaut mieux, certes dans une optique la plus minimale possible, mais néanmoins irréductible, veiller à produire un impact positif de la politique sur les corps individuels, ce « positif » étant défini par les citoyens eux-mêmes, en confiant cette réflexion à la représentation nationale et/ou en l'assumant plus directement par des actions de démocratie participative et de désobéissance civile. Lorsque Fanon décrit la consultation entre le médecin et le colonisé, le télescopage incessant des malentendus, chacun découvre dans sa description cette situation bien connue d'un impossible soin à prodiguer, à partir du moment où le cadre ambiant est biaisé par les rapports de force et de domination. C'est assez semblable avec l'homme du ressentiment qui se vit d'ailleurs très souvent comme un « colonisé » en sa demeure, comme un être humilié, dépossédé de ses prérogatives, déclassé, déconsidéré. Pour cette raison, la littérature sur le colonialisme est riche d'enseignement pour décrypter les mécanismes du ressentiment, et la même ambivalence va caractériser le moi ressentimiste et le colonisé, par rapport à l'idée même d'être soigné.

4

LA DÉCOLONISATION DE L'ÊTRE

Fanon est un auteur clé pour comprendre le lien entre le ressentiment et l'Histoire, la structure caractérielle d'un être et l'histoire culturelle, actuelle et ancestrale d'un peuple. Il est également clé pour comprendre comment un « moi » qui a toutes les raisons d'éprouver du ressentiment parce qu'il est issu de là, d'une histoire collective douloureuse, et encore prise au piège de la domination culturelle, sera plus fort que ce carcan et s'échappera, par l'œuvre, la réflexion, la création philosophique et militante, l'engagement collectif mais déjà l'engagement individuel d'être un « moi » hors d'atteinte du ressentiment. Ne pas être enfermé par cela ; en avoir une pleine conscience, ne jamais nier sa force, parfois sa justification, mais ne jamais céder à l'accepter. Tension extrêmement dure qui se ressent dans le style ample et tendu de Fanon, quasi poétique parfois, et très « médical » dans sa description des maux des colonisés. On aurait espéré que les événements de sa vie personnelle l'aient davantage aidé. Mais là encore, le sort s'acharne : Fanon atteint d'une leucémie myéloïde meurt à trente-six ans. Cette année-là, précédant la mort qui lui a été annoncée très clairement par le diagnostic médical, il écrit *Les Damnés de la terre*. Nous sommes en 1960. Et la thèse prônée par Fanon s'affirme définitivement : la colonisation la plus dangereuse est celle qui s'abat sur l'être, celle à laquelle l'être humain cède à l'intérieur de lui-même, pas celle extérieure et politico-économique, celle plus métaphysique, celle plus éthique de l'intériorité d'une âme. « Son analyse insiste sur les conséquences de l'asservissement non seulement des peuples et des sujets, et sur les conditions de leur libération, qui est avant tout une libération de l'individu, une décolonisation de l'être[1]. »

Le ressentiment est une colonisation de l'être. Le sublimer produit une décolonisation de l'être, seule dynamique viable pour faire émerger un sujet et une aptitude à la liberté. Fanon ne renonce jamais à décrire la violence inacceptable qui s'abat sur les peuples colonisés et à montrer comment cette violence vient transformer les êtres, les conduisant souvent à une alternative immonde entre le passage à l'acte contre soi-même et celui contre autrui. La violence ne laisse aucun choix, elle ne produit que du choix forcé où le sujet finit toujours par être le prisonnier de celle-ci, asservi de nouveau. En écrivant la préface de l'édition de 1961 des *Damnés*, Jean-Paul Sartre est revenu lui aussi sur la *liquidation* qu'est l'entreprise coloniale : liquidation culturelle au sens où il faut nier la langue de l'autre, la faire disparaître, ne lui reconnaître aucune légitimité linguistique digne de ce nom.

La violence coloniale ne se donne pas seulement le but de tenir en respect ces hommes asservis, elle cherche à les déshumaniser. Rien ne sera ménagé pour liquider leurs traditions, pour substituer nos langues aux leurs, pour détruire leur culture sans leur donner la nôtre ; on les abrutira de fatigue[2].

1. Alice Cherki, préface à l'édition de 2002 des *Damnés de la terre*, dans F. Fanon, *Œuvres*, *op. cit.*, p. 424.
2. Jean-Paul Sartre, Préface à l'édition de 1961 des *Damnés de la terre* (1961), dans F. Fanon, *Œuvres*, *op. cit.*, p. 437.

Et Sartre de dépeindre aussi parfaitement cette double contrainte dans laquelle est inséré celui qui a subi la violence de domination depuis toujours, extérieurement, mais qui petit à petit s'est laissé contaminer par elle, à l'intérieur.

[Les colonisés] sont coincés entre nos armes qui les visent et ces effrayantes pulsions, ces désirs de meurtre qui montent du fond des cœurs et qu'ils ne reconnaissent pas toujours : car ce n'est pas d'abord leur violence, c'est la nôtre, retournée, qui grandit et les déchire. [...] Cette furie contenue, faute d'éclater, tourne en rond et ravage les opprimés eux-mêmes[1].

Le bon diagnostic est difficile dans la mesure où la justification de la violence est légitime et pourtant cette légitimité ne suffit pas à la valider comme outil thérapeutique pour l'individu subissant ou ressentant cette violence, car immanquablement celle-ci se retournera contre lui, qu'il en ait conscience ou non, qu'il aspire ou non à ce retournement. Les « effrayantes pulsions » libérées ne produisent pas une histoire viable pour l'individu, encore moins collectivement. Elles n'engendrent, à terme, qu'« avilissement commun[2] ». L'avilissement est un mal bien décrit par le grand représentant de la théorie critique, enfant de l'école de Francfort et des théories de la réification, Axel Honneth, lorsqu'il dessine les contours de la société néolibérale actuelle qui produit du mépris de façon généralisée. L'avilissement est le mal qui pourrit les âmes ressentimistes ; elles ne sont plus

1. *Ibid.*, p. 439.
2. *Ibid.*

aptes à délivrer une éthique de la reconnaissance, arguant qu'elles ont subi une absence de reconnaissance, ce qui est d'ailleurs vrai.

Mais produire de la reconnaissance pour autrui est encore une nouvelle étape que la seule absence de reconnaissance ne peut invalider. Celui qui s'aventure sur le chemin de l'individuation, nécessairement, sera obligé d'en passer par cette éthique de la reconnaissance, dût-il l'inventer intégralement, précisément par la sublimation, s'il n'en a même pas vu la trace dans sa vie. Il y a la vie littéraire, il y a la lecture pour être reconnu, il y a les arts pour être reconnu, ne serait-ce que par le sentiment esthétique. L'expérience de la beauté est une éthique de la reconnaissance qui ne dit pas son nom. Et lorsque les êtres faillissent, lorsqu'ils sont incapables de nous donner un peu de cette reconnaissance dont nous avons tant besoin, il faut alors se saisir de la vie passée et faire alliance avec les morts, les grands artistes souvent non reconnus qui nous ont précédés. Il faut faire alliance avec la culture pour sortir du désastre de l'avilissement programmé.

Il est vrai que la violence peut seule parfois calmer la violence, autrement dit, comme l'écrit Sartre dans sa préface, la violence des armes du colonisé peut faire taire la violence du colon. Certes, mais s'agit-il ici exclusivement de « violence » ? Pas si sûr, tant elle peut aussi relever de la légitime défense. Il n'en demeure pas moins que si celle-ci se révèle à moyen et à long terme pure violence, elle aura la peau des colonisés eux-mêmes. La violence n'est jamais un processus durable de construction. Elle est puissance de destruction, éventuellement de destruction du mal, ce qui est totalement légitime et parfois nécessaire, mais elle n'est pas dynamique d'édification, et extraction du ressentiment. La violence est tautologique, elle n'engendre qu'elle-même. Elle est répétition. Elle a la force machinique et mortifère de la répétition.

Sartre, parce qu'il est l'enfant d'un idéalisme dont il n'a pas eu à subir les foudres, croit presque romantiquement à cette idée d'une violence pouvant, à terme, liquider les « ténèbres coloniales[1] ». La formule est d'un style implacable, comme souvent avec Sartre : cela sonne, et l'on croit avoir à l'oreille la prose des *Mains sales* tout aussi orgueilleuse et superbe : « L'arme d'un combattant, c'est son humanité. Car, en le premier temps de la révolte, il faut tuer : abattre un Européen c'est faire d'une pierre deux coups, supprimer en même temps un oppresseur et un opprimé : restent un homme mort et un homme libre[2]. » Disons, reste un homme qui redécouvre son aptitude à la liberté, mais qui n'est pas encore libre, car il va falloir maintenant précisément adosser cette liberté à la construction d'un sujet, jusqu'alors inexistant, et qui est à la merci d'un inconscient meurtri et d'une conscience tout aussi malheureuse, et à la construction d'un monde commun, et là non plus la seule violence n'y suffira pas.

La seule violence de la haine ne produit aucune sortie des ténèbres ; à l'inverse, elle instaure un phénomène post-traumatique qui enferme le sujet et le rend malade. Fanon, en tant que clinicien et psychiatre, le sait parfaitement, et c'est sans doute pour cette raison que, malgré une militance très active, il n'appelle pas à la violence

1. *Ibid.*
2. *Ibid.*, p. 442.

généralisée, et surtout il s'oblige à produire du « soin » pour permettre aux uns et aux autres d'en sortir.

Je sais bien toutefois que la philosophie de Fanon n'est pas aussi claire que cela et qu'il existe une ambivalence réelle quant à sa position concernant l'usage de la violence. En se déclarant « Algérien », en adoptant une sorte de nouvelle identité en se prénommant « Ibrahim », Fanon montre bien qu'il peut être radical et paradigmatique. Devenir autre, même s'il s'agit de faire lien avec ce que l'on a toujours été, est une sublimation totale, assez jusqu'au-boutiste, révolutionnaire. Elle est radicale dans l'avènement d'un nouveau sujet, dans la construction, dans le lien avec l'avenir. Mais elle ne renvoie pas à la destruction. Certes, Fanon pouvait se montrer plus conciliant vis-à-vis de la violence d'autrui, celle des colonisés eux-mêmes, mais quand il s'agissait de lui, son ethos de médecin était malgré tout bien là. Avec ce changement d'identité chez Fanon, on est plus aux confins du « souci de soi », dans la mesure où ce soi fait l'objet d'une nouvelle sculpture.

Qu'il soit personnel ou à l'attention d'autrui, il faut comprendre qu'ici l'acte de « soigner » est politique, au sens où il permet d'édifier une nouvelle vie pour l'intéressé, et au sens où personne n'est dupe de la nécessité d'articuler politique et soin, ou encore que la vérité du politique se situe dans cette solidarité à naître, qui permet aux individualités de tous de s'épanouir. Le soin est dès lors un engagement politique, pas une action superfétatoire, ou assimilable à une forme de charité ou de compassion. Soigner c'est permettre la future vie, individuelle et collective, c'est refuser l'irréversible que peut produire une violence à laquelle rien ne s'oppose.

5

RESTAURER LA CRÉATIVITÉ

Là encore, ce qui est dit par Fanon, à l'adresse de la colonisation, et dès lors à son contraire, la décolonisation, peut se dire du ressentiment et de son dépassement. L'homme du ressentiment subit la colonisation en lui. Il n'est plus acteur : il est simplement « spectateur écrasé d'inessentialité[1] ». Autrement dit, l'inessentiel le ronge et aura sa peau. Être rongé par l'inessentiel et croire à l'inverse qu'on a raison, qu'on détient le sens de la justice, tel est le leurre provoqué par ce sentiment déraisonnable. Ensuite, s'appuyant sur cet axiome erroné, l'individu est incapable de produire un raisonnement clair et objectif, une pensée critique qui témoignerait de l'indépendance de sa faculté de juger. Si j'ai voulu aussi garder cette expression « ci-gît l'amer », c'est aussi pour faire écho à ce territoire de notre âme, assez inséparable du territoire bien réel de la société dans laquelle on vit, et de celui de la famille, ou plus précisément de l'enfance, ce territoire qui nous a vus grandir et vivre nos premières émotions douloureuses. Sur ce territoire, il faudra enterrer pour faire fructifier, trouver la juste mesure du refoulement, laisser de côté sans abandonner, avancer sans nier, s'ancrer en somme sans être prisonnier de l'appartenance. Fanon explique souvent que le gain en personnalité, à entendre comme individuation, est corollaire de la perte en appartenance[2], au sens où

1. *Ibid.*, p. 452.
2. F. Fanon, *L'An V de la révolution algérienne, op. cit*, p. 333.

chacun fait l'expérience de la séparation pour enfin être, pour enfin exister en tant qu'homme, et pas seulement en tant que tel ou tel, telle femme, tel Noir, tel autre. Là encore, c'est un paradoxe que Jankélévitch aurait pu parfaitement expliquer : le fait que notre territorialité manie tout autant l'appartenance et la désappartenance, le lien et le dé-lien. Il nous faut nous ancrer souvent pour comprendre qu'une citoyenneté du monde est possible également, qu'il nous faut délimiter un espace-temps propre, ici et maintenant, pour nous libérer des frontières qu'il dessine, et saisir que chaque homme appartient à un au-delà de telles ou telles frontières. Il faut que quelque chose demeure, *ci-gît*, pour que l'individu se déploie ailleurs, et que s'ouvre le monde comme horizon. « Ci-gît l'amer » : cela renvoyait à ce long processus qui avait commencé, pour ma part, avec *Métaphysique de l'imagination*, aux confins des écritures d'Henry Corbin, d'Hölderlin et de Derrida, avec le magnifique texte du premier dédié à Blanchot, *Demeure*. Dans la pensée corbinienne, l'île, la mer, l'océan sont des motifs essentiels à la compréhension du monde imaginal qu'il définit pour faire advenir l'âme. La *mer imaginale*[1] est ce territoire d'eau, entre visible et invisible, *pendant* du monde imaginal d'une certaine façon, et qui propose à l'âme d'autres types d'expérimentations sensibles et métaphysiques. « Ci-gît la mer » renvoyait à cet océanique-là, inaugural et terminal, sur lequel naviguent les âmes en quête d'elles-mêmes. Et ces vers d'Hölderlin qui résonnent : « La mer enlève et rend la mémoire, l'amour de ses yeux jamais

---

1. C. Fleury, *La Métaphysique de l'imagination, op. cit.*, voir « la mer imaginale » dans le glossaire.

las fixe et contemple, mais les poètes seuls fondent ce qui demeure[1]. » Voilà ce lien indéfectible entre une mer non géographique, une mer cognitive et psychique, un territoire d'âme là encore, qui rend la mémoire ou l'enlève, et qui donne à ceux qui la comprennent, qui n'ont pas peur de découvrir ce lieu, une aptitude à la poésie, et donc à la territorialité réelle, celle qui précède toute place dans le monde.

Habiter le monde en poète, avait dit Heidegger, lui qui ne l'avait pas toujours habité en poète, précisément. L'amer devenu mer imaginale, c'est le contraire des « expériences dissolvantes[2] » dont parle Fanon, quand il décrit le type de divertissement qui s'abat sur la jeunesse colonisée. On pourrait dire de la jeunesse actuelle la même chose, qu'elle est laissée très souvent à l'univers marchand de la distraction, les parents n'étant pas toujours là pour contrebalancer cet assaut bien tentant, mais qui peut se révéler dévastateur quand l'éducation est manquante. Non que les jeunes des quartiers, issus de l'immigration, soient des colonisés ; une telle comparaison n'est nullement plausible, même si beaucoup jouent à consolider un tel diagnostic et dès lors un tel ressentiment. Il n'en est rien, et la colonisation de l'être dépasse les frontières ethniques et périphériques. Tout enfant, laissé seul devant un certain type de divertissement, peut devenir un colonisé, dans son âme, sans nécessairement en prendre conscience. Des expériences « dissolvantes » et addictives, pourrions-nous ajouter aujourd'hui. Des expériences faussement compensatoires,

---

1. Friedrich Hölderlin, in *Odes, Élégies, Hymnes* (1802), « Souvenir ».
2. F. Fanon, *Les Damnés de la terre, op. cit.*, p. 578.

qui ne produisent aucune stabilité durable du moi. À l'inverse, un sentiment l'étreint, comme une forme d'apathie – ils sont nombreux, ces jeunes avachis derrière les écrans qui perdent petit à petit le goût de l'implication dans le monde ambiant. Et dans la foulée de cette description des expériences dissolvantes, Fanon met ses pas dans ceux de Reich, sans le nommer, parce qu'il fait comme lui le diagnostic d'une focalisation sur le nombre, soit la responsabilité « des » individus, de cette masse formée par l'absence des sujets.

La plus grande tâche est de comprendre à tout instant ce qui se passe chez nous. Nous ne devons pas cultiver l'exceptionnel, chercher le héros, autre forme du leader. Nous devons soulever le peuple, agrandir le cerveau du peuple, le meubler, le différencier, le rendre humain[1].

La charge est claire : il est du devoir de chacun d'élaborer les conditions de possibilité d'une responsabilité, d'agir dans le monde, sans que celui-ci soit nécessairement exceptionnel. Là n'est pas l'enjeu. À l'inverse, l'enjeu est dans le régulier éducationnel, laborieux, mais seul opérant, ne pas lâcher sur l'agrandissement du cerveau, sur la démultiplication des expériences esthétiques, existentielles, qui permettent à l'esprit de « grandir ». Soigner et éduquer, de nouveau, tâches revendiquées comme essentielles dans l'acte de gouverner. On se rappelle les pages de Reich sur la démocratie au travail.

Nous retombons encore dans cette obsession que nous voudrions voir partagée par l'ensemble des hommes politiques

---

1. *Ibid.*, p. 579.

africains, de la nécessité d'éclairer l'effort populaire, d'illuminer le travail, de le débarrasser de son opacité historique. Être responsable dans un pays sous-développé, c'est savoir que tout repose en définitive sur l'éducation des masses, sur l'élévation de la pensée, sur ce qu'on appelle trop rapidement la politisation[1].

Et cette vérité-là n'est nullement circonscrite aux seuls pays sous-développés. Elle est la vérité de l'état de droit, de cette exigence de constituer une rationalité publique et individuelle. Nous le savons bien sûr ; mais hélas nous continuons de nous illusionner sur la seule question du bon gouvernement en restreignant cette question à celle du gouvernement politique au sens de machine exécutive du pouvoir politique, d'une équipe présidentielle et ministérielle, alors même que la question du bon gouvernement s'ouvre sur un cycle bien plus long que le simple exercice d'un mandat présidentiel. La question du bon gouvernement n'est pas exclusivement celle du moment exécutif mais se situe en amont, dans l'éducation et le soin. Nous sommes plusieurs à travailler à faire émerger cette juste question du bon gouvernement, à créer les conditions de légitimation et d'efficacité de celui-ci, précisément par l'éducation et le soin portés aux individus – ceux-là mêmes qui éliront ce gouvernement au sens restreint et représentatif. Cette question est inséparable de la géopolitique, d'autant plus en ces temps mondialisés où toute souveraineté nationale se partage, dans la mesure où elle s'inscrit dans des cadres multilatéraux et se heurte aux dispositions « capacitaires » des pays voisins.

1. *Ibid.*

Ces propos ne doivent pas porter à contresens en inscrivant Fanon dans un irénisme illusoire. Il existe chez ce dernier l'idée d'un usage légitime de la violence, une violence qui est inséparable du grand mouvement de libération d'une nation et des hommes. Chez Fanon, la liberté se définit comme « désaliénation ». Or face à un processus d'aliénation qui s'assimile à la « négation culturelle » d'une nation, celle qui est colonisée par exemple, face à ce qu'il appelle « l'oblitération culturelle[1] », face à cette négativité invivable, la violence de la riposte reste une possibilité, parfois même la seule. En *ultima ratio*, la violence peut être légitime. Elle signe parfois, aussi, du moins dans ses premières manifestations, une forme de santé, un rejet de l'inacceptable en train de se jouer. Passé ce temps de la réaction, elle devra nécessairement se réinventer en forme sublimée, et créatrice d'autre chose.

Seulement, la difficulté se renforce, car les processus d'aliénation coloniale ont ceci de terrible qu'ils vident les individus de leur culture, précisément de leur force, de leurs ressources qui pourraient les aider à résister à l'oppresseur mais surtout à créer un nouvel ordre de normes de vie. Les pages de Fanon décrivant la culture des colonisés portent un regard critique acerbe sur celle-ci, la définissant comme « étriquée, de plus en plus inerte, de plus en plus vide », sans doute aussi parce que la violence cède le pas au ressentiment qui commence à ronger ladite culture de l'intérieur.

Au bout d'un ou deux siècles d'exploitation se produit une véritable émaciation du panorama culturel national. La

1. *Ibid.*, p. 613.

culture nationale devient un stock d'habitudes motrices, de traditions vestimentaires, d'institutions morcelées. On y décèle peu de mobilité. Il n'y a pas de créativité vraie, pas d'effervescence. Misère du peuple, oppression nationale et inhibition de la culture sont une seule et même chose[1].

En somme, une culture colonisée qui devient la caricature d'elle-même ; de toute façon, si elle était autre chose, elle serait sans doute détruite par l'occupant. Alors, bien sûr, il y a la clandestinité pour la sauver, et celle-ci va sauver quantité de personnes, de façon individuelle ; en revanche, la clandestinité n'est pas le bon lieu pour éduquer une masse plus importante d'individus, et constituer un territoire de ressources capacitaires pour son émancipation. Ce qui fera dire à Fanon qu'il n'est pas possible de s'appuyer sur la seule lutte nationale d'indépendance pour mettre en place l'indépendance culturelle réelle. Non, l'indépendance naissante sera forcément « hantée[2] » par ce qu'elle a été pendant tant d'années, un fantôme d'elle-même. On ne renaît pas de ses cendres immédiatement. Il faut la sublimation de l'acte critique, et notamment critique par rapport à ce délire nationaliste naissant qui se pare de toutes les vertus alors qu'il est souvent le nom d'une réaction.

6

THÉRAPIE DE LA DÉCOLONISATION

Pour soigner les colonisés et leurs maux, Fanon s'en remet à la méthode de François Tosquelles, celle qui a

1. *Ibid.*, p. 614.
2. *Ibid.*, p. 621.

fait les grands jours de Saint-Alban et qui a été à l'origine de la psychothérapie institutionnelle chère à Jean Oury, aux confins de la thérapie sociale et de l'ethnopsychiatrie[1] (apport plus spécifique de Fanon). Ce dernier défend, dans une approche psychodynamique, les liens entre la psychiatrie et la sociologie, la subjectivité et l'histoire, ou encore ce qu'il nomme la « sociogénie[2] », la génétique sans cesse contrebalancée par la sociologie pour expliquer comment l'Histoire « n'est que la valorisation systématique des complexes collectifs[3] ». Laing[4], Lacan, Foucault... reprendront aussi cette conception sociale d'une folie insérée dans un nœud relationnel. Chercher à soigner les individus sans chercher à soigner l'institution qui les soigne ni la société qui les entoure n'a que peu de sens dans la conception de Fanon, héritier de Tosquelles. Nous l'avons souvent dit, mais Fanon, tout psychiatre qu'il est, agit politiquement aussi, sur l'individu, sur l'institution et sur la société. Il « soigne », tels sont bien les enjeux médical et politique, indissociables.

Fanon va participer à l'émergence d'un lieu d'un nouveau genre, comme Saint-Alban l'a été pour Tosquelles, La Borde pour Oury, Kingsley Hall pour Laing, etc. Ces pensées du lieu sont déterminantes pour bien soi-

---

1. Jean Khalfa, « Fanon, psychiatre révolutionnaire » dans F. Fanon, *Écrits sur l'aliénation et la liberté*, 2ᵉ partie, « Écrits psychiatriques », La Découverte, 2018, p. 164.
2. *Ibid.*, p. 166.
3. F. Fanon, *Altérations mentales, modifications caractérielles, troubles psychiques et déficit intellectuel dans l'hérédodégénération spino-cérébelleuse* (thèse pour obtenir le grade de docteur en médecine, 1951), cité par J. Khalfa, art. cit., p. 164.
4. Ronald Laing, Aaron Esterson, « L'équilibre mental, la folie et la famille » (1964) : « La folie peut être vue comme une réponse particulière à une situation insupportable. »

gner, même si les dérives n'y sont pas absentes. Il appert néanmoins que dans ces lieux une nouvelle thérapeutique émerge, une réflexion toujours riche et paradigmatique, au sens où elle vient révolutionner une façon de penser et de faire le soin. Pour Fanon, ce sera Blida-Joinville[1], hôpital au sein duquel il expérimente les techniques de la thérapie sociale, soit d'une ouverture au monde de l'institution, et un certain type d'activités et de rôles pour les parties prenantes. Pour autant, Fanon ne basculera jamais dans un jusqu'au-boutisme optant pour l'assimilation totale du monde et de l'hôpital. Non seulement cela est faux, et c'est là une duperie, mais cela n'est nullement souhaitable, thérapeutiquement parlant. Plus tard, il consolidera son approche à l'hôpital Charles-Nicolle, à Tunis[2]. Fanon voit par ailleurs dans le lieu de l'institution psychiatrique les mêmes dysfonctionnements qui sont ceux d'un État colonialiste, au sens où ce dernier impose l'aliénation, dissout l'identité culturelle des individus, chosifie les êtres, les classifie pour mieux les déprécier, et les assujettir[3]. La thèse de Fanon signe son avènement académique, mais l'important est au-delà. Cette thèse, c'est la manière dont on décrit les troubles comportementaux et psychiques des colonisés, des « indigènes », mais surtout une stratégie politique et intellectuelle de désaliénation.

L'entreprise est multiple, comme toujours chez Fanon. Ce qui lui vaudra, d'ailleurs, quelques inimitiés et accusations académiques de manque de rigueur, alors même

1. J. Khalfa, art. cit., p. 186.
2. *Ibid.*, p. 198-199.
3. *Ibid.*, p. 200-201.

qu'il délivre un texte d'une intensité et d'une précision rares. « Attendu que la philosophie est le risque que prend l'esprit d'assumer sa dignité[1] », telle est l'une des remarques adressées à l'un des membres de son jury de soutenance de thèse. La philosophie chez lui n'est pas une posture universitaire, elle relève de l'enjeu existentiel, éthique et politique. Chacun peut noter ici le ton solennel de l'adresse, grandiloquente et sincère, qui montre bien que Fanon joue sa vie d'homme lorsqu'il pense et devient psychiatre, que les choses ne sont pas scindées aussi facilement, même s'il a à cœur de s'échapper sans cesse de ses déterminismes. Mais cette vigilance est la preuve d'un souci permanent face aux réifications multiples, celle de son histoire individuelle et collective et celle de l'institution, parfois tout aussi sectaire.

Dans les éditoriaux qu'il a écrits au sein du journal interne de l'hôpital psychiatrique de Saint-Alban, le style est aussi clinique que terriblement personnel, si bien qu'il est difficile de savoir qui se cache derrière le « je » énoncé. Qui parle ? Fanon, le psychiatre ? Définitivement. Mais Fanon, l'homme ? Fanon, le Noir qui a conscience de la nécessité de s'échapper de ce particularisme-là, même s'il s'agit de l'assumer totalement ? Qui parle ? Fanon, au nom de certains patients qui n'ont pas la force de s'exprimer ? Dans l'éditorial du 26 décembre 1952[2], il dresse, semble-t-il, le portrait d'un homme las, individu qui pourrait basculer – qui sait ? – dans le ressentiment. On n'en saura rien. Simplement que ce dernier se vit

---

1. F. Fanon, *Altérations mentales…*, *op. cit.*, p. 203.
2. F. Fanon, « Traits d'union », dans *Écrits sur l'aliénation et la liberté*, *op. cit.*, p. 287.

comme un « oublié », comme quelqu'un qui a attendu toute sa vie quelque chose qui n'est jamais venu, et qui se retrouve à quarante ans, là et las, sans que le monde ait répondu à son attente. De qui parle Fanon ? De lui ? Il n'a pas encore la quarantaine, il mourra avant. De ce qu'il aurait pu devenir, un oublié ? S'il n'avait pas su « sublimer » ce destin collectivement sinistre qui a été le sien ?

Dans un autre éditorial, celui du 6 mars 1953, il rappelle que l'homme doit pouvoir voyager dans le temps, assumer la continuité du passé, du présent et du futur, avoir de la mémoire en somme et l'espoir d'un avenir. Celui qui ne réussit pas à manier les trois dimensions[1] sera sans nul doute plus vulnérable qu'un autre en matière de santé psychique. Je préfère pour ma part parler des trois dimensions du temps, que sont le *chronos*, l'*aiôn* et le *kairos*, qui me paraissent plus précises concernant la dialectique du temps et du sujet, à savoir comment un sujet met en danger son individuation, et donc l'entreprise de désaliénation ou de décolonisation de son être, s'il n'est plus à même de pratiquer les trois dimensions temporelles qui lui permettent de s'insérer dans le monde, la mémoire et l'œuvre. Un sujet, s'il ne manie pas les trois dimensions, peut se sentir « restreint » dans sa capacité d'être sujet, et donc en souffrance. La menace du ressentiment peut se jouer dans la faillite d'un temps dialectisé : le *chronos*, c'est le linéaire, l'histoire, la continuité, ce qui me précède et me suit, la possibilité de voir

---

1. « Il faut que le passé, le présent et l'avenir constituent les trois intérêts prédominants de l'homme et il est impossible de voir et de réaliser quelque chose de positif, de valable et de durable sans tenir compte de ces trois éléments », dans *ibid.*, p. 290.

une capitalisation, une pierre après l'autre. Cette inscription dans le temps est nécessaire mais, exclusive, elle enferme dans un sentiment d'écrasement par le temps, car le temps passe, file, est plus fort que soi. Alors, il faut l'*aiôn*, ou le sentiment de suspens et d'éternité – un peu de temps à l'état pur, comme le souligne Proust. Un *aiôn* qui est l'autre nom possible de la sublimation, la stance, l'arrêt au sens de la maîtrise et de la plénitude et non au sens de l'empêchement. Là, le sujet tient, respire, profite d'un présent inaltérable, et qui lui donne le sentiment de dépasser sa finitude ou celle d'autrui. Et puis, il y a le *kairos*, l'instant à saisir, la possibilité, voire le droit pour chacun de faire commencement, de faire histoire : l'action du sujet provoquant un avant et un après, si peu différenciés soient-ils. Tenter le *kairos*, comme un droit et un devoir du sujet. Dès que le sujet renonce à tenter le *kairos*, quelque chose s'obscurcit en lui. Nous l'avons vu, l'homme du ressentiment est précisément cet homme qui ne se relie plus à ces trois dimensions : son présent est jugé inacceptable, preuve de l'injustice qu'il subit ; son avenir devient inexistant et souvent son passé renvoie à une illusoire nostalgie, très fantasmatique, qui n'a rien à voir avec l'idée de mémoire, plus factuelle, qui, même si elle est toujours un récit, n'en demeure pas moins un vécu, susceptible de constituer une assise, un socle pour le sujet.

Voilà peut-être la différence entre le ressentiment et l'amertume qui prend le risque du ressentiment, mais peut-être simplement le risque. Le mal de l'amertume est très pesant, mais il ne se traduit pas toujours politiquement par une haine de l'autre. Il renvoie plutôt à une forme de déprime chez le sujet qui l'éprouve. Cette amertume, les exilés adultes la connaissent bien, surtout quand ils ont l'impression – à juste titre – d'avoir dû abandonner avec leur pays leur statut, la reconnaissance sociale dont ils faisaient l'objet. Ils étaient ailleurs professeur, médecin, avocat, ingénieur et ils se retrouvent dans l'obligation de repasser trop tardivement des concours, sans équivalence aucune, alors même qu'ils sont dans des parcours de forte vulnérabilité, psychique, affective, économique, familiale, etc. Ils manient bien le retour au passé, mais ils le manient trop. Ce passé est essentiel pour leur rappeler qui ils sont, mais il devient mortifère dans la mesure où il leur rappelle qu'ils ne sont plus, du moins extérieurement, socialement, cela. Ce lien au passé, totalement nécessaire, structurel, pour le sujet, devient un non-allié, un affaiblissement. Mais le dé-lien avec le passé ne produit aucun soin non plus. Voilà un individu coincé dans un temps qui n'existe plus, ni comme *chronos*, ni comme *aiôn*, ni comme *kairos*. Comme s'il n'y avait plus d'inscription dans le temps, ce qui est bien sûr impossible, et qui rend la déréalisation plus forte, et le mal plus sournois. Là, le sujet se dévitalise peu à peu. Il ne bascule pas dans le ressentiment plus hostile. Il est noyé dans l'amertume, sans parvenir à faire quelque chose de cet « amer ».

Or, c'est précisément là qu'il est encore possible de transformer l'amer en mer, de faire la séparation (la mère), de quitter l'image de soi tel qu'on a cru être, d'abandonner la nécessité de l'image de soi, d'aller au-devant de l'œuvre, d'œuvrer. Certains y arrivent, par intermittence. Ils vont écrire et, le temps de l'écriture, se sauver un instant. Mais souvent l'amertume reprend et le découragement aussi. Il faudrait quasiment ne pas les lâcher une seconde, du moins pendant un long temps, ceux qui ont été comme compressés par l'exil, et qui est là, et qui leur rappelle que le temps passe et que leur finitude n'est pas sublimée, alors même qu'ils avaient les cartes en main, ailleurs, pour la réaliser. Ce sont là de vrais blessés, avec des ressources d'une grande qualité, et qui méritent toute notre attention, tant il est encore possible de les accompagner sur ce territoire de la mer. Mais il n'est jamais aisé de devoir réinventer sa vie au-delà de la cinquantaine, il y a comme un mur invisible, une frontière au-delà de laquelle on juge la chose pas tout à fait impossible, mais tardive et ne pouvant plus donner l'illusion d'éternité. Rien n'est nouveau pourtant, pour la jeunesse, l'éternité a toujours été une illusion, mais elle est désormais, passé le milieu de la vie, plus difficile encore à faire tenir, alors les âmes plient sous le manque d'illusions, manque sain, manque mature, mais sans avoir les moyens de faire face à cette nouvelle maturité. Mon travail va être, déjà, de les remettre sur cette voie possible d'invention de la vie, après cinquante ans. Il est faux de croire que ce défi est un luxe pour des individus qui peuvent se permettre d'être en inter- rogation, sous-entendu : non asphyxiés par l'instinct de survie. Ceux-là, nous les voyons rarement en libéral, en revanche beaucoup plus souvent dans les centres médico- sociaux. Le mal y est même omniprésent. Ailleurs, dans les séances d'un cabinet libéral, il y a tous les destins, locaux et immigrés, territoriaux et exilés, riches et pré- caires, hommes et femmes, tous touchés différemment par l'amertume, tous ne voulant pas y laisser leur peau mais ne sachant pas nécessairement comment s'y prendre pour ne pas sombrer dans ce sentiment-là. Tous fatigués par cette amertume et dès lors dans l'impuissance à produire une autre vitalité. Pourtant, ils sont les premiers à reconnaître que le chemin est encore long, entre trente et cinquante ans. Voulant les faire sourire un peu, je leur dis qu'il va bien falloir s'occuper et qu'il vaut mieux dès lors trouver une occupation qui fasse sens pour le sujet. S'occuper, le sourire est là, le regard plus lumineux sur leur visage ; trouver une occupation qui satisfasse le désir du sujet, le sourire se ternit à nouveau, et l'angoisse devant ce fond immense que constitue la non-connaissance de soi grandit.

7

UN DÉTOUR PAR CIORAN

J'ai toujours pensé que la littérature, l'art, le génie des humanités restaient une porte possible pour tous ceux qui éprouvent l'amertume, qu'il y avait là dans l'expérience esthétique une possible échappée. Ce n'est pas si simple, je le sais bien, dans la mesure où l'effort demandé par les humanités est élevé et que ceux qui sont atteints par l'amertume n'ont plus le goût de rien, et surtout pas de l'effort. Quant à la lecture de ceux qui ont sublimé l'amertume, là aussi, l'expérience n'est pas aisée car elle est à double tranchant, tant elle propose une sorte de mise au carré de l'expérience abyssale.

Prenons Cioran. On ne peut dire mieux que lui la lassitude qui étreint tout être, son amertume, son nihilisme même, une façon d'être à jamais abandonné par la vie, mais en même temps une capacité poétique qui vient contredire cet abandon. *De l'inconvénient d'être né*[1] est une formule géniale pour dire la vanité de cette histoire-là, la nôtre, la nôtre si petite, si minuscule, et pourtant qui nous asphyxie. Oui, vraiment, *de l'inconvénient d'être né*, personne ne peut le nier, et pour rajouter une couche à la tristesse, ou au sentiment abandonnique, il faut lire les aphorismes des *Larmes et des saints*.

> Tout a existé déjà. La vie me semble une ondulation sans substance. Les choses ne se répètent jamais, mais il semble que nous vivions dans les reflets d'un monde passé, dont nous prolongeons les échos tardifs[2].

Le tour de force est merveilleux. Cioran narre l'amer, l'absence de goût de vivre et de sens, l'ennui presque, l'absence de désir. Mais pour dire cet amer, il parle d'ondulation sans substance, de reflets, d'un flux qui semble déjà celui de la mer, même si lui ne veut pas la valider comme telle. La mer est une ondulation avec substance, une ondulation magistrale. Mais nous qui lisons Cioran, même pris dans notre amertume, la poésie de la phrase ne peut pas nous laisser indemnes ; il y a quelque chose de cette grande capacité sublimante du créateur qui vient nous sauver alors même qu'elle ne le sauve pas lui-même. Et Cioran est cet écrivain-là, habile à nous sauver, malhabile à se sauver lui-même. « Aucune volupté ne surpasse celle qu'on éprouve à l'idée qu'on aurait pu se maintenir dans un état de pure possibilité[3] » : voilà bien le mal

---

1. Emil Cioran, *De l'inconvénient d'être né* (1973), Gallimard, « Folio », 1989.
2. E. Cioran, *Des larmes et des saints* (1937), Le Livre de Poche, 1986, p. 21.
3. E. Cioran, *De l'inconvénient d'être né*, *op. cit.*, § IX, p. 171.

qui peut atteindre les âmes trop sensibles, qui tombent dans la mélancolie parce qu'elles ferment ce grand monde irréel des possibles, ce monde de l'enfance d'une certaine manière, et qu'elles pénètrent l'incessante expérience du deuil et du renoncement, les hauts de la déception, avec le devoir d'en faire quelque chose alors que l'on découvre n'être rien. Cioran invente la « catastrophe de la naissance » dont personne ne se relève et qui, d'une certaine manière, est le soubassement profond du ressentiment qui peut avoir notre peau. Non seulement cette finitude inaugurale, mais aussi ce rien qui nous constitue, nous qui sommes tant et trop. « Après moi le déluge est la devise inavouée de tout un chacun : si nous admettons que d'autres nous survivent, c'est avec l'espoir qu'ils en seront punis[1]. »

Telle est donc la vision antihumaniste, disons misanthropique de l'homme par Cioran : un être dont l'égoïsme n'a d'égal que sa médiocrité, son absence d'ampleur, son repli sur son minuscule moi. La petitesse de l'homme rend impossible, à l'en croire, la sortie du ressentiment : c'est là son destin.

Ou alors, il faut lire entre les lignes et croire, tout de même, et Cioran en reste une preuve, qu'il y a certains êtres qui par le style s'échappent de la torpeur ressentimiste. Et même parfois avec un humour cinglant. C'est le cas avec Cioran dont on ne sait jamais réellement quel est le ton de sa diatribe : mélancolique, ressentimiste, débonnaire, ironique ? Toute perspective déprimante, parce que précisément déprimante, est vraisemblable[2].

1. *Ibid.*, p. 222.
2. *Ibid.*, p. 163.

On pardonne à Cioran son manque d'élaboration perceptive parce qu'il a précisément du style et qu'il peut se targuer d'être un antimoderne, autrement dit, une parole qui a appris à naviguer sur les flots de la modernité sans succomber à son charme, mais tout en maintenant néanmoins une forte individuation. Car personne ne peut douter du « je » de Cioran, même s'il le réduit sans cesse. Lorsqu'il conte cet extrait de la Kabbale, là encore, il est sans complaisance aucune pour l'homme, mais l'humour dont il fait preuve, humour noir, est la trace indéniable de ce sujet qu'il méprise :

> Tzintzoum. Ce mot risible désigne un concept majeur de la Kabbale. Pour que le monde existât, Dieu, qui était tout et partout, consentit à se rétrécir, à laisser un espace vide qui ne fût pas habité par lui : c'est dans ce trou que le monde prit place. Ainsi occupons-nous le terrain vague qu'il nous a concédé par miséricorde ou par caprice. Pour que nous soyons, il s'est contracté [...]. Que n'eut-il le bon sens et le bon goût de rester entier !

En somme, un Dieu qui n'échappe pas à l'insuffisance. Cioran n'a pas opté pour une voie aisée : il est allé au contact de la nausée, il a tenté une sublimation de la nausée, celle qu'on éprouve à l'égard de soi-même et des autres. Face à cette « catastrophe de la naissance », il a cette formule sublime de passer d'origine en origine. On voit là d'ailleurs la parenté possible entre la mélancolie, l'amertume et la nostalgie, au sens de douleur liée au nid inaugural. « Au lieu de m'en tenir au fait de naître, comme le bon sens m'y invite, je me risque, je me traîne en arrière, je rétrograde de plus en plus vers je ne sais quel commencement, je passe d'origine en origine[1]. » On y verrait presque la description douloureuse de la cure freudienne qui invite le patient à reprendre la confrontation avec le commencement, les commencements, d'ailleurs, tant ils sont multiples dans la vie, et le patient de résister parfois, en pensant qu'il n'opérera ainsi qu'une forme de régression inefficace. En effet, « passer d'origine en origine » n'est pas la bonne méthode car il n'y a pas d'origine définitivement première. De ce côté-ci de l'histoire, il n'y a pas de stabilité irréductible, enfin quelque chose qui viendrait causer le tout, ou le rien que nous sommes. « L'appesantissement sur la naissance n'est rien d'autre que le goût de l'insoluble poussé jusqu'à l'insanité. » Cioran est donc bien conscient de l'impasse, et la notion même d'insanité fait lien avec celle de santé, pour montrer à quel point choisir ce chemin revient à choisir la maladie. Tel est bien aussi le mal qui ronge celui qui a basculé dans le ressentiment, au sens où il témoigne d'une « avidité pour l'impasse », définie ici comme « obsession de la naissance », et qui signifie en fait cette obsession pour la non-solution, ce refus très caractéristique du psychotique pour l'issue.

Chez Cioran, il ne s'agira pas de soigner. La guérison n'ayant aucun sens, le soin semble vidé de toute substance. Pourtant ce qui fait soin pour d'autres, et pour lui-même, c'est bel et bien son style. Cioran reste pour autrui un passe-muraille, une voie qui nous permet à nous, lecteurs, de produire de l'issue, même si celle-ci est tout sauf simple car à le lire le découragement peut nous envahir. Pour autant, par son style, il demeure

1. *Ibid.*, p. 27

252

ressource esthétique et thérapeutique. Et le style peut se révéler éthique, au sens où il nous invite à une sublimation. Il y a chez Cioran une forme de moraliste, tel un La Rochefoucauld du monde moderne, tout aussi dur, tout aussi drôle, tout aussi triste. Derrière le style terrible, il y a une rectitude, même si Cioran est le premier à ne pas s'illusionner sur lui-même, connaissant trop ses vices et ses insuffisances. Pour autant, s'abandonner « à l'ivresse de la désolation » n'est pas donné à tout le monde, là encore il faudra avoir soit du style, soit avoir un style de vie, qui ne laisse aucun doute sur le statut de l'individu, autrement dit, soit avoir du style, et être un salaud est possible, soit être saint. Pour les autres, s'ils ne résistent pas à leurs pulsions mortifères, ils resteront les minables qu'ils étaient inauguralement. « Être incapable de résister à soi-même, voilà où aboutit le manque d'éducation dans le choix de ses tristesses[1]. » Autrement dit : se lamenter sur son sort, si juste soit cette lamentation, est indigne, la preuve d'un manque de savoir-être indéniable. « Choisir ses tristesses », formule implacable pour dire que toutes les mélancolies ne sont pas de même nature et qu'il y a des chagrins qu'un individu doit savoir laisser de côté pour ne pas sombrer dans le ridicule. Cette vérité éthique est dite chez Cioran par la seule voie du style, car il ne se permettrait pas de se présenter comme moraliste. Fanon, aussi, en reprenant les mots de Césaire et en produisant les siens propres. Il savait avoir du style, il savait « soigner » son style, même, et permettre par le chemin littéraire son exfiltration de la société patriarcale ; mais Fanon savait aussi, de manière

1. E. Cioran, *Des larmes et des saints, op. cit.*, p. 26.

plus concrète, plus factuelle, porter soin à autrui, en pro-
diguant une attention des plus ordinaires.

8

FANON THÉRAPEUTE

En lisant les éditoriaux de Fanon dans le journal
interne de son hôpital, on découvre sa méthode de soin :
comment il organise le temps des patients, du moins leur
suggère cette organisation, comment il cherche à recréer
un temps capacitaire. Lorsqu'on est malade, atteint
d'un trouble psychique ou simplement découragé, c'est
l'une des premières conséquences : la désorganisation du
temps. Ne plus savoir comment faire face au temps qui
se déroule devant soi, devenir incapable de faire quelque
chose, apathique, et sombrer dans cette inertie, s'y réfu-
gier et s'y faire mal. Il y a quelque chose alors de presque
mécanique, au sens de rituélique, qu'il faut replacer, pour
remettre le sujet en route : lui proposer des activités, non
pas pour le divertir ou l'occuper bêtement, mais pour
lui redonner les clés du sens de l'occupation : au début,
le sujet suit les directives et une sorte de dynamo intime
se relance ; ensuite, il reprend la main pour orienter son
espace-temps de façon plus personnelle.

C'est cela soigner. Cela peut être très simple, très
humble en apparence, et c'est sans doute la raison pour
laquelle le travail des soignants est si peu valorisé, parce
qu'il est très technique, mais de cette technicité quasi
invisible, de l'ordre d'un savoir-faire et d'un savoir-être.
Savoir accompagner l'autre lorsqu'il a mal, ne pas le

gêner, ne pas lui faire honte, ne pas l'ennuyer, l'indisposer, être là, mais ne pas y être, être invisible mais ne pas laisser de doute sur le fait que le sujet n'est pas abandonné à soi-même, qu'il répare son autonomie abîmée, qu'il n'est pas jugé pour cela.

Produire ce soin est devenu si difficile dans ce monde qui ne savoure et n'admire que la performance. Ce soin humble, simple et efficace, Fanon l'a appris auprès de Tosquelles : « simplicité de la langue employée », « appeler les malades par leur nom », « organiser un emploi du temps pour rompre l'indifférence et l'inertie », « empêcher l'infirmier de devenir un élément perturbateur », « appliquer la règle des trois huit, travail, distraction, repos », « maintenir les relations des malades avec l'extérieur, nécessité d'écrire », « vivre pleinement en célébrant les fêtes religieuses », « permettre les distractions », etc.[1] Ces règles sont des règles de bon sens, qui peuvent s'adresser à tous ceux qui traversent une phase d'affaiblissement de soi, et que tout soignant devrait aussi se remémorer. Fanon ne croit nullement à l'évidence du soin, celui qui se définit comme « soignant » peut être un élément perturbateur ; il est donc important de vérifier qu'il n'abuse pas de son rôle, qu'il se place à la bonne distance et que derrière le soin ne s'opère pas un mécanisme de pouvoir, très simple à mettre en place. Le soin est ici capacitaire, et permet au patient de rester en « liens » avec son environnement plus vital, pas nécessairement familial, mais son environnement pour vivre, soit de garder un contact avec

---

1. Amina Azza Bekkat, « Introduction : du côté de chez Fanon » dans F. Fanon, « Notre Journal », dans *Écrits sur l'aliénation et la liberté*, *op. cit.*, p. 321-322.

le monde comme ressource esthétique, perceptive, sensible, intellectuelle. Nécessité d'écrire aussi, de faire récit, de poser des mots, de verbaliser, mais plus simplement de déployer un fil d'écriture, alors même que le sujet a un sentiment de fragmentation. Invitation à la discipline, pour organiser ces journées qui peuvent sembler interminables et qui souvent sont le lieu d'un inefficace et donc d'une culpabilité, ou plus généralement d'une lassitude. Fêter les grands jours de la conscience collective, c'est aussi une manière de se rattacher aux autres, au monde qui continue de courir, comme à ce monde ancestral qui nous a précédés. Il ne s'agit pas de prosélytisme religieux, chacun l'aura compris, il s'agit d'accepter la présence d'un rituel, dans sa forme la plus élémentaire, là aussi, le festif, la communion avec les autres, le sacré dans son aspect convivial et non pas sectaire. Refaire lien aussi avec la notion de « travail » alors qu'on est malade.

Fanon craint de voir les patients infantilisés, rendus plus fragiles encore par une surmédicalisation. Les soigner nécessite de les responsabiliser, et non de les punir ou de les surprotéger. Il décrit ainsi l'idéal de métier : « Chaque fois que nous abandonnons notre métier, chaque fois que nous abandonnons notre attitude de compréhension pour adopter une attitude de punition, nous nous trompons[1]. » À quoi sert la publication d'un journal à l'hôpital ? À faire qu'il n'y ait pas repli sur soi, apathie, victimisation et exclusion des patients. « Sur un navire », écrit Fanon, avec une sensibilité presque naïve, « il est banal de dire qu'on est entre ciel et eau ; qu'on est coupé du monde ; qu'on est seul. Justement, le journal lutte contre le laisser-

---

1. *Ibid.*

aller possible, contre cette solitude. [...] tous les jours, cette feuille met de la vie sur le bateau[1]. » Voir l'hôpital comme un navire, et la cure comme une traversée, montre l'humanité du geste de soin de Fanon. Aucune irréversibilité ne construit son propos. Ce sont des traversées de la vie, de la souffrance, et lui, en tant que chef de service, a les responsabilités d'un capitaine qui fait corps avec son équipage, celui-ci étant autant formé par les patients que par les soignants. Tous les patients et le corps soignant sont invités à tenir un journal, comme à participer à l'écriture du Journal commun.

Fanon, souvent, s'émeut du peu d'entrain mis à faire cela, alors qu'il sait que cette obligation est vertueuse, thérapeutique, capacitaire, qu'elle remet l'ensemble des individus sur le chemin du « faire » et d'un vécu plus digne. « Écrire est certainement la plus belle découverte, car cela permet à l'homme de se souvenir, d'exposer dans l'ordre ce qui s'est passé et surtout de communiquer avec les autres, même absents[2]. » Nous pourrions ajouter qu'écrire permet la projection dans l'avenir et le monde, qu'écrire demeure la dernière – ou la première, c'est selon – des mobilités temporelle et spatiale. Écrire, c'est retrouver le mouvement, et les phrases de Fanon dans *Peau noire* résonnent d'un nouveau sens, moins métaphysique et plus clinicien : « l'homme est mouvement vers le monde et son semblable[3] ». Or, lorsqu'il est atteint dans sa capacité physique de mouvement, il faut aller récupérer au fond de l'âme et du cœur ce reste d'énergie

1. *Ibid.*, p. 324.
2. *Ibid.*, p. 324.
3. F. Fanon, *Peau noire, masques blancs, op. cit.*, p. 91.

psychique pour le remettre en mouvement, et cela peut passer par l'écriture, non celle qui est spontanée et de plaisir, ou d'inspiration, mais celle qui relève du passage obligé, moins évidente, plus laborieuse, et dont beaucoup ne comprennent pas d'emblée l'usage. L'écriture comme inspiration pourra revenir plus tard et délivrer ses plaisirs. Là, il ne s'agit pas de cela ; il s'agit de récupérer comme on peut un être meurtri, affaibli par la vie et lui-même, le sortir du découragement, voire de l'amertume, et pour cela l'inviter, l'obliger presque, à prendre le chemin de l'écriture, comme d'autres iront marcher, ou s'obligeront à se laver. C'est plus qu'une hygiène du corps, ou alors au sens noble du terme, et non pas uniquement au sens de l'ordre public. Cette écriture-là est un « prendre soin », un geste thérapeutique que l'on peut faire pour autrui. Des patients peuvent alors écouter l'autre et lui montrer le chemin de l'écriture. Mettre sur papier ce qu'il dit, ses doutes, ses douleurs, ses tristesses, le réinscrire ainsi dans un cercle éthique, l'accueillir avec empathie dans celui-ci. Toujours se soucier d'impliquer le patient, de le rendre acteur, sans le commander. Tout sauf simple car il ne veut pas nécessairement être acteur, il ne veut rien, ne veut plus, est un malade de la volonté, au sens où elle est ensevelie sous un tas d'angoisses et de névroses sévères, trop lourdes à bouger, et surtout trop douloureuses. Il ne veut pas et pourtant, s'il n'est pas impliqué, s'il s'en rend compte, il se rebelle aussi :

Il y a quelques jours, je me suis attiré une réponse très brutale. Je demandais la date à un malade de Reynaud. Comment voulez-vous que je connaisse la date ? Le matin, on me dit levez-vous. Mangez. Allez dans la cour. Le midi, on me dit mangez. Allez dans la cour et après couchez-vous. Personne ne me dit la date. Comment voulez-vous que je sache quel jour on est[1].

Toujours mettre en regard les principes et les pratiques, car l'on pourrait oublier que ces lieux-là, dits de soin, sont plus ambivalents qu'il n'y paraît. Si Fanon veut rendre capacitaire, veut impliquer, ce n'est pas pour autant que les équipes suivent et que les patients deviennent agents. Si je m'attarde sur cette manière de présenter le soin, et surtout sur cet exemple de l'hôpital Blida-Joinville (1953), avec Fanon – mais j'aurais pu le faire avec Saint-Alban, La Borde ou Kingsley Hall, ou tant d'autres de ces lieux qui tentent de soigner différemment et de faire avancer en miroir la société –, c'est précisément pour illustrer une manière de lutter contre la maladie psychique, notamment la dépression, et toutes les formes de dépréciation de soi qui virent au ressentiment. Montrer qu'il s'agit parfois de faire peu de chose – l'ampleur du petit, en somme. En revanche, qu'il s'agit de le faire de façon disciplinée, régulière, pour chaque jour, mettre au défi cette volonté en errance qui est la nôtre. Voilà un exemple très concret pour raconter comment un psychiatre résolument singulier opère dans une structure collective des plus modestes, comment par sa différence il nourrit une procédure de politique publique de soin et de solidarité, comment il travaille à réarticuler santé psychique des individus et santé publique.

Ce lieu où se réinvente le soin, bien sûr, nous cherchons à le mettre en place à la chaire de philosophie à

1. *Ibid.*, p. 325.

l'hôpital, au GHU Paris, « Psychiatrie et Neurosciences ».
Nous en sommes encore loin, à peine à l'orée. Quel est
le défi ? Faire un service dédié au soin, dédié aux autres
services hospitaliers, dédié aux soignants et aux patients,
dédié à l'invention clinicienne, faisant la part belle aux
humanités, tant théoriquement et académiquement qu'ex-
périmentalement. Lieu qui vient soutenir tous les autres,
si nécessaires et si épuisés. Ni plus ni moins que la conti-
nuation de l'invention solidaire et médicale au sein des
institutions collectives. Néanmoins, une fois posé cela, il
faut être vigilant, comme nous l'enseigne Fanon, car la
chose si évidente ne l'est nullement pour tous, et le temps
et les moyens matériels et humains manquent pour une
telle ambition. Pour autant, lâcher sur cette ambition n'a
aucun sens. Ce serait comme abandonner la médecine
aux charlatans, ou abandonner les nouvelles technologies
de la santé si déterminantes, pour nous emmener vers un
nouvel âge de celle-ci.

9

RECONNAISSANCE DE LA SINGULARITÉ

Dans un éditorial d'avril 1954, Fanon rappelle qu'une
circulaire ministérielle invite, à juste titre, à nommer les
malades correctement (par exemple ne pas appeler une
femme mariée par son nom de jeune fille) et à leur permettre de conserver leurs effets personnels, leurs vêtements ou alliances. La chose semble évidente, aujourd'hui,
même si la politique de conservation des effets personnels
est souvent mise à mal, notamment avec cet objet person-

nel interactif, complexe, qu'est le téléphone portable. On se souvient de l'enquête sociologique assassine de Goffman[1] qui découvre le fonctionnement interne des asiles psychiatriques et les procédures de « profanation de la personnalité[2] », totalement archaïques, dangereuses pour les patients, car les projetant dans une mésestime d'eux-mêmes tout à fait dommageable et contre-productive en matière de soin. La réification prédomine alors dans ces lieux dits de soin et qui se révèlent antihumanistes.

À chaque grande secousse de la vie, commente Fanon, l'homme a besoin de retrouver ses dimensions, il a besoin d'assurer ses positions. Nous ne devons pas collaborer à la destruction de ces positions[3].

Les mots sont forts et ne croyons pas qu'ils soient destinés au seul territoire de l'hôpital. Dans l'entreprise, la même réification s'opère, comme à l'école, ou dans toute institution publique, comme si elle prenait plaisir à « détruire les positions » de l'individu, pour le mettre sous tutelle, et lui enlever tout goût d'individuation. Lorsque nous participons à ce système généralisé de réification, nous « collaborons » – et l'on peut entendre ici la référence historique vichyssoise. Nous produisons de la colonisation des êtres alors même qu'il faudrait participer à leur réassurance.

Cet attachement aux petits détails n'a pas de visée totalitaire, comme on pourrait le supposer à juste titre

1. Ervin Goffman, *Asiles. Études sur la condition sociale des malades mentaux*, Éditions de Minuit, 1968.
2. *Ibid.*
3. F. Fanon, « Notre Journal », dans *Écrits sur l'aliénation et la liberté*, *op. cit.*, p. 327-328.

en lisant *Asiles* d'Erving Goffman. Chez ce dernier, le fonctionnement asilaire des années 1960 est précisément celui d'une réification totale où l'on cherche à contrôler tous les détails de la vie du patient, en ne lui laissant pas l'initiative de proposer quelque chose de spécifique à sa personnalité. Il s'agit là d'une entreprise de normalisation, voire de stigmatisation. Rien ne doit échapper à l'institution totale, comme la nomme Goffman. Le refus de la singularité fait de cette institution un lieu de mutilation de l'individu et non de prise en considération et de soin. Quand Fanon défend l'attention aux petits détails, ce n'est certes pas dans une visée totalitaire. Il s'agit pour lui de respecter, dans l'infime et l'intimité, ce que le patient considère comme propre, à savoir son nom, ses vêtements, ses effets personnels, son alliance, etc. Ce sont des positions de réassurance, de consolidation et de reconnaissance de son identité, celle qu'il a depuis toujours, indépendamment de l'expérience de la traversée de sa vulnérabilité.

Il est intéressant de voir que l'analyse peut être élargie de nos jours au fonctionnement plus global de la société. Que faire de l'attention au petit, à l'infime, aux détails du singulier ? Y a-t-il une place pour cela dans le politique, ce que certains ont nommé d'ailleurs à juste titre « l'infra-politique », ce devant quoi l'État fait un pas de retrait, lui permettant de s'épanouir sans pour autant virer au communautarisme, ce qui serait d'ailleurs antinomique avec la visée initiale de respect de la singularité.

La raison ne peut être introduite de force dans l'histoire et dans la société, et il est vain de se figurer qu'elle y soit déjà à l'œuvre de façon cachée. Par ailleurs, c'est le point qui a été mis en valeur par l'école de Francfort, les efforts en vue de rationaliser la vie sociale se révèlent dévastateurs, dans la mesure où ils installent les conditions d'un asservissement généralisé qui n'est plus perçu comme tel par ceux qui en subissent les effets, ce qui est le principe de base du fonctionnement de la société de normes. Il est devenu périlleux de faire confiance à des projets de transformation globale de la société. Il faut renoncer, du moins aujourd'hui, à faire la révolution en grand, et se résigner à la voir en petit, sur le plan des détails concrets de l'existence, en sachant qu'à tout moment le mieux peut se retourner en son contraire[1].

Ce que nous enseigne ici la théorie de Francfort, au sujet non de la réification dans une institution de soin, mais dans ces institutions plus générales que sont la société et l'Histoire, c'est que ces dernières entrent dans une nouvelle ère, celle des changements civilisationnels qui ne seront pas massifiés, standardisés, avec cette possible dérive totalitariste. Dès lors, projet collectif rime aussi avec insularité expérimentale, tiers lieux qui savent articuler l'endogène local et l'intérêt général national, en somme une nouvelle manière de produire de l'intérêt général en s'appuyant sur les singularités qui appartiennent à l'État de droit.

Ce n'est pas un plaidoyer pour le manque d'ambition mais un souci de ne pas détruire nos bonnes intentions par des moyens inadaptés, et trop périlleux en termes de conséquences. La ligne de crête est difficile car la montée en généralité reste un défi majeur pour l'égalité citoyenne.

---

1. Pierre Macherey, entretien avec Jean-Philippe Cazier, « Il n'y a pas de bon sens de l'histoire », *Chimères*, 2014/2, n° 83, p. 23-33.

Il est clair qu'il y a deux mondes qui s'affrontent[1] : celui où l'individuation est réelle, créatrice et dont le talent est mutilé par des approches trop verticales, pas assez respectueuses de l'expertise propre, sans parler du fait que seule cette approche de gouvernance est réellement efficace en termes de compréhension de la complexité des enjeux, et surtout de la finesse de la réponse à apporter. Mais hélas, le haut niveau d'individuation des individus est ici nécessaire pour rendre cette approche efficace. Face à cela, il y a l'autre monde dans lequel les individus sont plus épris d'individualisme, et non d'individuation, parfois plus précaires, plus court-termistes, moins conscients de la spécificité des enjeux actuels, et qui oscillent entre l'appel à l'aide et la vision très illusoire d'un homme providentiel, et simultanément le refus d'un gouvernement des élites, jugées trop oligarchiques, pas assez exemplaires pour être dignes d'être reconnues comme chefs.

Le deuxième grand mouvement qui structure la société, actuellement, est bel et bien ressentimiste, du moins avec de fortes tendances à l'être : les individus sont piégés, alternant agressivité et dénigrement ; puérils, ils se sentent démunis, sans pour autant s'engager pour s'extraire de la posture de victimes. Phénomène qui fait écho à la situation clinique bien connue des patients produisant de la non-issue. Ces derniers sont extrêmement ingénieux dans l'absence de solution ; tout ce qui est proposé a déjà été tenté et s'est révélé inefficace ; tout ce qui n'a pas été tenté est dévalorisé. Leur arrogance est immense – sans

---

1. La classification est de toute évidence « fausse », au sens où elle est trop binaire ; elle permet néanmoins de saisir l'antagonisme profond qui distingue les différents courants de la société.

doute le seul rempart défensif contre l'envahissement définitif de la mésestime de soi –, ils savent mieux que personne, eux qui ne produisent pas de solution, ce qu'est une issue. Et là, il n'y en a pas. Contre cette volonté farouche d'empêcher la production d'une issue, à la limite de la psychose, il n'est pas simple de se positionner : proposer une issue, voire plusieurs, est immanquablement rejeté – ces patients trouvant encore leur seule jouissance dans la mise en échec de leur analyste – ne rien proposer n'enraie pas pour autant la répétition dans la non-issue. Il faut trouver un autre seuil où œuvrer, un espace où la rivalité mimétique n'a plus de prise, où la « comparaison », comme dirait Fanon, cesse. Il faut les sortir de ce narcissisme d'être inconsolable ou inguérissable.

Ce refus de l'issue est pour le malade psychique le seul signe qu'il possède encore de son sujet ; telle est sa manière de faire sujet, lui ôter ce « négatif » le rend plus agressif encore. Lorsqu'on n'a plus que le trouble pour soi, il est quasiment impossible de l'abandonner. Petit à petit, il faudra convaincre sans en donner l'impression qu'il y a du sujet ailleurs, précisément le sien, un sujet qui œuvre, à la différence d'un sujet de désœuvrement. L'outil merveilleux, ici, serait l'humour, la *vis comica*, bien sûr. Mais ce sont des sujets qui n'ont pas le sens de l'humour, qui prennent généralement très mal le fait que leur habileté à produire de la non-issue soit interpellée de façon ironique. La douceur que peut avoir aussi l'humour n'y fait rien, elle signe immédiatement l'incompétence de l'analyste, qui n'a visiblement pas saisi la grandeur de l'enjeu, et la pertinence de cette singularité. Ce sont là des pathologies narcissiques profondes qui se targuent de n'être pas manipulables, alors qu'elles ne sont que manipulables, mécanisme qui n'est pas simple dans une cure qui pose l'aptitude à la liberté au cœur de son processus. Dans son éditorial de décembre 1956, Fanon illustre avec un exemple débonnaire cette différence irréductible qui existe entre le fonctionnement social classique et la vie à l'intérieur d'un hôpital psychiatrique. Il choisit l'exemple du sport, car celui-ci est souvent utilisé comme élément thérapeutique. Mais il est atterré de voir que les infirmiers sont alors incapables de rester « infirmiers » et donc de jouer leur rôle d'arbitre en conséquence, et qu'ils se mettent à devenir « arbitre » au sens classique du terme, selon les règles et les codes du monde extérieur, ce qui immanquablement provoque un dysfonctionnement majeur.

À l'hôpital psychiatrique, nous ne pouvons pas établir de loi générale parce que nous n'avons pas affaire à une population anonyme. Nous avons affaire à des personnes bien déterminées et nous devons en tant que thérapeutes tenir compte de ces personnes-ci, particulièrement des nuances, cette nécessité de s'adapter à chaque pensionnaire. À l'hôpital psychiatrique, on ne peut pas entendre des phrases comme : « Je ne veux pas le savoir, vous n'avez qu'à faire comme tout le monde. » Parce que, justement, le pensionnaire a de nouveau à apprendre à être comme tout le monde ; c'est parce que, souvent, il n'a pas pu faire comme tout le monde qu'il s'est confié à nous[1].

L'homme du ressentiment partage avec ce type de patients le fait qu'il est atteint d'une pathologie narcis-

---

1. F. Fanon, « Notre Journal », dans *Écrits sur l'aliénation et la liberté*, *op. cit.*, p. 360-361.

sique et qu'il est en demande, même si celle-ci est résolument inaudible, d'une reconnaissance absolue de sa singularité, alors qu'il la fait taire par ailleurs sous la violence de l'affect ressentimiste, et que la simple prise en compte de cette singularité le fait souffrir, tant il se rend compte qu'il est à des années-lumière de son idéal du moi. Et ce qu'il partage également avec la description de ces pensionnaires, c'est précisément cette incapacité d'être traité de façon générale : il disparaît dans la foule, mais cette foule n'est pas générale, elle est une sorte d'aura de son ego en mal d'être, une forme extensive de son moi défiguré, une grande flaque pulsionnelle qui est censée délivrer le petit moi rétréci qu'il est. Il faudrait quasiment vingt-quatre heures sur vingt-quatre l'accompagner, le reconnaître dans sa singularité, ne pas le mettre sous pression par ladite reconnaissance de cette singularité, être simplement là, hors du jugement, dans la pure sympathie (au sens simplement d'être avec, sans nécessairement pratiquer une empathie plus dispendieuse), alors même qu'il est hostile. Encore une fois, il vaut mieux avoir œuvré du côté de la prévention du ressentiment car, une fois franchie la frontière ressentimiste, il est difficile de revenir. Moi qui suis en phase si souvent avec la pensée de Jankélévitch, il est un point de divergence forte : le ressentiment ne me semble pas si aisément réversible, d'où sans doute le travail nécessaire en amont pour tenter de s'en prévenir, car une fois le seuil franchi, quelque chose de la confiance biologique et intersubjective est bel et bien atteint, comme érodé. Jankélévitch dénonce la « philosophie du bon-débarras », celle qui préfère « oublier », qui pardonne pour mieux se défaire de l'obligation de justice et de vérité. En somme, celle qui ne produit qu'un simulacre de pardon. Dès lors, il en appelle à la préférence pour le ressentiment, au sens où ce dernier impliquerait sérieux et profondeur. Parce qu'il est cet auteur toujours enclin à l'espérance, il pense que le ressentiment pourrait préluder au pardon cordial[1]. Je ne le crois pas. De même que l'oubli peut se dessaisir du simulacre du pardon – un sujet peut tout à fait décider d'oublier et de ne pas pardonner –, de même que ne pas pardonner ne produit pas nécessairement du ressentiment, ce dernier n'est ni « sérieux » ni « profond » au sens de digne et de connaissance qualitative. Le ressentiment n'est pas assimilable à la souffrance. Il est une construction purement subjective qui se développe comme une excroissance toxique sur la souffrance sérieuse et profonde.

IO

SANTÉ INDIVIDUELLE ET DÉMOCRATIE

Lier santé psychique des individus et santé démocratique, au sens où l'on va interroger le bon fonctionnement de la société, sa capacité à résister à sa propre entropie, et non à manifester un exercice imperturbablement vertueux. Être en bonne santé, c'est tomber malade et s'en relever, nous ont appris Canguilhem et tant d'autres.

---

1. V. Jankélévitch, *Le Pardon* (1967) : « La philosophie du bon-débarras est une caricature du pardon. [...] S'il n'y a pas d'autre manière de pardonner que le bon-débarras, alors plutôt le ressentiment ! Car c'est le ressentiment qui impliquerait ici le sérieux et la profondeur : dans le ressentiment, du moins, le cœur est engagé, et c'est pourquoi il prélude au pardon cordial. »

La santé démocratique partage cette même aptitude : savoir faire face à ses dérèglements internes, ne pas être paralysé par eux, trouver le moyen de progresser alors même qu'il y a sempiternellement des vents contraires. Ceux-ci ne témoignent pas forcément d'un pluralisme de bon aloi. Ce serait là une version irénique du conflit, qu'il ne soit l'objet que de controverses soigneusement respectueuses d'un consensus sur les normes. Les vents contraires peuvent être résolument contraires, autrement dit antidémocratiques et antihumanistes et, dès lors, les intégrer, les digérer sans être contaminé par eux est autrement plus difficile.

Beaucoup considèrent à juste titre que l'analogie entre le corps individuel et le corps collectif n'a pas de sens ; ils ont raison : la question du nombre est essentielle pour vicier le qualitatif. Pour autant ne pas les lier est tout aussi ridicule, tant nos sociétés sont désormais constituées par des « individus » qui revendiquent leur individualité, avec plus ou moins de santé psychique. Cela n'est pas sans conséquences sur le « corps » plus collectif qu'est la société dans son ensemble, même si ce caractère organique et unitaire est de moins en moins saisissable, tant il y a de « corps » différents à l'intérieur dudit corps sociétal. Étudier le fonctionnement politique et social d'une société sans soulever la question de la psychanalyse paraît insuffisant. Bien que non-psychanalyste, Axel Honneth a su reconnaître la nécessité d'articuler les deux, notamment lorsqu'il a forgé son concept pertinent de « reconnaissance ». Pourquoi la psychanalyse est-elle si essentielle dans l'étude de la démocratie, et pas uniquement de la personne ? Parce qu'elle est en mesure « d'éclairer les forces inconscientes qui empêch[ent] les sujets [...] d'agir conformément à leurs intérêts rationnels[1] ». Honneth, à la différence d'Habermas, fait ce pas de plus dans l'histoire de la singularité humaine, et dans l'apport théorique de la psychanalyse à la théorie critique :

> Une théorie critique requiert une conception réaliste de la personne humaine, aussi proche que possible des phénomènes observés, qui doit aussi être capable de faire une place appropriée aux forces de liaison inconscientes, non rationnelles du sujet. Si elle ne prenait pas en compte ces motifs et ces affects indociles à la réflexion, la théorie courrait en effet le risque de succomber à un idéalisme moral qui présumerait trop des ressources rationnelles propres des individus[2].

Nous en revenons toujours à l'illusoire conception de la rationalité dessaisie de celle des pulsions et des émotions, et plus simplement comme déconnectée de ce qui constitue structurellement un individu, à savoir la finitude, son angoisse de mort, « les fondements existentiels de sa condition ». Ne pas les intégrer à notre façon de penser et de concevoir la démocratie dans son fonctionnement politique global voue celui-ci à plus d'entropie.

Il ne s'agit nullement de basculer dans une caricature de l'étude des singularités qui composent cet état de droit, comme nous en prenons la direction aujourd'hui, avec la collecte incessante des données personnelles qui ne sont nullement assimilables à la personne humaine. Il s'agit de comprendre que la santé psychique des individus produit un impact tout à fait indéniable sur le fonctionnement

---

1. Axel Honneth, *Un monde de déchirements. Théorie critique, psychanalyse, sociologie*, La Découverte, 2013, p. 232.
2. *Ibid.*, p. 233.

de la société, et d'autant plus que celui-ci devient plus quantitatif. Dans *Les Irremplaçables*, j'avais cherché à démontrer ce lien à l'égard d'un individu réifié, se sentant remplaçable, interchangeable, non respecté par son environnement, notamment institutionnel et professionnel, donc public au sens large. Comment cet individu petit à petit se clivait pour résister à cette maltraitance psychique et comment, par la suite, il tombait malade. S'il était précisément sain inauguralement ; ou, à l'inverse, comment il renforçait par ce dysfonctionnement collectif ses propres dysfonctionnements intérieurs, liés à son histoire personnelle, elle-même déjà articulée à l'histoire collective. Cet individu-là, dès lors, ne serait plus capable d'assumer la charge de protéger la démocratie, autrement dit de la désirer et de s'y engager. Au contraire, il retomberait dans des délires de persécution victimaires, à la recherche d'un bouc émissaire et d'une figure paternelle lui procurant une double croyance, fausse, celle d'être protégé et de pouvoir libérer ses pulsions hostiles sans en payer le prix.

De la même façon que la théorie de la finance a désormais acté, de façon plus officielle et nobélisée[1], la science comportementale, de même la philosophie politique devrait s'articuler davantage aux sciences comportementales, et notamment à la psychanalyse qui reste celle qui travaille avec la notion d'inconscient. À partir du moment où l'on définit le ressentiment comme un des maux les plus dangereux pour la santé psychique du sujet et celle du bon fonctionnement de la démocratie, il est important

---

1. Richard Thaler a reçu le prix Nobel en 2017 pour ses travaux sur la finance comportementale.

de saisir comment s'en prémunir, certes institutionnellement, mais aussi cliniquement, ce qui renvoie à l'étude
des phénomènes plus pulsionnels dudit ressentiment.

Que ce soit dans ses fantasmes pulsionnels refoulés, le destin
impénétrable de ses liaisons ou dans ses constellations affec-
tives inaccessibles à la volonté, la personne humaine est ici
toujours considérée du point de vue des élans inconscients qui
imposent à la délibération rationnelle des limites difficilement
franchissables[1].

Honneth poursuit en citant un deuxième argument
important pour la juste élaboration d'une théorie critique
de la société, « explicatif » et pas seulement « norma-
tif ». Comprendre les « motifs de la conduite humaine »
nécessite une théorie psychanalytique : « Pour prendre
en considération ces motifs opaques, étrangers au Moi,
tels qu'ils s'expriment dans les angoisses, les besoins de
liaison, les désirs de fusion, les fantasmes de soumission,
il faut une théorie psychologique du sujet, une théorie
de la socialisation, qui s'intéresse à la genèse des affects
inconscients dans l'histoire individuelle du sujet. »
Il est évident que nous ne pouvons réaliser cette
prouesse avec tous les individus qui constituent une
société, sachant qu'il n'est pas souhaitable de permettre
au politique d'aller sur ce terrain de l'intime. Il ne s'agit
donc pas de cela, de produire une transparence sur la vie
des êtres qui, à l'inverse, produirait une véritable psychose et des faux self en pagaille. Il s'agit de comprendre
que nos institutions – de manière large : de l'école à

1. A. Honneth, *op. cit.*, p. 233.

l'entreprise, en passant par les administrations, les hôpitaux, les universités, etc. – doivent produire assez de soin pour ne pas renforcer les vulnérabilités inhérentes à la condition humaine, à savoir ses conflits pulsionnels, le sentiment mélancolique de la finitude, et prendre garde à ne pas produire de la réification qui, après s'être retournée contre les individus, les avoir rendus malades, se retournera contre la démocratie elle-même, en développant la traduction politique de ces troubles psychiques et notamment dudit ressentiment. L'articulation avec la psychanalyse, mais plus généralement avec les humanités, sera d'autant plus nécessaire à l'avenir que cette considération sur l'importance de la rationalité émotionnelle, inséparable de nos processus rationnels de décision, s'inscrit dans un cadre désormais numérique et algorithmique. La technique concurrence de façon toujours plus oppressive, et potentiellement liberticide, les humanités dans leur compréhension de la personne humaine. Elle propose d'ores et déjà une « traçabilité » des émotions personnelles, via la collecte toujours plus expansionniste des données, dites personnelles, qui portent indûment ce nom, car elles ne disent rien de la vérité holistique de la personne. Toute donnée est désormais personnelle, au sens où elle peut « dire » quelque chose des libertés personnelles. Cette réification de la personne par les données numériques est le contraire d'un processus analytique respectueux de la dignité et de la liberté de la personne humaine.

L'ATTEINTE AU LANGAGE

L'une des manifestations les plus explicites et audibles du ressentiment demeure l'utilisation ordurière du langage. L'homme du ressentiment, après un silence coupable, qui relève souvent de la dissimulation du soumis, se « lâche », et vomit par son langage sa rancœur. Le langage devient vomissement, et surtout possibilité de salir l'autre. Tel est bien l'enjeu : utiliser le langage non simplement comme un véhicule de la verbalisation de ses sentiments ou comme un outil de communication à l'égard d'autrui, mais comme une puissance de frappe contre l'autre. Il faut frapper, violenter l'autre, et comme on ne peut pas le faire par la violence physique, il s'agit d'utiliser le langage comme violence. Insulter, dénigrer par la parole, le délégitimer, le couvrir d'opprobre, diffamer, calomnier, injurier. Le langage devient le premier territoire pour expulser ce fiel et surtout pour porter atteinte à cet autrui qu'on suppose être la cause du mal dont on se dit victime. Le langage peut parfaitement verbaliser la colère, le refus, la désignation de l'autre comme mal et danger : il est même le ferment de ce qui peut constituer, plus tard, une nouvelle légitimité, la nécessité de la mise en place de la justice. La violence au service de cette cause existe, elle aussi, bel et bien légitimement. Mais la misologie qui se joue aujourd'hui, sous couvert d'anonymat et de délation permanente, témoigne de la détestation ressentimiste qui étreint les cœurs.

Dès lors, ce n'est pas seulement une atteinte à l'autre

qui est en jeu, mais une atteinte au langage lui-même, à sa capacité de symbolisation et de sublimation. C'est retourner à l'usage falsifié du langage, sophistique, complaisant et ordurier, qui permet d'en faire un simple instrument au service du pouvoir et non de la critique. Cette misologie, décrite par Karl Popper, s'assimile à une haine du logos, de la culture. Dorénavant, l'homme ressentimiste choisit délibérément de n'user du langage que pour dégrader l'autre, le monde, les rapports qu'il entretient avec eux. Le langage est au service d'une dé-symbolisation. Il n'est plus au service de l'esprit critique mais de la pulsion. S'il ne vomit pas la pulsion, il est jugé inauthentique. Or, c'est précisément l'inverse qui a lieu : un langage qui n'a plus de puissance de symbolisation disparaît en tant que langage. Il s'assimile à la seule pulsion, incontrôlée, et perd sa capacité transfiguratrice. Il n'est plus cet outil essentiel à l'édification de la rationalité publique, elle-même garante de l'État de droit, et plus globalement d'une société humaniste.

De nos jours, un tel vomissement est quasi permanent sur les réseaux sociaux, et ce d'autant plus que l'anonymat est l'une des règles qui organisent ces espaces. Anonymat unilatéral, au sens où l'homme du ressentiment va vomir sa haine de l'autre, en ciblant cet autre, précisément identifiable, et sur lequel une violence physique pourra s'abattre, venant ratifier la violence langagière. Tel est le but : porter atteinte, porter un coup aussi violent que possible, détruire l'image de l'autre parce qu'aujourd'hui cette image est quasiment consubstantielle de l'identité. Nul ne peut nier que c'est là une faiblesse de la société moderne d'avoir consolidé cette faille narcissique, et d'avoir rendu l'image plus puissante encore que le fait. Nous sommes aujourd'hui dans un monde démuni face à de nouvelles formes d'idolâtrie, qui ne sont plus exclusivement adressées au religieux et au divin, mais qui détériorent l'esprit et la faculté de juger, de la même façon, peut-être même avec plus de dégâts, dans la mesure où il n'existe plus aucune transcendance. L'idole n'est pas l'icône, et personne n'est dupe. L'idole s'inscrit dans un registre de l'aliénation, de l'addiction, du trouble comportemental, du panoptique généralisé. Voilà donc, souvent, ces réseaux sociaux pris dans la binarité ridicule bien connue, nullement binaire : vomir sa haine ou vomir sa flatterie, les deux étant indissociables, et très équivalents.

Ceux qu'on dénomme les « *haters* » peuvent sévir en bandes organisées et pratiquer le harcèlement ciblé. La haine langagière s'excite avec l'idée d'une cible mais n'en a nul besoin pour perdurer. Elle est la première manifestation de la pulsion ressentimiste libérée, qui se cache encore sous l'anonymat mais qui attend son heure, massive, pour pouvoir enfin se livrer au grand jour. Bien sûr, face à cette parole « détruite », dont la valeur a été démonétisée, il y a toujours des individus qui ne renoncent pas à pratiquer un discours qualitatif car ils savent que celui-ci est garant de l'État de droit, du moins d'un reste d'État de droit. Remercions-les, car la tâche ressemble à ce tonneau des Danaïdes, inlassablement incomplète, inlassablement intranquille.

La prophétie warholienne des quinze minutes de célébrité offertes à tous à l'avenir, formulée en 1968, s'est réalisée et inversée : dorénavant chacun est assuré de connaître quinze minutes de diffamation dans le monde des réalités fusionnées, physique et virtuelle. D'une certaine manière, les « Deux Minutes de la Haine » pronostiquaient déjà chez Orwell l'émergence d'un rituel de détestation collective devant le jaillissement d'une image et d'un visage, identifiés comme « l'Ennemi du Peuple » par la « Police de la Pensée ». La haine, le dénigrement, la diffamation, le contraire de l'opinion publique (du moins dans sa tradition du XIXᵉ siècle), autrement dit une sorte de di-*fama publica*, ont toujours été des instruments d'ordre moral et public, pour le moins médiocres mais efficaces[1].

Diffamer, en apparence, c'est moins mentir qu'entacher une réputation. En apparence seulement, car diffamer c'est mentir sur ses motivations. Ce n'est pas chercher à dire la vérité mais à ternir ce qui est jugé trop lumineux. C'est inciter à ne plus aimer l'objet aimé. La diffamation est une incitation à la haine qui ne dit pas son nom. Pas nécessairement un mensonge sur l'autre, mais un mensonge sur soi. Entre la haine, la diffamation et le mensonge, quels sont les liens ?

Dans *La République*, Platon distingue le « vrai mensonge » et le « mensonge dans les discours ». On doit « haïr » le premier mais pas nécessairement le second. Le premier est un acte de tromperie fait délibérément. « Le vrai mensonge est [...] haï non seulement par les dieux, mais encore par les hommes[2]. » Les dieux ne mentant ni ne trompant, l'affabulation poétique qui dit le contraire

1. Les paragraphes suivants, concernant le lien entre la haine, la diffamation et le mensonge, sont issus de l'article suivant : C. Fleury, « La haine se ment », dans *Dis-moi qui tu hais. À propos de quelques formes contemporaines de la haine*, dans *Le Diable probablement*, 2014.
2. Platon, *La République*, Livre II, 382a-382e. Voir également Pierre Sarr, « Discours sur le mensonge de Platon à saint Augustin : continuité ou rupture », *Dialogues d'histoire ancienne* 2/ 2010 (36/2), p. 9-29.

est assimilable à un mensonge dont la cité et l'éducation doivent se garder. C'est l'un des arguments platoniciens pour justifier la censure des poètes : « Quand un poète parlera ainsi des dieux nous nous fâcherons, nous ne lui accorderons point de chœur, et nous ne laisserons pas les maîtres se servir de ses fables pour l'éducation de la jeunesse[1]. » Concernant « le mensonge dans les discours », il trouve parfois une justification dans la mesure où il peut se montrer « utile à certains, de façon à ne pas mériter la haine ? À l'égard des ennemis et de ceux que nous appelons amis, quand poussés par la fureur ou la déraison ils entreprennent quelque action mauvaise, n'est-il pas utile comme remède pour les en détourner[2] ? ».

Autrement dit, le mensonge se justifie s'il est utile à l'intérêt général, dans la mesure où il s'agira d'en user pour détourner autrui d'une action mauvaise[3]. Dès lors, un tel remède n'est pas utilisable par tous. Il doit être réservé aux « médecins », à l'abri de l'usage des profanes. « S'il appartient à d'autres de mentir, c'est aux chefs de la cité, pour tromper, dans l'intérêt de la cité, les ennemis ou les citoyens ; à toute autre personne le mensonge est interdit[4]. » Enfin, Platon parle du « noble mensonge », soit celui fait aux citoyens pour les protéger de la discorde en leur faisant croire qu'ils sont nés d'une même terre, tous « frères dans la cité », mais dissemblables pour autant, certains étant plus précieux car composés d'or,

---

1. Platon, *La République*, Livre II, 382e-383c.
2. *Ibid.*, 382a-382e.
3. Voir également à ce sujet l'article suivant : C. Fleury, « Typologie des mensonges dans l'espace public : quelle régulation numérique ? », *International Review of Sociology*, volume 25, 2015.
4. Platon, *La République*, Livre II, 388d-389d.

d'autres moins, car composés d'argent ou d'airain. Ce mythe, défendu par le dirigeant politique, est un mensonge qui a pour utilité première d'instrumentaliser les citoyens de telle sorte qu'ils ne remettent pas en cause l'ordre préexistant. La République les convainc que leurs inégalités de naissance ne sont pas arbitraires mais méritocratiques. Le paradoxe, conscient ou inconscient, est alors le suivant : pour lutter contre l'absence de fraternité entre les citoyens, voire contre la discorde ou la haine entre semblables, le politique ment en distillant un mythe qui, à terme, est susceptible de susciter la haine et le ressentiment qu'il essaie d'éviter. Qui sait si la raison du succès de la diffamation ne commence pas à poindre ici. En effet, pourquoi une telle propension de l'opinion à diffamer ? Sur quel ressentiment inaugural une telle pulsion s'installe-t-elle ? Est-ce là une réaction face au mensonge du pouvoir, soit son usurpation et sa mythification ? Il ne s'agit pas de justifier la diffamation en lui articulant un pseudo-rôle régulateur mais de poser l'hypothèse suivante : la haine naît du mensonge du pouvoir. Elle est une réaction à l'usurpation falsifiée en mythe de fraternité et de hiérarchisation. Ce qui est présenté comme ordre social est déjà de la haine, au sens où celui-ci n'est que la résultante de la violence et de la force des uns qui ont prévalu sur celles des autres. Et Rancière de commenter :

Entre l'artisan et le guerrier, entre le guerrier et le gouvernant, impossible de changer de place et de fonction, impossible de faire deux choses à la fois sans ruiner la cité. Barrière des ordres, barrière du mensonge. Rien ne reste de la belle fonctionnalité de la division du travail. Il fallait que chacun fît la seule tâche à laquelle sa nature le destinait. Mais la fonction est une illusion aussi bien que la nature. Reste le seul interdit. L'artisan à sa place est celui, qui, en général, ne fait rien d'autre qu'accréditer, fût-ce au prix d'un mensonge, le mensonge décrété comme tel qui le met à sa place[1].

12

DES RECOURS À LA HAINE

La haine apparaît soudain comme un retour du Réel face au simulacre proposé, refoulé et nié. La psychanalyse ne considère pas la haine comme une simple réaction, mais la rattache à une pulsion plus originaire, auto-conservatrice. Non pas la haine du mensonge mais le mentir sur la haine. « Au commencement est la haine, dit Freud en substance en contrepoint au constat, combien plus rassurant, selon lequel *au commencement était le Verbe* », écrit Julia Kristeva[2]. Mais la scène de la Horde suffit-elle à contenir la haine des fils ? Le terrain de la rivalité mimétique des démocraties ultralibérales est une scène de la Horde perpétuellement continuée. « La haine est plus ancienne que l'amour. Elle provient du refus que le moi narcissique oppose au monde extérieur, pro-diguant les excitations[3]. » Un autre mythe, biblique, dit aussi l'impossible fraternité. Le premier meurtre est celui de la haine pour son frère, de l'impossibilité ontologique pour Caïn d'être « le gardien de son frère ». Il solde l'in-

---

1. Jacques Rancière, *Le Philosophe et ses pauvres*, Flammarion, « Champs », 1983, p. 52.
2. Julia Kristeva, *La Haine et le Pardon*, Fayard, 2005, p. 421.
3. S. Freud, *Considérations actuelles sur la guerre et la mort* (1915), Payot, « Essais de psychanalyse », 1986, p. 35.

capacité actuelle de la culture de sublimer la haine originelle. La culture est moins l'interdit du meurtre du frère que les ressources existentielles offertes à l'homme pour résister à l'abyssal de son désir. « Suis-je le gardien de mon frère ? » n'est pas une question mais un mensonge à Dieu et à soi-même, car Caïn sait qu'être homme c'est être créé et frère, n'être que créé et frère. La haine est inhérente à la faiblesse de la créature.

Autre nom de la culture et d'une résistance à la haine, reste la *philia* :

> Les processus successifs d'unification et d'élargissement des groupes humains qui jalonnent le devenir anthropologique sont les concrétisations historiques du processus d'individuation psychique et collective qui caractérise le devenir des sociétés humaines, et que régit l'économie libidinale en tant que celle-ci consiste à trans-former l'énergie psychique des pulsions en énergie sociale du désir, ce qui est la condition de constitution d'une philia – c'est-à-dire d'une durabilité du lien social[1].

Il est tristement révélateur que le grand réseau social Facebook ait choisi l'amitié comme nouveau territoire de la novlangue. Mais l'amitié, comme la culture, demande un peu plus de « mystère ». On se souvient du dialogue entre Oronte et Alceste dans *Le Misanthrope*.

ORONTE :
Sois-je du Ciel écrasé, si je mens ;
Et pour vous confirmer ici, mes sentiments,
Souffrez qu'à cœur ouvert, Monsieur, je vous embrasse.

1. Bernard Stiegler, *La Télécratie contre la démocratie*, Flammarion, « Champs », 2006, p. 71-72.

Et qu'en votre amitié, je vous demande place.
Touchez là, s'il vous plaît, vous me la promettez Votre amitié ? Monsieur...

ALCESTE :
Monsieur...

ORONTE :
Quoi ! Vous y résistez ?

ALCESTE :
Monsieur, c'est trop d'honneur que vous me voulez faire ;
Mais l'amitié demande un peu plus de mystère[1].

« Frères », en lieu et place d'« amis », signera sans
doute une prochaine étape pour le réseau qui sert si
bien par ailleurs les haines parricide et fratricide. La
force de l'espace virtuel est d'assembler les haines, sans
étonnamment – pour l'instant – nuire à leur prolifération. Elles coexistent malgré leur antinomie. La virtua-
lisation des frontières rend possible la juxtaposition des
scènes primitives sans que les hordes se dévorent entre
elles. La modernité n'a pas fait disparaître la Horde, elle
l'a multipliée et proposé un nouveau défi à la culture,
celui d'engendrer une résilience face au déploiement des
haines. Le Nom-du-Père s'est effacé devant le Nom-
des-Pairs, plus féroce encore. Car à l'instar du prince
de Machiavel qui prend parti pour le Peuple contre les
Grands, le Nom-du-Père est pour le sujet et son émancipation un adversaire moins redoutable que le Nom-
des-Pairs.

Rien de nouveau sous le soleil. En aval de la Première
Guerre mondiale, et en amont de la seconde, *Malaise*

1. Molière, *Le Misanthrope*, Acte I, scène II.

dans la civilisation rappelait déjà la faillite de la culture à contenir la pulsion de mort.

La question décisive pour le destin de l'espèce humaine me semble être de savoir si et dans quelle mesure son développement culturel réussira à se rendre maître de la perturbation apportée à la vie en commun par l'humaine pulsion d'agression et d'auto-anéantissement. À cet égard, l'époque présente mérite peut-être justement un intérêt particulier. Les hommes sont maintenant parvenus si loin dans la domination des forces de la nature qu'avec l'aide de ces dernières il leur est facile de s'exterminer les uns les autres jusqu'au dernier[1].

Le dialogue entre Charles Péguy et Jules Isaac[2] traduisait déjà à lui seul cette scénographie des plus redoutables et dont l'ambivalence fait encore la durabilité : l'immense amitié de deux hommes, et l'injonction du premier au second, considérant que la tolérance conduit à l'avilissement : « il faut haïr ».

Je sais que certains défendront cette vision primitiviste de la haine comme grand rempart contre l'agression d'autrui. Rien de plus vrai si celle-ci s'assimile à de l'autodéfense réelle, et non fantasmée. Pour ma part, la simple lecture de Péguy suffit à prouver que l'homme n'est pas ressentimiste bien que blessé et antimoderne – l'antimodernité étant peut-être la seule manière de vivre cette modernité, en restant critique à son égard. Son style, immense et sublime, parle pour lui et fait

---

1. S. Freud, *Malaise dans la civilisation*, *op. cit.*, p. 107.
2. Cité par Nicole Loraux dans « De l'amnistie et de son contraire », dans *La Cité divisée. L'Oubli dans la mémoire d'Athènes*, Payot, 1997. Cité également par Naepels Michel, « Il faut haïr », *Genèses*, 4/ 2007, n° 69, p. 140-146.

acte de sublimation pour l'éternité. Je veux croire que son appel à la haine traduisait sa crainte de voir la République détruite par son propre avilissement, celui de ses valeurs et de sa tentation relativiste, qui n'est qu'une parodie de la notion de tolérance qui, elle, est normative, et non pas permissive comme on le croit trop souvent.

13
LE *MUNDUS INVERSUS* :
CONSPIRATIONNISME ET RESSENTIMENT

Une telle haine envers autrui est tout autant destinée aux institutions, mais aussi à la presse, laquelle est censée « orienter » l'opinion publique et, dès lors, suspectée d'être mensongère. Cette haine, aujourd'hui devenue ressentiment, dresse un cadre de vie et de pensée assez nauséeux car, du ressentiment au délire conspirationniste, il n'y a qu'un pas – telle est la version collective du délire personnel de persécution. Post-vérité, faits alternatifs (*alternative facts*), désinformation (*fake news*), cet univers de mauvaise foi permanente, mais pire encore, cet univers qui fait du vrai le résultat d'une fausse procédure, viciée, le vrai entièrement fabriqué par la fermeture, par le refus de penser autrement, par la certitude psychique d'être victime d'une injustice et d'un ordre qui me désavoue. C'est un livre entier qu'il faudrait destiner à ces points, et je me garderai bien dans celui-ci de déployer une telle réflexion. L'état de l'art est déjà conséquent, et à l'avenir il va se démultiplier tant l'assaut sur la rationalité est grand. Nous pénétrons une ère pulsionnelle forte, qui ne va pas se calmer simplement par l'appel à la raison, qu'elle a depuis longtemps désavouée, et mis du côté du conspirationnisme.

Marc Angenot[1] avait déjà bien noté cette parenté indiscutable entre le ressentiment et l'idéologie conspirationniste, l'un alimentant l'autre, sans discontinuer.

Au cœur du ressentiment, on trouve une axiologie invertie ou renversée, retournée : la bassesse et l'échec sont indices du mérite et la supériorité ici-bas, les instruments et produits de cette supériorité sont condamnables par la nature des choses car usurpés à la fois et dévalués au regard de quelque transcendance morale que le ressentiment s'est construite. L'axiologie de ressentiment vient à la fois radicaliser et moraliser la haine du dominant. Le succès est le mal, l'échec la vertu : voici, ramenée à une formulette, toute la « généalogie de la morale ». « Nul ne peut régner innocemment », disait Saint-Just[2].

C'était d'ailleurs la force du raisonnement de Saint-Just, son caractère imparable, et dès lors la preuve de son idéologie car rien ne pouvait le mettre en défaut, il était infaillible comme la parole religieuse dogmatique. Pourquoi fallait-il adouber le régicide ? Parce qu'il s'agissait de tuer la fonction du roi, mais surtout de comprendre que Louis Capet, en étant le roi, était implacablement, de tout temps usurpateur – ce qui est vrai. De tout temps, il était spoliateur des droits du peuple, qu'il ait été un bon ou un mauvais roi, ces considérations n'ayant nulle portée dans un tel raisonnement. Le ressentiment produit une même

---

1. M. Angenot, « Nouvelles figures de la rhétorique : la logique du ressentiment », *Questions de communication*, 2007, n° 12, p. 57-75.
2. *Ibid.*

logique, en mettant à l'œuvre une inversion des valeurs :
si vous êtes riche et bien portant dans cet univers inique,
c'est que vous êtes complice de cet univers inique, car
celui-ci est systémique, et ne considère nullement la valeur
individuelle des personnes. Dès lors, un tel renversement
des valeurs ne peut conduire qu'à l'avènement totalitaire,
égalitariste au sens de réificateur : en lieu et place de
la réification dominante, se déploiera la réification des
dominés, devenant alors les dominants. Le cercle vicieux
ne se rompt pas, il bénéficie simplement à un nouveau
groupe. Le ressentiment n'est donc pas une pensée pour
faire advenir la justice sociale mais une idéologie, un rapport de force qui cherche à s'établir et à promouvoir les
intérêts d'un nouveau groupe qui se juge spolié.

> Dans les discours de ressentiment fonctionne une dialectique
> éristique sommaire, c'est-à-dire quelque chose comme L'Art
> d'avoir toujours raison [...], d'être inaccessible à l'objection,
> à la réfutation comme aux antinomies qu'on décèle chez vous,
> le tout formant un dispositif inexpugnable et aussi une réserve
> inusable : on n'a jamais gagné, il demeure toujours des torts
> anciens qui n'ont pas été corrigés, des cicatrices qui rappellent
> le passé et ses misères, le ci-devant groupe dominant est tou-
> jours là, hostile et méprisant, et – si on n'est pas parvenu à s'en
> débarrasser totalement, à l'annihiler par quelque « solution
> finale » – il conserve toujours quelques avantages qui en font
> l'obstacle infini à la bonne image qu'on voudrait avoir de soi[1].

Il faut annihiler l'ancien groupe dominant pour espérer
restaurer une « image de soi » qui soit plus conforme à

---

1. M. Angenot, « Le ressentiment : raisonnement, pathos, idéologie »,
dans Michael Rinn (dir.). *Émotions et discours : L'usage des passions dans
la langue*, Presses universitaires de Rennes, 2008, p. 83-97.

l'idéal du moi des sujets ressentimistes. Tant qu'il n'y a pas annihilation des autres, il y a une sorte de piqûre dans l'âme, de trouée, celle de l'aigreur, qui devient si forte qu'elle en est insupportable. Dans la folie génocidaire de l'ultra solution, celle qui fait disparaître le « problème » au lieu de le régler, il y a précisément ce mécanisme-là : croire que l'éradication totale pourra enfin réassurer, calmer la pulsion ressentimiste, rétablir l'ordre juste, alors même que s'organise simplement un nouvel ordre inégalitaire, mais dont l'ancienne victime est désormais le bourreau. On comprend facilement que ce mécanisme est sans fin, sauf à croire que l'éradication a été totale, et encore, c'est là une vision romantique mafieuse et détestable de croire que l'éradication de l'autre est possible, et que la nouvelle « pureté » restera indemne. Non, de nouveaux ressentiments surgiront car seul le travail de la déconstruction de la pulsion, et non de sa libération, peut la contraindre, voire l'apaiser. Ce travail, nul ne peut s'y dérober, ni individuellement, ni collectivement. Et celui-ci n'est jamais achevé, tant l'histoire individuelle et collective charrie de nouveaux défis à dépasser. C'est aussi parce que tout ce travail analytique n'est pas fait qu'il faut le désavouer d'une certaine manière, et lui opposer un ordre des choses « infalsifiable », infaillible, donc « mythologique », au sens où il va proposer une lecture du monde illusoirement « grandiose », ce qu'Angenot nomme « les éléments extra-dialectiques », ceux qui ne pourront pas être contredits par un simple raisonnement scientifique, toujours soupçonnable.

En dehors de ses tortueux raisonnements, la pensée du ressentiment se reconnaît aussi à des éléments extra-dialectiques, c'est-à-dire à des « mythes » de prédilection. Dénégatrice et suspicieuse, cette pensée est grande consommatrice et productrice de certaines sortes, bien connues, de « mythes » : mythe du Complot, de la Conspiration scélérate, mythes des Origines, de l'Enracinement, mythe du Vengeur à naître parmi les Siens. On perçoit l'effet persuasif de tels mythes : ils sont conçus pour contribuer à une Grande Explication de ce mundus inversus, de ce monde à l'envers où moi et les miens n'avons pas notre juste place[1].

La notion de *mundus inversus* est très importante pour comprendre le lien indéfectible entre ressentiment et pensée conspirationniste, parce qu'elle est apte, par sa capacité holistique, à répondre à toutes les questions, et à tous les manquements du monde actuel. Elle correspond à une sorte de solution magique, ayant réponse à tout, pouvant expliquer toutes les vexations narcissiques de l'individu ressentimiste, et permet par ailleurs une merveilleuse dilution de sa responsabilité. Le raisonnement conspirationniste est bien connu dans la psychiatrie car il est l'apanage des structures paranoïaques qui dès lors interprètent tout signe extérieur dans un seul et unique sens, à savoir la validation de leur thèse initiale. Il n'y a pas d'issue. « Plusieurs politologues [...] diagnostiquent, dans la culture publique actuelle, la résurgence en force d'une "logique paranoïde" dont les thèses conspiratoires de droite et de gauche sont les symptômes[2]. » C'est le propre de la psychose d'empêcher l'issue, d'empêcher le soin ou la réparation, et c'est

---

1. *Ibid.*
2. M. Angenot, « Nouvelles figures de la rhétorique : la logique du ressentiment », art. cit.

pour cette raison qu'il est si difficile, voire quasi impossible, de guérir de ce mal.

La thèse paranoïaque est d'autant plus difficile à déconstruire qu'elle est censée précisément incarner la clairvoyance la plus ultime. La paranoïa a un rôle important, ne l'oublions pas, celui de restaurer la pulsion narcissique du sujet, de lui redonner le sentiment d'une intelligence, lui qui est bafoué, et non reconnu. Ce que la société lui refuse, la paranoïa le lui offre sur un plateau d'argent, et il est donc assez logique qu'il s'y cramponne, car il y a là la seule réparation facile d'accès. Il faut se rappeler que la psychose est toujours, dans ce grand mouvement de destruction de l'autre, une pensée autoconservatrice, consciente ou inconsciente. C'est ce dynamisme, cette énergie autoconservatrice qui interroge sur le qualitatif de « maladie » concernant la psychose, tant celle-ci est une puissance de vie d'un mal. Pourtant, si l'on se réfère aux définitions plus dynamiques et subjectives de la maladie chez Canguilhem, pour ne citer que lui, la maladie demeure une « innovation du vivant[1] » pour perdurer dans son être en tant que corps sain. C'est une innovation du vivant à « intention de guérison[2] », écrit

---

1. « La maladie est une expérience d'innovation positive du vivant et non plus seulement un fait diminutif ou multiplicatif », dans Georges Canguilhem, « IV. Maladie, guérison, santé », *Le Normal et le Pathologique*, PUF, 2013, p. 155-176.
2. « La maladie n'est pas seulement déséquilibre ou dysharmonie, elle est aussi, et peut-être surtout, effort de la nature en l'homme pour obtenir un nouvel équilibre. La maladie est réaction généralisée à intention de guérison. L'organisme fait une maladie pour se guérir. La thérapeutique doit d'abord tolérer et au besoin renforcer ces réactions hédoniques et thérapeutiques spontanées. La technique médicale imite l'action médicale naturelle (*vis medicatrix naturae*). » Dans G. Canguilhem, « I. Introduction au problème », *Le Normal et le Pathologique*, *op.cit.*, p. 11-22.

encore Canguilhem. La psychose n'a aucune « intention de guérison », elle est généralement déni de la maladie. Il faut bien différencier le déni pervers de la maladie et l'anosognosie qui relève du trouble neurocognitif. L'utilisation métaphorique de la santé nous aide à saisir la dynamique interne du sujet et de la démocratie, celle-ci s'avérant pertinente pour décrire le type de *vis medicatrix naturae* qu'il nous faut mettre en place, inventer, consolider, conceptualiser pour protéger les santés de l'individu et de l'organisation dans laquelle il vit. L'éducation et le soin ont, à terme, pour objet l'édification de cette *vis medicatrix naturae* capable de produire des innovations à intention de guérison, autrement dit des réformes dédiées à l'entretien de la durabilité démocratique.

Le ressentiment a toujours opéré – dans le dénégateur – en réaction au désenchantement, Entzauberung, ce concept central de Max Weber. Les idéologies du ressentiment sont intimement liées aux vagues d'angoisse face à la modernité, à la rationalisation et à la déterritorialisation. La mentalité de la Gemeinschaft, homogène, chaude et stagnante, ayant tendance à tourner à l'aigre dans les sociétés ouvertes et froides, rationnelles-techniques. Le ressentiment, qui recrée une solidarité entre pairs rancuniers et victimisés et valorise le repli communautaire, apparaît comme un moyen de réactiver à peu de frais de la chaleur ; de la communion dans l'irrationnel chaleureux, alors qu'on se trouve confronté à des mécanismes de développement sociaux et internationaux anonymes et froids, des « monstres froids » incontrôlables, lesquels ne permettent justement pas de tactique ni de réussite collectives[1].

1. M. Angenot, « Nouvelles figures de la rhétorique : la logique du ressentiment », art. cit.

Angenot voit clair en associant ressentiment et désenchantement, au sens où une absence de sublimation de ce dernier rend inéluctable le ressentiment. En prévention, sans en passer par l'obligation de sublimation de l'angoisse, seul véritable enjeu, nous pouvons nous prémunir de son déploiement en veillant à ne pas renforcer les processus extrêmes de rationalisation et de déterritorialisation qui provoquent immanquablement un sentiment de réification et donc, par réaction, une résistance qui très vite préfère se soumettre à la passion victimaire plutôt que de s'engager dans une résistance plus active de type civique et démocratique.

14

VERS UN ÉLARGISSEMENT DU MOI, I

Il est ridicule intellectuellement et dangereux éthiquement de nier les conditions existentielles de l'individu, psychiques et sociales, de ne pas voir leur interaction profonde et de croire qu'une rationalité toute fabriquée va pouvoir contrôler la libération non maîtrisée des pulsions mortifères de l'individu. Hermann Broch, dans son grand ouvrage consacré à la *Théorie de la folie des masses*, plaidait pour l'enseignement de la psychologie politique et pour l'étude des phénomènes de folie collective[1], ce qu'il appelait « l'aveuglement terre à terre, et [l']ivresse terre à terre[2] ». Si rien n'était déployé dans ce sens, deux

1. Hermann Broch, *Théorie de la folie des masses* (1955), Éditions de l'Éclat, rééd. 2008, p. 13.
2. *Ibid.*, p. 8

phénomènes risquaient de se produire, tout aussi dommageables pour la « contamination psychique des masses[1] », à savoir le « gain en irrationalité » et la « perte en rationalité[2] », le premier relevant plutôt d'un débordement à aspiration religieuse, le second d'un débordement à aspiration populiste, les deux étant bien sûr des phénomènes connexes.

Pourquoi « psychologie politique » ? Parce que Hermann Broch est bien conscient qu'il n'y a pas d'entité mystique telle que « la masse », comme si elle était une entité propre ayant une volonté unique. La psychologie collective est l'étude des « conditions extérieures dans lesquelles le Moi se trouve placé du fait de la présence d'un groupe sociologique tel que la masse[3] ». Quand le Moi ne peut plus s'articuler au monde, autrement dit lorsqu'il s'en considère exclu, ou n'arrivant plus à le transformer, même de façon minime, petit à petit, devant cette impossibilité d'un « élargissement du moi » par le monde, il se produit son exact contraire, à savoir une « rétractation du moi » qui pousse l'individu à « tomber dans un sentiment opposé à l'extase, le sentiment de la peur, qui comme on sait renvoie toujours à la peur de mourir[4] ». Or, le Moi ne peut résister à ses pulsions mortifères, à son angoisse de néant et de mort, qu'à la condition de pratiquer une sorte de suspens de ces assauts, en leur opposant une énergie vitale créatrice et force de sublimation.

Pour cela, plusieurs pistes existent : l'augmentation du Moi peut se faire de différentes façons : l'amour et l'ami-

1. *Ibid.*, p. 14.
2. *Ibid.*, p. 20.
3. *Ibid.*, p. 45.
4. *Ibid.*, p. 48.

tié, au sens aristotélicien du terme, donc plus large que la simple affinité élective, sont une cause, disons une occasion d'agrandissement, d'augmentation du Moi. L'expérience esthétique, l'art, les humanités, tout autant. Nous avons vu également que la *vis comica* était une forme d'augmentation du Moi, ou plus précisément une dynamique de déconstruction très efficace du rétrécissement du Moi, puisqu'elle retourne sans cesse la représentation du monde, jugée trop stéréotypée et restrictive. Le rire demeure une forme de discernement. J'ai été élevée par ce rire, jusqu'à se tordre à l'oblique, immédiatement partir à l'oblique, immédiatement voir les choses par en dessous. Rire pour déconstruire l'illusion de possession : « La connaissance du monde, la connaissance du non-Moi, devient une manière sublimée de posséder le monde, bref une sublimation des pulsions. Il s'est révélé impossible de posséder réellement le monde entier, mais il est possible de le posséder symboliquement, et l'on demande dès lors à ce rapport symbolique de faire ce que n'avait pu faire la valeur possessive primitive : abolir le temps[1]. » Nous voyons bien que l'illusion contemporaine moderne propose de se passer de la symbolisation pour « augmenter » le Moi, qu'elle fait de cet enjeu-là, proprement éthique, intellectuel, métaphysique, symbolique, un enjeu matériel et technique. Et bien sûr cela ne marche pas, cela crée de l'addiction et de la fausse capacité compensatoire ; mais dès que le wi-fi ne fonctionne plus, c'est la panique dans les chaumières mentales. L'élargissement du Moi n'est pas une toute-puissance du Moi, mais précisément l'inverse. Il témoigne de la connaissance du Moi de ses

1. *Ibid.*, p. 47.

limites, et de la nécessité de les sublimer pour ne pas en subir les possibles dérives mortifères. La symbolisation est cette antithèse de la toute-puissance, dans la mesure où l'absence est acceptée mais le sujet produit avec elle une relation qualitative, permettant de dépasser les douleurs de l'absence de possession. Tel est l'un des enseignements inauguraux de la psychanalyse : comment résister à la séparation, à l'absence de l'objet et de l'autre, comment résister à ce « non-Moi » envahissant qui me circonscrit ? L'enfant pense d'abord être inséparable de la mère, croit sans doute qu'elle est lui et lui elle, mais l'illusion tombe très rapidement ; sans doute, dès l'accouchement, l'intuition de la séparation est inéluctable et, petit à petit, l'éducation aidera à accompagner chez lui l'émergence de la puissance de symbolisation : ci-gît la mère.

15

CE QUE LA SÉPARATION SIGNIFIE

La séparation n'est pas l'abandon, le refus de la dette envers les aînés, et d'une certaine forme de dépendance affective, l'illusoire croyance d'être indépendant, sans obligation aucune. Comprendre n'est jamais assimilable à un geste caricatural : il est très différent d'accepter la séparation, de la considérer comme un devoir, d'accepter une certaine forme de lointain, cela n'engage pas pour autant le sujet dans un déni de l'attachement filial. Néanmoins, craindre la séparation, sans jamais la sublimer, peut confiner à se victimiser parce que l'on ne se sent plus protégé, attendu, aimé comme le seul et l'unique.

Ce n'est jamais aussi clair, et les « parents » physiques et bien réels ne sont pas nécessairement concernés par cette affaire d'impossibilité à faire le deuil de la protection fantasmée, quasi magique.

Il y a un auteur dont la lecture éclaire toute l'ambivalence d'une relation parentale à la fois immense, accompagnatrice des plus grandes évolutions de l'enfant, mais qui sait malgré tout se retirer, ou à l'égard de laquelle l'enfant saura ne plus attendre ce qu'il attendait par le passé. Ambivalence, une nouvelle fois.

En partant pour New York, sur le quai, Simone Weil s'adresse à ses parents : « Si j'avais plusieurs vies, je vous en consacrerais une. Mais je n'en ai qu'une, et celle-là, je la dois ailleurs[1]. » « Je vous dois tout », dit l'enfant à ses parents aimés, mais cette dette, je la dois aussi à l'« ailleurs », et c'est ainsi que l'Ouvert prend forme. Le « ci-gît la mère » de Weil ne lui a jamais fermé l'accès à son enfance[2]. « Tout s'est passé comme si le regard familial avait toujours unifié – et réunifié, lorsqu'il le fallait – son être, comme si aucun regard extérieur ne l'avait dissociée d'elle-même. Le regard parental – maternel, surtout – a confirmé, bien au-delà de l'adolescence, l'identité de cette enfant géniale et turbulente, qui considérait qu'elle était *née douée de facultés intellectuelles médiocres[3]*. » Et la séparation n'a jamais été aisée, mais elle a été. Souvent Weil fille se plaint auprès de Weil mère, lui reprochant

1. Simone Weil, *Correspondance familiale*, I, dans *Œuvres complètes*, VII, Gallimard, 2012, p. 8
2. « Il n'y a pas eu chez Simone Weil d'exclusion hors de l'enfance », dans Robert Chenavier, « Avant-propos », dans S. Weil, *Correspondance familiale*, I, *op. cit.*, p. 16.
3. *Ibid.*

de ne pas écrire assez souvent, et puis, quelques lignes plus loin, le reproche est reconnu comme infondé, et la vie de Simone se montre impitoyable en termes de temps possible pour autrui. Ses parents sont omniprésents dans son cœur et son esprit, mais les routes du monde sont infinies, et il n'y a pas d'à rebours envisageable, il faut aller, écrire, relever le défi de la pensée mathématique et grecque, relever ce défi de la réconciliation des temps modernes et anciens ; et donc le maintien auprès du sein maternel paraît improbable. Il empêcherait. Il pervertirait l'ambition éducative des parents. Un mois avant de mourir, c'est à eux qu'elle pense, alors qu'elle est malade et éreintée par une puissante fatigue : « Je suis finie, cassée, au-delà de toute possibilité de réparation. [...] Dans l'hypothèse la plus favorable [...] peut-être l'objet peut-il être non pas réparé, mais provisoirement recollé [...]. Je crois, je suis presque persuadée, que même ce recollage provisoire ne peut être accompli que par mes parents, non autrement[1]. » Toute sa vie, Weil aura quelque peu tergiversé entre cette conscience de la distance et ce besoin de l'unité retrouvée, ce désir de l'amour comme l'avait pensé Aristophane dans *Le Banquet* de Platon[2], rappelant à chacun d'entre nous notre destin originel d'être un et un seul, avant le deux de l'homme et la femme. Sa quête divine est sans nul doute liée à cela, cette sensibilité fusionnelle. Être recollé(é), réparé(é) par l'Un, qui n'a pas espéré une telle guérison ? Pour ma part, lorsque la cassure magistrale s'est produite, je n'avais même plus

1. *Ibid.*, p. 21.
2. S. Weil, *Écrits de Marseille*, IV, dans *Œuvres complètes*, VII, *op. cit.*, p. 185.

l'accès à une telle compréhension. Il s'est avéré qu'à chaque heure du matin et du soir, et s'il le fallait dans la journée, ils étaient là, le père et la mère, la mère et le père, la grand-mère aussi, non simplement comme une famille, certes, mais dans cet instant, c'est presque autre chose qui se joue, comme un devoir au-delà des âges et de la vie, une fraternité aimante et silencieuse, responsable, agile et efficace. C'est comme un commandement.

À quatorze ans, Simone Weil était tombée dans « un de ces désespoirs sans fond de l'adolescence », consciente qu'elle était de n'être pas son frère, au génie déjà reconnu, du moins en était-elle persuadée ; et ce qui la sauva fut ce sentiment que la simple tension d'effort, authentique et persistante, cet effort d'attention pour atteindre la vérité[1] – d'autres le nommeraient l'aiguillon philosophique –, cela seul pouvait sauver une âme de sa médiocrité avérée. Elle remerciera plus tard André Weil, son frère et confident, de lui avoir dit que « l'avenir a besoin [d'elle][2] », et d'ajouter qu'elle préfère l'ancienneté des Grecs pour s'arrimer à cet « avenir » tel qu'il se présente. Dans sa correspondance avec son frère, Weil revient sur l'interprétation nietzschéenne de la tragédie grecque, et comment, selon elle, le philosophe se fourvoie lorsqu'il décrit les Grecs comme « désespérément attachés[3] » à la proportion. Phrase non pas oxymorique, mais témoignant d'une incompréhension chez le moderne de l'esprit ancien. Il n'y a pas de désespoir. Il y a certes le goût amer de la nécessité, mais celui-ci se maintient simultanément avec une

1. R. Chenavier, art. cit.
2. Simone Weil, *Correspondance familiale*, I, dans *Œuvres complètes* VII, *op. cit.*, p. 438
3. *Ibid.*, p. 467.

forme de bonheur, peut-être d'obligation. Était-ce le sens de la sublimation, quasi inné ou implicite ? Nietzsche n'a-t-il su créer que la sublimation mélancolique ? Quoi qu'il en soit, Simone Weil a choisi son camp, celui de la mesure et de l'harmonie contre le dionysiaque, celui de la mathématique et de la géométrie face au chaos ambiant, même si elle a pu l'expérimenter maintes fois dans sa chair, les années précédant la guerre, actives, ayant façonné sa pensée. Mais elle refuse d'être attirée par le déséquilibre, la tentation de la folie. Tous ceux qui ont les yeux ouverts ont une conception douloureuse de l'existence[1]. Ils ne se soumettent pas pour autant à l'anéantissement et à l'angoisse. Les Grecs étaient sans angoisse.

16

VERS UN ÉLARGISSEMENT DU MOI, II : LA DÉMOCRATIE, SYSTÈME DE VALEURS OUVERT

L'angoisse, elle, est une vérité des modernes. Si la rétraction du Moi perdure, l'angoisse s'approfondit, et Hermann Broch de décrire « une angoisse sans issue ». Broch va alors présenter différents types de structures de

---

1. *Ibid.*, p. 475 : « Certes, ils avaient une conception douloureuse de l'existence, comme tous ceux qui ont les yeux ouverts ; mais leur douleur avait un objet ; elle avait un sens par rapport à la félicité pour laquelle l'homme est fait, et dont le privent les dures contraintes de ce monde. Ils n'avaient aucun goût du malheur, de la catastrophe, du déséquilibre. Au lieu que chez tant de modernes (Nietzsche notamment, je crois) il y a une tristesse liée à la privation du sens même du bonheur ; ils ont besoin de s'anéantir. »

« soutènement[1] ». Les plus traditionnelles renvoient à la réalité matérielle, en somme la propriété, le rapport au pouvoir ou à la réalité intellectuelle avec la connaissance, ou encore avec la réalité émotionnelle, l'enjeu étant de créer des « systèmes de valeurs » qui soient capables de « proscrire la panique[2] », notamment celle liée à la finitude, ou au danger que l'autre peut aussi représenter. Tous nos systèmes de valeurs cherchent donc à calmer notre angoisse existentielle et à libérer le sujet de son emprise dans le but de faire quelque chose. En revanche, le ressentiment produit une inversion de ce système de valeurs ; il va bien produire un système de valeurs, mais dont le sujet ne pourra pas s'émanciper : au contraire, il répétera ses penchants pulsionnels, les consolidera et produira ce faisant un état de repli sur lui-même et ses certitudes. Broch nous fait alors penser à Karl Popper quand il décrit les « sociétés ouvertes », car il va user d'un terme équivalent pour définir un système de valeurs sain *versus* celui qui ne l'est pas.

Même si l'homme tend naturellement, comme par une sorte de réflexe conditionné protecteur, à vouloir subsumer le monde dans son système de valeurs, il n'empêche qu'il doit pouvoir penser qu'il y a du reste, et quelque chose qui résiste à cette synthèse.

Tout individu, tout groupe social, toute catégorie professionnelle, etc., cherche à comprendre le monde selon son schème d'aperception spécifique, qui est justement celui de son système de valeurs, et à l'y subsumer tout entier[3].

1. Hermann Broch, *Théorie de la folie des masses*, *op. cit.*, p. 48.
2. *Ibid.*
3. *Ibid.*

Le problème n'est donc pas que l'individu ou le groupe cherche à faire ainsi, la chose étant assez naturelle dans un premier temps ; le problème vient s'ils s'y cramponnent et sont incapables de dépasser les frontières de leur système de valeurs, et que tout ce qui transgresse celles-ci est jugé illégitime de ce fait même. Il ne s'agit pas de valider les systèmes relativistes qui ne hiérarchisent pas leurs valeurs et leurs raisonnements. Il s'agit, à l'inverse, de produire des systèmes de valeurs compatibles avec l'esprit critique, et qui peuvent accueillir la discussion avec des raisonnements contradictoires, quitte à les refuser, mais en toute bonne foi, et non en pratiquant la mauvaise foi, telle que Schopenhauer l'a théorisée. « Un système qui se trouve sous la domination d'une dogmatique des valeurs peut être décrit comme un système fermé[1]. » Tel est classiquement le cas des religions ou des idéologies intégristes et totalitaires. « Les systèmes ouverts, au contraire, se distinguent par le fait qu'ils ne cherchent pas à subsumer l'ensemble des phénomènes du monde dans un édifice dogmatique de valeurs matérielles, mais s'efforcent d'atteindre la valeur absolue recherchée en développant toujours plus le système[2]. » La science est un système ouvert par excellence, qui procède par stabilisation successive des vérités, même si celles-ci peuvent s'effacer devant un nouveau raisonnement les mettant en cause selon les règles scientifiques.

Broch fait alors un pas de plus pour relier individu et système de valeurs, ouvert ou fermé, et dès lors décrire

1. *Ibid.*
2. *Ibid.*

les ressources que l'individu aura pour résister à l'ensemble de ses pulsions mortifères, car pratiquer tel ou tel système de valeurs n'est pas sans conséquences sur le psychisme de l'individu et de la collectivité. Tout système de valeurs présent chez l'individu n'est bien sûr pas le fait unique des valeurs individuelles mais relève d'une interaction permanente entre la personnalité de l'individu et les sociétés (familiale, culturelle, institutionnelle, économique) dans lesquelles il évolue. Broch rappelle alors la nécessité pour l'individu, bien que conscient de son appartenance à différentes communautés, celles-ci le réassurant par ailleurs, d'être capable d'exercer une fonction critique à leur égard, sous peine de leur être aliéné. Broch décrit le « type idéal de communauté », qui doit offrir à l'individu à la fois « un maximum de valeurs rationnelles et un maximum de valeurs irrationnelles, ces dernières à la fois sous la forme d'un libre développement de la personnalité et sous la forme de sentiments communautaires[1] ». La thèse de Broch est d'autant plus intéressante qu'elle n'oppose pas le rationnel et l'irrationnel ; elle concède que les deux sont essentiels à l'homme.

Nous pourrions ajouter d'ailleurs que la raison, dans son ensemble, ne s'exprime pas nécessairement par voie scientifique ou en suivant une méthodologie de certification lui préexistant ; petit à petit, la raison invente aussi ses nouveaux outils d'évaluation et de mesure, outils qui étaient jusqu'alors jugés insuffisants en termes de rationalité scientifique. Il n'en demeure pas moins que l'esprit humain et les émotions cognitives connexes sont aussi animés par le rationnel que par l'irrationnel, soit ce qui

1. *Ibid.*

n'est pas encore – et ne sera peut-être jamais – prouvé scientifiquement. Les deux sont essentiels pour « soigner » l'âme de l'individu et prodiguer des ressources lui permettant de dépasser son angoisse existentielle et sa possible dérive dans le ressentiment. Il est vrai que si Broch est particulièrement sensible à la réalité irrationnelle, c'est qu'il a éprouvé dans son âme et sa chair l'inanité du monde dans lequel il vivait, l'Allemagne nazie, et qu'il a certainement conçu en miroir une forme de résistance mystique, capable de s'extirper de cette déliquescence des valeurs, meurtrière, tout en gardant une ouverture. Le mysticisme de Broch est un système ouvert et nullement dogmatique, mais c'est un système qui ne se laisse pas non plus enfermer par la seule logique mathématique. Le scientisme peut faire un véritable carnage, tout comme le fanatisme.

On peut dire sans risque d'erreur que tout système de valeurs central, quelle que soit sa contribution à l'édification de la civilisation, s'effondre et dégénère en une véritable folie collective, dès l'instant où sa théologie se constitue en un système fermé autonome et s'hypertrophie comme tel[1].

Il est donc important que le système central de valeurs soit capable de produire une sorte d'homéostasie régulière, face aux valeurs et « faits » nouveaux qui n'ont pas été expérimentés ni pensés jusqu'alors. Encore une fois, l'adaptation à ce nouveau réel n'est pas immédiate, et elle peut provoquer un sentiment de déstabilisation profond. Si le sujet se maintient dans son système fermé,

1. *Ibid.*

incapable de nouvelles symbolisations et sublimations, la conséquence est inéluctable, il bascule dans une psychose dangereuse, pour lui-même et pour la collectivité. S'il maintient un système ouvert, cela ne signifie nullement qu'il sera immédiatement protégé des assauts d'insécurité (matérielle, émotionnelle, intellectuelle) provoqués par ce nouveau réel, mais qu'il sera capable de les affronter. Broch parle alors de « déchirement psychique[1] » possible, qu'il assimile plus à la névrose qu'à la psychose, la névrose pouvant néanmoins être très sévère. Si l'on peut mettre en dialogue Popper et Broch, c'est précisément parce que les deux ont tenté de penser la société démocratique comme un système ouvert, et que le second est allé jusqu'à considérer que l'objet même de la démocratie était de « lutter contre la folie des masses » et de « ramener l'homme dans un système ouvert du sentiment d'humanité ». Certes, la théorie de Broch est toute empreinte de mysticisme chrétien, au sens où il cherche à penser de façon analogique la « conversion démocratique[2] » par rapport à la conversion religieuse. En cela, il n'est pas si éloigné des pionniers révolutionnaires français – du moins certains, et Robespierre, comme Rousseau, en fait partie – qui ont critiqué la religion pour son aspect sectaire, mais qui ont cherché à comprendre son mécanisme d'unification et de production de sentiment social. Rousseau a pu parler de « religion civile » et Robespierre a cherché à sacraliser les principes de la République. J'avais tenté d'expliquer, dans Les Pathologies de la démocratie, ce

1. *Ibid.*
2. *Ibid*, p. 62.

phénomène très français et formé l'hypothèse suivante : si la notion de laïcité est si normative en France, c'est peut-être pour permettre à chacun d'élaborer une relation avec la transcendance sans le dogme, du moins pour permettre qu'il y ait un territoire non conflictuel possible et commun dans ce lien civique et personnel à la transcendance. « Le schéma de toutes les conversions religieuses peut donc très bien s'appliquer à leur prolongement séculier[1]. » Là où le raisonnement de Broch est intéressant – et on peut l'apprécier sans avoir besoin de partager son penchant mystique –, c'est qu'il permet de comprendre comment la démocratie doit « tendre », pour l'individu, « à un gain constant en rationalité » ; et ce type de gain en rationalité renverra lui-même à un espace très personnel, intime et aucunement politique.

17
L'HOMME DU SOUTERRAIN :
RÉSISTER À L'ABÎME

Il y a des voisinages très dangereux entre le cœur d'un homme et le ressentiment, souvent irréversible. Mais parfois, dans la littérature, il y a un rachat possible, par le style d'une part, comme puissance de symbolisation, par l'intrigue d'autre part, qui peut raconter ce retournement, cette impossibilité pour l'homme de survivre tel quel à son propre ressentiment. Dostoïevski traite en écrivain de ce problème majeur, notamment dans *Crime et Châti-*

---

1. *Ibid.*

ment, alors même qu'il connaît une situation personnelle difficile, marquée par les dettes et l'amertume.

Dans sa correspondance de 1865[1], l'écrivain raconte qu'il a perdu le goût de l'alimentation à force de « jeûner » par obligation, c'est-à-dire par manque de moyens pour se nourrir correctement. Il explique alors avoir le projet d'écriture d'une histoire décrivant le « compte rendu psychologique d'un crime ». Le crime qu'il décrit est résolument odieux, même si chacun peut croire que le sort du jeune homme, aspirant criminel, n'est pas justifié, dans le sens où celui-ci est tout aussi misérable que le monde qu'il exècre. Le héros est pauvre et très certainement désespéré. Il se laisse alors gagner par des « idées bizarres », écrit Dostoïevski, idées qui vont le mener à sa perte, par le truchement de la mise à mort d'autrui, à savoir cette « vieille » dame, « sotte », « sourde », « malade », et « usurière ». Doit-on appeler une telle action un crime, se demande-t-il, alors même que la femme est très âgée, qu'elle mourra tôt ou tard, sans l'aide de personne, et qu'elle est le reflet médiocre et égoïste du monde qui l'environne. La réponse est positive. Et c'est là où le livre vient sauver l'auteur du crime en le condamnant, non pas au ressentiment et à l'enfermement dans sa certitude meurtrière, mais au repentir, lui montrant le chemin d'une voie bien plus difficile, mais néanmoins salvatrice.

D'insolubles questions se posent au meurtrier, des sentiments inattendus et insoupçonnables lui torturent le cœur. La vérité divine et la loi humaine reprennent le dessus et il

1. Georges Nivat, « Préface » à Fedor Dostoïevski, *Crime et Châtiment* (1866), Gallimard, « Folio », 1975, p. VII-X.

finit par être contraint de se dénoncer lui-même. [...] Le sentiment d'isolement et de séparation d'avec l'humanité qu'il a ressenti dès le crime accompli l'avait mis à la torture. Le criminel décide lui-même de racheter son œuvre et d'assumer les souffrances[1].

Cette étude du revirement psychologique du criminel permettra à Dostoïevski d'élaborer une nouvelle figure de l'homme, celle qui dépasse conjointement désenchantement et ressentiment, même si elle flirte inlassablement avec eux et risque d'y succomber, à savoir « l'homme du souterrain[2] ». Comment mieux dire cet homme qui, confronté à des révolutions modernes, techniques, urbaines, industrielles, qui n'ont pas encore trouvé leur modération sociale et leur juste répartition, d'autant plus que la Russie d'alors n'est nullement sur ce chemin de l'état de droit social, ne parvient que très difficilement – au prix même de sa vie et de sa conscience – à surmonter un tel niveau d'insécurité matérielle et immatérielle. Dès lors, il succombe, mais tel un Orphée d'un genre nouveau, saura traverser cette itinérance souterraine.

Cette littérature de la fin du XIXe siècle est celle qui voit naître les antihéros, les « hommes sans qualités », ces ordinaires, ces médiocres, ces tristes, ces orphelins d'une belle origine, et qui se pensent tout autant orphelins de l'avenir, car rien ne semble les désigner comme élus. Ils sont vexés, terriblement vexés narcissiquement, alors ils se donnent un « droit au crime[3] », comme Aragon par-

1. Correspondance de F. Dostoïevski, lettre à M. A. Katkov, septembre 1865 ; cité par G. Nivat, art. cit.
2. « Notes du souterrain », publié en 1864 dans la revue des deux frères Dostoïevski ; cité par G. Nivat, art. cit., p. XIII.
3. *Ibid.*

lera plus tard d'un « droit d'être féroce[1] ». Il est un autre grand écrivain qui fera de l'itinérance dans la lassitude le leitmotiv de son œuvre. Chaque livre de Huysmans dresse un portrait de cet individu serré par la modernité, cerné par la médiocrité atroce, en peine de transcendance, cherchant le sens et ne se frottant qu'à l'absurde, en peine avec sa liberté et son talent, trop conscient pour être joyeux : « la vie moderne atroce », « l'américanisme nouveau des mœurs », « l'éloge de la force brutale », « l'apothéose du coffre-fort », on croirait lire une description du monde actuel fasciné par le mercantilisme et le spectacle des rapports de force histrioniques. Et, bien sûr, cette dénonciation du « goût nauséeux des foules », du rejet de la « pensée altière », du refus de « l'élan vers le surnaturel », et cette sentence finale qui pourrait même avoir la peau de la littérature, elle qui sait pourtant tout sublimer : le fait de « répudier le style[2] ». Huysmans raconte cela, les affres de la modernité et de la conscience malheureuse, toujours en flirtant avec l'amertume, sans jamais vaciller dans le ressentiment cristallisé, se tenant plutôt du côté de la mélancolie et de la lassitude, d'un découragement qui capitule même s'il demeure besogneux avec l'adresse au style. Car personne ne peut nier la qualité du style de Huysmans, le fait qu'il pique comme l'ironie, qu'il vise juste pour dire la bassesse de l'âme, qu'il saisit parfois la grâce d'une beauté, qu'il raconte comment l'individu n'échappe pas à la modernité, comme si elle

---

1. Louis Aragon, *Roman inachevé*, 1956. Voir C. Fleury, *Les Pathologies de la démocratie*, *op. cit.*, chapitre « De la frustration à la violence généralisée ».
2. Joris-Karl Huysmans, *Là-bas*, 1891, chapitre 1.

était une sorte de mare noire. Un simple aperçu des titres des œuvres de Huysmans permet de saisir la quête qui a été la sienne, en tant qu'individu, et en tant qu'auteur : trouver le lieu où se replier sans être la proie du ressentiment ; trouver le refuge, en somme. *Sac à dos* narre cette itinérance par-delà la guerre et la maladie, *À rebours* la rend définitivement impossible, *Là-bas* la retente, *En ménage* la ridiculise. « Vivre loin de son siècle[1] », voilà ce qu'il faudrait arriver à faire, mais cela aussi est impossible. C'est d'ailleurs une vérité commune avec le monde actuel : le refuge semble inatteignable, la connectivité – ayant un idéal de « sans reste » – rend techniquement impossible la réalité physique du refuge. Certes, il reste la symbolisation et la sublimation, et la possibilité dès lors de créer un refuge partout, voire l'obligation morale, vu qu'il est interdit techniquement parlant. Huysmans ne vivait pas encore dans ce panoptique géant qui est le nôtre aujourd'hui, mais il pressentait que l'esprit moderne était bien là, dans cette idée d'imposer un impérialisme d'un genre nouveau, la soumission à ce seul et unique espace-temps.

On se rappelle les lignes géniales qui semblaient dénoncer une sorte de défaut, alors même qu'elles décrivent sans doute l'unique façon d'habiter le monde, à savoir être soi-même habité par plusieurs temporalités. On ne vit pas dans le même maintenant, avait écrit Bloch. Finalement, en quoi est-ce un mal ? Certes, les âmes qui ont ce sentiment nostalgique sont en exil et peuvent tomber dans le ressentiment ; mais souvent la nostalgie reste un

---

1. J.-K. Huysmans, préface de l'auteur écrite vingt ans après la parution du roman.

territoire-refuge, précisément un territoire qui propose un « maintenant », un espace-temps où l'illusion de pouvoir vivre sereinement se maintient. Il est vrai que cette nostalgie est assez intenable pour soi-même et pour autrui. Elle épuise aussi, elle isole, car l'entourage se fatigue de vouloir soit l'empêcher, soit la contrer avec des arguments rationnels, mais c'est là d'abord une vérité existentielle et émotionnelle, qui ne souffre pas vraiment le dialogue contradictoire, et par ailleurs, soyons réalistes, les constateurs de la mélancolie contemporaine, les nostalgiques, n'ont nullement tort ; ils choisissent simplement, parmi les faits décevants innombrables, ce qui conforte leur thèse. Ce qui protège alors les nostalgiques et les mélancoliques du ressentiment, c'est qu'ils ne sont plus dans l'envie, ils sont dans le regret, la déception, l'impossible oubli d'un passé illusoire, mais finalement cela les protège car ils ne « désirent » rien de ce monde. « Tel qu'un ermite, il était mûr pour l'isolement, harassé de la vie, n'attendant plus rien d'elle ; tel qu'un moine aussi, il était accablé d'une lassitude immense, d'un besoin de recueillement, d'un désir de ne plus avoir rien de commun avec les profanes qui étaient, pour lui, les utilitaires et les imbéciles[1]. » Huysmans décrit parfaitement cela, ce « désir de ne plus avoir rien de commun » avec les autres, et non pas, comme l'homme ressentimiste, ce désir de faire payer ces autres qui lui donnent le sentiment d'être exclu de ce commun. Les relations entre le nostalgique et la modernité ressemblent à celles de Durtal et de Mme Chantelouve, celle-ci sautant sur ce dernier, de tout son désir, et le premier la repoussant comme il peut, quasi horrifié

---

1. J.-K. Huysmans, *À rebours*, 1884.

par l'assaut concupiscent : « Non, répondit-il ; il n'y a vraiment pas moyen de nous entendre ; vous voulez tout et je ne veux rien ; mieux vaut rompre ; nos relations s'étireraient, se termineraient dans les amertumes et les redites[1]. » Car là où le nostalgique ne veut plus rien, la modernité veut tout, elle ne veut pas renoncer : tout ce que la technique permettra sera fait, la volonté de puissance ne doit pas avoir de limite car elle voit dans celle-ci une frustration irréparable, que dis-je, une atteinte au progrès alors même que celui-ci est du côté du perfectionnement des âmes, et donc nécessairement du côté de la sublimation de la limite, et non de son déni. Chacun comprend qu'il est possible de repousser la limite, de vérifier qu'elle est ailleurs, mais chacun comprend aussi que la modernité ne se contente pas uniquement de ça et qu'elle valide le fait que la limite n'est pas structurelle pour l'homme.

Si la littérature sauve l'Histoire, c'est qu'elle envisage plus souvent, elle, le chemin possible de la rédemption, de cet homme du souterrain qui résiste à l'assaut ressentimiste pour finalement choisir le chemin de la repentance et d'une nouvelle vie possible. À l'inverse, ce qui sera un jour dénommé Histoire est souvent le théâtre d'un ressentiment libéré de ses verrous, et se pensant précisément comme force historique de changement, alors qu'il n'est qu'inertie et lâcheté d'engagement. D'ailleurs, l'Histoire porte à la fois le pulsionnel ressentimiste et le temps long nécessaire pour « réparer » le ressentiment, non que cette réparation soit définitive, mais l'Histoire permet l'avènement d'autre chose : sortir du ressentiment

---

1. J.-K. Huysmans, *Là-bas*, chapitre 19.

nécessite parfois plusieurs générations, la psychanalyse le sait bien dans sa clinique familiale. Il faut plusieurs générations pour cesser de reproduire, ou d'être pris dans les rets de la confrontation et dans la réaction à ce qui a été produit dans la famille et le milieu culturel dont on est issu. Il faut parfois plusieurs « psychés » pour faire face à une blessure immense.

Sans doute Hegel verrait ici une ruse possible de la raison – user de la plus basse des passions humaines pour transformer l'Histoire –, mais c'est là une vision « optimiste », car Hegel croit au sens de l'Histoire et à son évolution irréversible. Dès lors, toute passion, grande ou petite, sert les intérêts de la raison historique. Mais l'esprit postmoderne ne partage pas la vision idéaliste de la pensée hégélienne qui procure à chaque événement une place dans ce grand Tout que serait l'Histoire. Toute phase de l'Histoire n'a pas le même rôle, ni le même poids, dans l'avènement civilisationnel humaniste. Les grands moments, collectifs, ressentimistes provoquent des réactions qui produisent un mouvement de régression dont il est difficile de se relever. Et voilà l'Histoire, dans sa conception progressiste, qui s'enraie. Cette rédemption, plus familière à l'œuvre littéraire, il faudrait pouvoir la faire surgir plus souvent dans le monde « réel » de la société, comme une sorte de signe de « grande santé », autrement dit de capacité pour la société et les individus qui la composent d'expérimenter l'ampleur dudit sentiment « souterrain », mais de trouver conjointement les ressources pour résister à son abîme. Tomber malade et s'en relever, disait Canguilhem. Nous y sommes. Traverser les affres du ressentiment mais ne pas succomber au fait de pouvoir en faire un moment historique, cristallisé et pouvant déboucher sur une guerre ou sur une détestation d'autrui, avec les conséquences classiques que l'on connaît.

J'aurais aimé pouvoir scinder plus précisément ces trois ci-gît, l'amer, la mère, la mer ; mais cela semble improbable tant les dynamiques sont imbriquées, se répondent, se cautionnent, se corrigent. Face au ressentiment individuel et collectif, les antidotes se ressemblent : la question de la sécurité matérielle, ou plutôt d'une insécurité matérielle sous contrôle, qui ne vient pas faire déborder l'insécurité émotionnelle. Tel est le sens d'un combat politique, socio-économique, de produire un milieu qui soit le moins anxiogène possible, et qui puisse se présenter comme une structure de soutènement possible, au sens où, s'il ne soutient pas délibérément, il ne provoque pas l'impossibilité de tout soutènement émotionnel. La matérialité peut ne pas être totale. Elle l'est souvent mais renvoie néanmoins à une structure minimale qui permet de ne pas remettre en cause tout phénomène de sécurisation psychique et physique. Pour autant, le seul soutènement « matériel » n'est pas suffisant pour éviter le ressentiment, dans la mesure où l'affect dérégulé peut avoir pris le pas sur l'âme de façon plus profonde. Pierre Bourdieu l'avait repéré, en différenciant les misères de position et de situation. Là où la seconde relève d'un fait objectif, la première relève de l'écart pressenti, de la comparaison avec cet autrui qui me nargue, du sentiment de non-reconnaissance et d'humiliation, du sentiment de ne pas avoir ce qui est « dû ». Les misères de position produisent le terrain parfait pour un déploiement du ressentiment individuel et collectif, si rien n'est fait pour calmer cela. Indépendamment du soutènement matériel, économique, il y a le « soutènement » symbolique, les capacités de symbolisation et de sublimation du sujet pour dépasser ses propres dérives ressentimistes. Plusieurs possibilités existent : la *vis comica* qui permet un retournement de l'angoisse et de ne pas être sensible à la piqûre des émotions tristes et mortifères. La *vis comica*, un futur ouvrage y sera consacré, il dort dans son tiroir depuis vingt ans, il faudra bien qu'il s'éveille enfin. Les autres voies explorées sont celles du style et de l'œuvre, on pourrait parler de *poiesis*, de cet acte de faire et de penser, cet acte qui confine à l'art parfois, ou au savoir-faire ; et puis il y a bien sûr le chemin de la *philia*, au sens large du terme, des vertus d'amour et d'amitié. Ces différents territoires offrent des possibilités de sublimation et de symbolisation absolument déterminantes pour échapper à la rancœur. Ils permettent deux choses : la création d'un monde commun et l'augmentation du Moi.

Certains pourront penser que le « ci-gît la mère » a été moins envisagé. Il n'en est rien. Celui-ci a déjà fait l'objet d'un livre, sur le *pretium doloris*, sur ce risque du vrai, de la séparation de la faculté de juger propre, du deuil de la demande puérile de protection. L'état de sortie de la minorité, avait écrit Kant. La mère, c'est aussi ce que Winnicott a nommé la préoccupation primordiale de la mère, ou comment un parent devient une ressource de soutènement de ce monde, comment par le soin qu'il prodigue, assimilé à une élaboration imaginative, il accompagne l'émergence de l'individuation chez l'enfant. Winnicott a souvent raconté comment il était devenu lui-même psychiatre. L'histoire s'écrit toujours a posteriori, nous le savons, mais il n'est pas anodin que Winnicott choisisse ce récit pour décrire sa propre conversion au soin, autrement dit la naissance de sa vocation. « Ma mère sous l'arbre pleure, pleure, pleure. C'est ainsi que je l'ai connue, un jour, étendue sur ses genoux, comme aujourd'hui sur l'arbre mort. J'ai appris à la faire sourire, à arrêter ses larmes, à abolir sa culpabilité, à guérir sa mort intérieure. La ranimer me faisait vivre », écrit Winnicott dans son poème « The Tree » (1963). Se séparer n'est pas réductible à la seule séparation physique, mais témoigne d'une aptitude à la symbolisation, par exemple faire quelque chose de cela, la peine infinie de sa mère, sa dépression, alors même qu'on est enfant et que cela est trop lourd. Ne pas nier cette difficulté mais apprendre à grandir avec, et à s'éloigner, à trouver la juste distance pour prodiguer un soin envers elle et surtout envers soi-même et les autres, car il faudra enrayer la répétition. Ci-gît la mère, ce sont ces premiers deuils et renoncements que l'on opère pour grandir, le fait de garder l'exigence de l'Ouvert rilkéen alors même que certains chemins, propres à l'enfance, se ferment. Il faut quitter cet univers si sécurisant de tous les possibles, où rien n'a besoin d'être réalisé, tout peut être juste imaginé, espéré, et tout le monde se satisfait de cette pure potentialité, avec un sourire béat. Le monde de l'enfance, le monde des adultes face à l'enfant merveilleux, qui vient réparer toutes les failles narcissiques, simplement en étant, rien de plus. Mais voilà, la chose n'est pas durable, ni pour l'enfant ni pour les adultes, le premier pouvant être dévoré par l'amplitude « bienveillante » de cette toute-puissance parentale, ou alors pire encore, pouvant s'y complaire. De ça aussi il faut se séparer et inventer une autre forme d'Ouvert, déjà en prise avec le *pretium doloris*, poser un pied dans le risque et la mort, sortir du grand mirage de la pure potentialité et ne pas être trop désenchanté. Ci-gît, en somme, l'idéal du moi, celui transmis par les autres, même aimant, et dès lors commencer à sculpter un soi.

« Ci-gît », c'était pour dire : « c'est derrière soi », cela repose, en paix et pas exclusivement ; une part de paix. Est-ce enterré, dépassé, refoulé, sublimé, je ne sais, mais c'est derrière, avec cette exigence de ne pas répéter, de ne pas se laisser enliser par la répétition involontaire. Il ne s'agit pas de résister à l'inconscient ; plus simplement de jouer avec, de comprendre ses méandres et de ne pas se laisser séduire par l'appel ténébreux, si tel est celui-ci. Nous sommes des convalescents, comme l'écrit Nietzsche à propos de Zarathoustra[1], de cet homme qui résiste au ressentiment des esprits faibles, eux profondément « malades », mais sans nulle intention de guérir. Est-on encore « malade » lorsqu'on refuse de se définir comme tel, lorsque l'idée même de guérison paraît incongrue et condescendante ? À la différence, le convalescent est à mi-chemin de la maladie à vaincre, et de la guérison toujours à conquérir. Il a traversé. Il a fait l'effort de la traversée, celle-là même qui le tourmente, à savoir l'« abyssale pensée ». « Ici est de tonnerre assez pour que même des tombes apprennent à écouter », déclame Zarathoustra, qui fait face à l'assaut du néant qui pourrait l'emporter. L'attaque est réelle : « nausée, nausée, nausée, malheur à moi ! », Zarathoustra s'écroule tel un mort. Et puis, ci-gît l'amer, Zarathoustra se relève, prend une pomme dans sa main, la hume, la goûte, et l'heure de converser avec le monde surgit à nouveau. Nietzsche a alors une formule

1. F. Nietzsche, *Ainsi parlait Zarathoustra* (1883).

magnifique pour dire encore cette sublimation dont nous parlons depuis le début, celle-là même qui nous rend apte à la sortie de la caverne, celle qui est capable de se nourrir d'expériences esthétiques, et de donner à nos vies le sentiment d'une existence digne de ce nom. Comment ? Quelle est la piste proposée par Zarathoustra ? « Toutes choses veulent être tes médecins[1] », autrement dit, si Zarathoustra sait prêter l'oreille et accueillir la phénoménologie qui l'entoure, se mêler à la nature, « le monde [sera] comme un jardin ». S'il sait, tel Orphée, se nourrir des voiles de la nature – les voiles d'Isis, disait Hadot –, vivre le mystère du vivant et ne pas être meurtri par son ampleur, mais simplement conscient de son *tremendum*[2], s'il apprend à faire cela, alors son âme augmentera, elle sera semblable à l'univers, transcendant la finitude, non en la niant, mais en étant capable de la sublimer, et d'élaborer la théorie de l'éternel recommencement.

Il est clair que l'*amor fati*[3] est une théorie de l'anti-ressentiment au sens où il s'agit de désirer toute chose, quelle qu'elle soit, de telle sorte qu'elle puisse éternellement revenir, avec cette gageure toute nietzschéenne d'inventer la répétition créatrice. « [...] tout se brise, tout se remet en place ; éternellement se rebâtit la même maison de l'être. Tout se sépare, tout à nouveau se salue ; éternellement fidèle reste à lui-même l'anneau de l'être[4]. »

1. *Ibid.*
2. Le *tremendum* est littéralement le « frisson sacré », typique de l'expérience du sublime et de l'effroi (divin).
3. L'*amor fati* (littéralement « amour du destin ») est la théorie nietzschéenne, éthique et métaphysique, pour signifier que la sagesse de Zarathoustra s'appuie sur la capacité d'aimer le devenir, de l'accueillir comme la puissance même du vivant et du réel.
4. *Ibid.*, p. 269.

À l'inverse, il y a ceux que le devenir blesse en leur donnant le sentiment d'en être les victimes. Il y a les « tarentules[1] », décrit Nietzsche pour saisir la nature détestable de l'homme soumis à la nécessité de la vengeance, et qui ne parvient pas à sortir de « ce trou à mensonges » que constituent sa « rage » et sa vindicte. Il y a bien sûr quelque chose d'odysséen dans cette capacité de l'homme à vaincre son ressentiment, même s'il ne s'agit pas de reproduire le parcours d'Ulysse. Mais il y a bien là une épopée, celle de l'amer se transfigurant en mer. Il faut lire *Les Cantos* de Pound[2], quitte à en avoir le tournis tant la langue virevolte et la polyphonie est grande. Grand livre sur la sublimation et la traversée de l'histoire collective et individuelle. « Puis, descendus au navire / Nous avons mis la quille aux brisants, droit sur la mer divine / Et nous avons dressé mât et voile sur cette noire nef. » C'est ainsi que le voyage commence : le même appel du large que chez Melville ; la même noirceur, celle d'une conscience qui sait qu'elle peut mourir, qu'elle prend ce risque sans doute pour échapper à une mort plus certaine encore si elle demeure à quai. La noire nef s'élance donc.

Il faut lire aussi *Les Cantos* car l'attirance pour le fascisme est là. Se dessine alors, à l'intérieur de l'œuvre, la nécessité – comme toujours – d'une dissociation d'avec l'auteur. Le style de Pound est une bataille permanente, d'une plume prise par ses tourments comme par ses enthousiasmes, par sa volonté d'un renouveau, d'une quasi-résurrection de l'âme et du peuple, mais l'on sent toujours poindre l'amertume, le renversement possible en

1. *Ibid.*, p. 128.
2. Ezra Pound, *Les Cantos* (1934-1968), Flammarion, 2013.

ressentiment, le style sauvant de la chute définitive. Les *Cantos pisans* viennent sans doute décrire cet état d'esprit, dur avec soi-même et les autres, dur et poétique, dur et qui pourtant parfois lâche prise sur sa dureté : « Maîtrise-toi, alors les autres te supporteront / Rabaisse ta vanité / Tu es un chien battu sous la grêle [...] Rabaisse ta vanité / Que mesquines sont tes haines nourries dans l'erreur / Rabaisse ta vanité[1] ». Et surtout la conclusion qui illumine ce qui a été longtemps enténébré dans le discours, comme un sursaut, une ode à l'humanité, à l'œuvre surtout, au faire et à la pensée réunis. Car chez Pound, il y a ce rêve de la jonction entre le dire et le faire, entre le nom et l'agir, entre *praxis* et *poiesis*. Pound n'aura de cesse, à ce sujet, de citer l'expression chinoise *zhengming,* que l'on peut traduire par « rectifier les noms ». « L'expression provient des *Entretiens de Confucius,* et désigne l'idée d'une adéquation entre le nom (*ming*) et la réalité (*shi*). D'après Confucius, "seul un souverain qui se conduit selon le principe du souverain mérite d'être appelé souverain"[2]. » Ce devoir de rectification des noms montre le chemin de la morale qu'il essaie de mettre en place, cette cohérence entre l'être et le dire, l'ultime gageure – impossible – de concilier totalement l'ordre sensible et l'ordre symbolique, faire que le nom intégralement s'incarne dans un corps, et que celui-ci puisse faire œuvre, sans se dissocier. Ce rêve de l'entité, de l'absence de reste, est très typique des pensées absolutistes, et plus précisément ici fascisantes, comme s'il existait, contre l'impureté de l'autre, un rêve

1. E. Pound, *Cantos pisans*, dans *Les Cantos, op. cit.,* p. 564-565.
2. Expression d'Anne Cheng *in* Jonathan Pollock, « Éclatement et dissolution du sujet dans *Les Cantos* d'Ezra Pound ».

de pureté pour soi. Heureusement, les *Cantos* se succèdent et tissent une toile plus complexe qu'il n'y paraît, et finalement se rangent du côté de l'impur, de ce qui peut être fait, de ce qui peut être tenté même s'il n'est pas parfait, même s'il manque sa finalité. La mer peut aussi se dire avec le naufrage. C'est bien la figure utilisée par Pound pour dire la vérité de son être.

Merci d'avoir fait au lieu de ne pas faire
Ce n'est pas là de la vanité
D'avoir, par décence, frappé à la porte
Pour qu'un Blunt ouvre
D'avoir fait naître de l'air une tradition vivante ou d'un vieil œil malin la flamme insoumise
Ce n'est pas là de la vanité. Ici-bas toute l'erreur est de n'avoir rien accompli, toute l'erreur est, dans le doute, d'avoir tremblé[1].

Ce n'est nullement une attaque contre le tremblement des vulnérables mais la dénonciation de ceux qui tremblent, et qui se résignent à la lâcheté, qui d'ailleurs ne la perçoivent plus, qui décident, ce mot est impropre, qui « décident » de ne rien faire. Pour comprendre l'attirance que Pound a eue pour Mussolini, signant là son manque de discernement, il faut analyser sa pensée, naïve finalement sur la nature du pseudo-grand homme, mais très alerte sur la confiscation possible du pouvoir par des oligarques : « Vous craignez le pouvoir d'un seul homme, moi, celui de quelques-uns[2]. » Pound fait partie de ces poètes qui croient en cette alliance entre le « grand homme » et le peuple, comme si l'un et l'autre

1. *Ibid.*, Canto LXXXI, p. 293-294.
2. E. Pound, *Cantos américains*, in *Les Cantos*, *op. cit.*, p. 431.

pouvaient se sauver l'un par l'autre. Vision très idéaliste en somme, et qui bute sur la réalité des psychés humaines, mais qui finira par s'estomper à mesure que ses yeux se dessillent, au fil des ans et des *Cantos*, au fil de la plume et de la vie, de l'exil et de l'asile – car Pound sera interné pendant treize ans et accusé de haute trahison, pour avoir été un fervent admirateur du fascisme. Dans le grand mouvement des *Cantos*, il reconnaît cette errance et demande pardon : « Dans cette lutte avec le monde c'est mon centre que j'ai perdu. Les rêves se heurtent et volent en éclats – alors que je voulais construire un *paradiso* terrestre. [...] Que les Dieux pardonnent ce que j'ai fait / Puissent ceux que j'ai aimés tenter de pardonner ce que j'ai fait[1]. » Le naufrage, comme figuration de l'amer devenu mer, le naufrage pour dire sa faute et celle du monde, non pour la nier, pour annoncer la naissance de l'Europe, après deux guerres mondiales, et le désastre du crime contre l'humanité. Nous l'avons vu avec Jankélévitch : naît avec l'Europe l'imprescriptible. « Comme une fourmi solitaire hors de sa fourmilière détruite issue du naufrage de l'Europe, ego scriptor[2]. » Si la figure de Pound est intéressante, c'est aussi parce qu'elle révèle une dimension psychotique – jusqu'où l'asile l'a-t-il protégé d'une accusation de haute trahison, la réponse est loin d'être simple. Néanmoins, la lecture des *Cantos* suffit pour comprendre qu'il y a là une parole faisant œuvre et santé et suivant les méandres d'une âme malade, blessée, qui rumine son enthousiasme comme d'autres ruminent leur haine. Elle est aussi fébrile, agitée, incompréhensible.

---

1. E. Pound, *Esquisses et fragments*, dans *Les Cantos*, op. cit., p. 820-821.
2. E. Pound, *Cantos pisans*, op. cit., p. 502.

Cette parole nous perd, nous lecteurs, et pas seulement Pound l'individu.

Chacun aimerait sans doute que l'art de la sublimation offre plus qu'une appétence à l'amertume. Cela arrive, car il y a toujours des émergences inédites, inattendues. La fonction clinique de la sublimation permet d'envisager autrement ce que Reich nommait l'économie sexuelle, ou plus simplement encore la vie sexuelle. Cela fait directement écho à l'investissement libidinal freudien : comment, en symbolisant, en sublimant, l'individu augmente le domaine de l'investissement libidinal, renforce ce désir de rencontrer le monde, d'engager sa puissance vitale au service d'un idéal supérieur. Extension du domaine de la lutte, disent certains, extension du domaine de l'investissement libidinal : la sublimation est de fait théorie de l'action et du désir, où se joue une éthique de la reconnaissance pour soi-même et les autres. Dans ce goût de l'amertume, il y a la conscience de l'agitation délétère du monde, et une aptitude à résister, parfois par l'engagement, parfois par la *vis comica*, parfois par l'échappée, la fuite même, l'évasion, le « hors de ». Régulièrement ne pas y être, ne plus y être. Une aptitude à la furtivité[1]. Le territoire littéraire permet de sublimer tous les ressentiments et de goûter précisément l'amertume des choses, des êtres, des idées. Mais il existe des territoires

---

1. Avec Antoine Fenoglio, nous développons précisément cet art de la furtivité sous le concept de « verstohlen », ou comment produire une assise indétectable, une durabilité qui fasse institution, qui procure aux individus une réassurance de type « ce qui ne peut (nous) être volé ». Voir « Quel dessein pour la régulation démocratique ? », C. Fleury-Perkins, Antoine Fenoglio, séminaire *Design with Care*, Conservatoire national des arts et métiers, chaire Humanités et Santé, 13 novembre 2019, dans « Le design peut-il aider à mieux soigner ? Le concept de *proof of care* », *Soins*, n° 834, avril 2019.

symboliques qui ne sont pas ceux de la littérature, et qui peuvent nous apporter ce « magistral » dont nous avons besoin pour ne pas sombrer. Le goût de l'amertume, développer cette faculté, nous aide à devenir des arpenteurs du monde. Parce que nous ne craignons pas ce goût, parce que nous savons l'apprécier, il augmente la densité du monde, disons plutôt notre représentation du monde.

Ce goût de l'amer est aussi une façon de guérir du ressentiment.

I
L'AMER
Ce que vit l'homme du ressentiment

II

FASCISME
*Aux sources psychiques
du ressentiment collectif*

III

LA MER

Un monde ouvert à l'homme

Composition : Nord Compo.
Achevé d'imprimer
sur Roto-Page
par l'Imprimerie Floch
à Mayenne, en novembre 2020.
Dépôt légal : novembre 2020.
1er dépôt légal : septembre 2020.
Numéro d'imprimeur : 97224.

ISBN 978-2-07-285855-0 / Imprimé en France

378834